梦落纽约

夏婳 著

百花洲文艺出版社
BAIHUAZHOU LITERATURE AND ART PRESS

图书在版编目（CIP）数据

梦落纽约 / 夏婳著. -- 南昌：百花洲文艺出版社，2019.9
ISBN 978-7-5500-3334-4

Ⅰ.①梦… Ⅱ.①夏… Ⅲ.①长篇小说 – 中国 – 当代 Ⅳ.①I247.5

中国版本图书馆CIP数据核字（2019）第157660号

梦落纽约

夏婳 著

出 版 人	章华荣
责任编辑	郝玮刚　蔡央扬　张兆磊
书籍设计	黄敏俊
制　　作	何 丹
出版发行	百花洲文艺出版社
社　　址	南昌市红谷滩新区世贸路898号博能中心一期A座20楼
邮　　编	330038
经　　销	全国新华书店
印　　刷	江西华奥印务有限责任公司
开　　本	720mm×1000mm　1/32　印张　11.5
版　　次	2019年9月第1版第1次印刷
字　　数	260千字
书　　号	ISBN 978-7-5500-3334-4
定　　价	29.80元

赣版权登字　05-2019-177

邮购联系　0791-86895108
网　　址　http://www.bhzwy.com
图书若有印装错误，影响阅读，可向承印厂联系调换。

序一

花落在彼岸

从偶然看到文章的名字到一直跟读到大结局，在这乍暖还寒的纽约初春，三个女主角的故事深深打动了我这颗漂泊异乡的心。书中刻画的主要女性人物徐雅、王真和阿玲，三个女人在异国他乡在成长过程中心灵所承载的迷失、陷落……

在这个世界，花开花落，两种结局。花开无声，花落有声音吗？是的，花落的声音如同生命的回音。只有用心体会人生，珍惜生命意义的人，才会在静静的夜晚聆听到花落凡尘的声音。花落的声音需要我们用心去聆听其中的拥有与失去，踏过千山万水，神奇动容的声音飘落在大洋彼岸，又开始重生、绽放……

徐雅是我想像中70后女性的写照，70后是特殊的，是处在中国改革开放大潮背景中成长起来的一代。徐雅和那个时代成长起来的人们有一样的共性，那就是坚信命运掌握在自己的手中。毅然而然放弃国内优越的一切，出国闯荡渴望改变生活和寻求心中自由美好的一块净土。然而，伴随她的除了在她心目中无能的丈夫——陈肃强，还有对自己过高的期待。一边是对丈夫的失望至极，一边她尽自己最大的努力为生存而挣扎着慌乱着，为了过上渴望的幸福生活想尽了一切办法，以至于后来用力过猛，弄丢了丈夫。再美的爱情也会在冷漠中逐渐消耗的。然而命运又给徐雅开了个残酷的玩笑，徐雅患上乳腺癌，被生命的脆弱打击得不堪一击，老公却移情别恋，爱上他的房东阿玲。面对自己这颗伤痕累累破碎又孤独的心，她崩溃了不知该如何拯救自己！此刻的她必须靠自己！在黑暗中一阵慌乱的摸索，抓住自我救赎这条绳索，奋力地在命运的泥潭里挣扎，终于重新积聚力量，强大自己的内心并勇敢地面对残局。在善良的房东王真挚友般的关怀和内心信仰的支撑下挺过了人生的黑暗。小说塑造了这样一个具有时代感的徐雅，为自己而任性地活着，她坚定地认为一切都要由自己掌控，我行我素也依然热爱和相信生命的美好。人生当中的拥有和失去都是人生必经的功课，或许多年后徐雅仍万分感激这段人生的磨难和经历让她成长起来，最后都变成她宝贵的人生财富。相信由自己掌控的人生才是完整的人生。

　　小说中和徐雅一起住的房东王真是个心地善良温暖的女子，隐藏着不能言说的痛苦婚姻，命运给她一个不能触碰的男人，同时带给她无言的结局。姐姐的美国好朋友万医生伸出温暖的手默默地呵护着她，善良的王真因为老万有个幸福美满的家庭而压抑自己的情感，最终理智战胜了情感，在这场还没燃起的感情火苗中悄然而退，守住了道德底线，选择了自我。她善待周围的亲人和朋友，王真让我想到水一样的弹性女人，不但能以柔克刚，而且为母则刚。这样一个有着柔软内心的女人，最终赢得大家的尊重，活出了自己的尊严。作者塑造的王真是这部小说中读来最温暖的人物，在她身上看到传统中国女性善和真的美好一面。同样让我想起一句话：无论我们走多远……我们都不要忘了初心，不忘初心，方得始终。

另外一个徐雅眼中的"小三"阿玲，可能也是读者同情和喜欢比较多的一个外嫁女的故事，她和无数人一样向往自由幸福的美国，嫁给大洋彼岸的餐馆老板立山，本以为这遍地黄金的美国能带给她家人和自己更富裕的生活，却因遭遇丈夫立山的背叛而解体。真正的"小三"女待珍妮怀上立山的儿子进而逼婚，阿玲只好独自带着两个女儿离开。后来，不期而遇的徐雅老公陈肃强成为她的租客，于是一段相扶相持的男女彼此温暖着。当故事峰回路转，立山被小三过河拆桥，落魄地求助前妻阿玲，阿玲非常心痛地看着陈肃强离开的背影……相信看到这个大结局的每个读者心中都涌出来不舍和无奈。有时，一段情感没有对错，只有选择不同，阿玲无奈地选择了婚姻，选择了亲情。有时，婚姻开始时就不再是爱情，而很多时候只能选择把爱情留在最深的心中，让爱成为一段永恒的记忆。

爱尔兰作家约瑟夫说："人总是有选择，人甚至是他自己作出的种种选择的总和。"徐雅选择了勇敢面对、自我救赎，并掌控了自己的人生。阿玲选择了婚姻放弃了爱情，成全了亲情。而王真选择善良退让，没有把自己的幸福建立在别人的痛苦上。作品中三位女性经历了人生的种种磨砺和考验，最后选择自救，并勇敢地继续走下去。我们都是这个世界的匆匆过客，我们都应该接纳不完美的自己，如果说每个人的生命都是独特的，就让我们按照独特的方式去生活吧，放下过往，活在当下，女人也可以因自己的选择而精彩。写完这些，想着今年纽约的春天姗姗来迟，但愿所有的美好，如春天般虽然姗姗来迟了，但它绝不会缺席的。人生没有对错，只有无悔的选择！

依依

2016年4月15日于纽约

序二

青草地上落满花瓣

去年10月，我随"北美华文作家访问团"到江南采风，结识了旅美女作家夏婳——身材高挑，戴着墨镜，一副大大咧咧、潇潇洒洒的姿态。采风结束，回到北京，收到夏婳发来的一部小说的电子版，即本书，很是有点惊奇。这"睡美人"竟然还能写出长篇小说？写长篇，一要阅历深厚，二要眼光犀利，三要知识渊博，四要精力充沛。夏婳这位"70后"似乎稍嫩一点，然而她下手了，开写了，写完了。

女性作家大多偏爱情感类题材，夏婳也不例外。一般说来，女性的内心世界要比男性更纤细，更扑朔迷离、深不可测。女性作家驾驭情感类题材，要比男性作家更有优势，更得心应手。本书以三位女性的爱恨情仇为主线，深刻揭示了女性复杂的情感世界。通过三位女性而派生的枝枝蔓蔓，也透视了海外华人群体的生存状态、美德与恶习。

不同于那些"甜腻"的情感小说，本书通篇弥漫着压抑的气氛。

三位女性的婚姻状况都不乐观，要么触礁，要么搁浅。也许现实就是如此？也许"触礁搁浅"比"顺风顺水"更具悲剧之美？夏婳在《题记》中写道："生命是花，感情是花，所有的美好都是花。鲜花盛开，满是期待和喜悦；花落的时候，是否也有人在倾听它的声音？"风雨无情，青草地上落满花瓣……我们感叹"落红"，夏婳却真切地听到"花落的声音"。

书中的"女一号"徐雅，出身高干家庭，本人在银行工作，老公是博士，儿子又乖，真真是"要什么，有什么"。然而，这位身高一米七、罩杯大于D的千金小姐仍不知足，对享乐孜孜以求，对老公百般挑剔，终于把老公逼上梁山，先移民美国，后提出离婚。欲速不达，"作女"一眨眼变成了"怨妇"。"女二号"王真的婚姻也不顺利。同她共枕多年并育有一子的丈夫突然"失联"，原来是恋上了另一个"他"，贤妻王真竟浑然不觉。"女三号"阿玲被迫离异之后，屡遭"渣男"前夫骚扰，苦不堪言。

这个世界怎么了？人世间还有真爱吗？有情人能否终成眷属？缘分已尽的夫妻能否潇洒地"给对方以自由"？婚姻破裂，究竟是男人的过错，还是女人的过错，还是共同铸成的"一错再错"？《花落的声音》未做结论，把发言权交给读者。夏婳说："世事本无对错，选择不同而已。个性和特定的时代注定了她们的命运。我也不觉得她们不成功。人生是个过程。更何况，任何光鲜亮丽的背面都有不为人知的凄凉。"

　　读罢这篇小说，感慨系之，对"爱情、婚姻和家庭"这个老话题再次进行梳理。世风日下，人心不古，婚姻越来越"务实"。尽管如此，我依然相信：爱情没死，"梁祝"犹存。爱情是人性中最美好的那一部分，只要人性没有泯灭，爱情的火花就永远不会熄灭。离婚率的增加并不说明爱情的走衰，恰恰相反，说明人们对"真爱"的向往与追求。爱情是浪漫的，婚姻是现实的。热恋中的男女不能总是激情燃烧，终究要平静下来，开始"高山流水加萝卜白菜"的平常日子。美满的婚姻需要夫妻共同"经营"，任何"阴阳失调"都会造成婚姻的残损甚至断裂。当然，一旦发现婚姻名存实亡，与其将就，不如解脱。其中悲欣，唯有当事人最清楚。

　　这是夏姵的第一部长篇小说，出手不凡，颇见功力。虽然是传统题材，却不落俗套，独辟蹊径，另觅奇花。在人物塑造、细节选择、结构安排、文字提炼方面，均有可圈可点之处。风华正茂，夏姵不会满足于驾轻就熟的题材与技巧，一定会不断开拓，不断升华，在华文文学创作上有所突破。作为笔友，我热切地期待着。

于文涛

2019年1月13日于北京

自序

　　我很不会写序言，老觉得序的主题文章里一定找得到，评论也不是我选择书目的原则，评论其实是很个人的见解，无须一定要让别人产生共鸣。而这本书我却把这两项都做了，我也说不出具体是为什么，只是突然想这样做而已。人仿佛总是处在变动的河流里，同样的事情，因为不同的时间，心境是截然不同，选择也不一样，并不需要理由。

　　记得开始酝酿这篇小说时，我经常站在窗前看门口的花，无论它们如何娇艳，如何美丽，带给我们怎样的欢欣和愉悦，刹那芳华之后，还是免不了凋谢的命运。无可奈何花落去，是我们经历了风霜之后都会发出的心声。生命里不可避免的走得最急的都是最美的时光。那时，我总是想花开花落，潮起潮落，一样的自然景观，但我们面对的感觉却是天上地下。对于花落，我们是否需要换一种心态？

　　我总是会一厢情愿自作多情地希望读者可以读到我小说里隐藏的意

思，因为没有什么特别的才华舞文弄墨，无非是期待那些真实到可以触摸的人物，故事可以引发读者的一些深思和共鸣，要是有启发，那我会受到更大的鼓舞。就仿佛独行的路上，看到了灯光，听到了欢呼。

本书是我目前最长的一部小说，创作时间跨度也很大，曾经烂尾了很久而不去触摸，最终，在网友的鼓励下终于完篇，屈指算来，前后居然耗去了三年的时光。而这段时间里，我的人生也可谓经历太多的不愿接受的寻常和不寻常，也收获了意想不到的惊喜。有读者留言讲小说里可以依稀看到自己对人生的感悟，我感动不已，原来，孤独的路上还是会有心思相同的朋友，而且就在身边不远处。

我没有写缠绵悱恻的浪漫故事，不过是生活中无奈的一段历程，人生本来就是沉重的话题，每个人的机遇、性格、能力千差万别，演绎着地球上纷繁的故事，没有对错，不能改写，只能一路前行，最终走和留很多的时候都不由自己确定，有点遗憾或许是最好的答案，缘起缘灭的瞬间，是宿命还是偶然，都无须去确定，顺着自己的心，认真地把握生命每个时刻才能无怨无悔……

谨以此书向生命里很重要一位朋友致哀，我曾经以为他一定会看到这书的出版，但是世事弄人，但我坚信不管他在哪里，一定懂我心中的悲伤，为他离去而产生的悲伤，就如他追着小说看了很久说他听到了花落的声音……

夏娅

2016年8月1日于夏洛特

第一章

　　要是在一年前，徐雅绝对不认为她和王真的生活会有交集，可现在她和王真是邻居，几乎朝夕相见。首先，这得拜谢美国东北部纽约郊区独有的高平房户型，让她们每天同进出一个大门，然后上六级台阶徐雅家，下六级台阶王真家。这种房型让各家的独立空间更大，但价钱却比租公寓便宜得多，是很多华人的实惠选择。再者，要谢谢徐雅哥哥帮她挑的好房东。租下这房子，哥哥也着实费了心思，虽然是独立厨房卫生间，但毕竟还共用着一个大门。这剩下就归功于徐雅的儿子图图，图图只要一听见开门声，便跑到门边去，弄得她只好勉为其难地走过去打招呼。还好王真性格属于比较沉静的，话很少，一般只是浅浅地笑笑："在家呀！"

　　徐雅皮笑肉不笑地"嗯"一声算回答，急急地拉着儿子离开。图图是不愿意的，他希望可以和王真儿子小乖玩。徐雅只好手臂暗暗地用力，每次图图都是鬼哭狼嚎地跟着徐雅离开。剩下王真在他们身后独自奇怪：小孩子一起玩玩不好么？

为了这个房子，徐雅把哥哥骂了个狗血淋头："我现在是恨不得有地缝可以钻进去，你倒是好，还给我弄出个抬头不见低头见的邻居。"

"房东是女的和你年纪相差不多，孩子也一般大，正好可以一起玩，我就不明白了，你怎么那么不满意，见面打个招呼要你命了？"哥哥给抱怨烦了忍不住也反抗，"单独住公寓银子要翻倍的！要不，你住我这里来。"

一听这话，徐雅即刻鸣金收兵。住哥哥那里去，徐雅想也不敢想，比这恐怖百倍不止，和哥哥一家三口挤纽约市内两个卧室的公寓，怎么去面对没有什么文化比自己还年轻一大截的嫂子？还有电梯里碰到的各层各式邻居？还有银子一点也不少付甚至还要多出一截！算了吧，还是先在这里凑合着。

徐雅自从在国内接到陈肃强的离婚电话后，方寸就开始大乱，乱得她觉得不是自己了。要知道她可是一个很有计划的人，不管什么事情，大到婚丧嫁娶，小到明日的饭菜，每天临睡前她都会统筹安排好。当初她嫁到美国来，就是她自己一步步计划安排出来的。

徐雅出身高贵，她从来不会忘记告诉她认识的每一个人，她的父亲是高干，至于在哪里做高干和什么样的高干，就没有人知道了。剩下的就是她反复叙述在大家连块尿布都很紧张的年代，他们家居然有保姆，还可以天天喝从国外进口的鲜奶。这些都是人们无法证实的事情。不过，从徐雅的哥哥可以到美国去留学，她从一般的学校毕业，却分进了当时日渐昌盛的某银行贷款部工作，她的家境应该算是不错。可能没有徐雅口中的那么辉煌，但是辉煌的标准因人而异，就如考试及格分数一样，有的是六十，有的是八十。不知徐雅的高干是不是也包括个子很高的干部，可以肯定的是，凡是见过她父亲的人都一致认为他是南方人里面少见的高个子，尤其在这南方的小城，很多人都忘了他的大名，转而叫他高子徐。

　　这也给徐雅创造她家世增加了很大的空间，通过她的描绘，人们是无论如何也不会把她和高子徐扯上关联。倒是凡第一次见她和高子徐的人，都会不约而同地发出相同感叹："个子真高啊！"徐雅整一米七零，在她出生的那个年代，这个身高可以做时装模特，所以她走到哪里都是引人注目的。而徐雅也非常会利用这个优势，想没有优势都会给自己创造优势的人如何会忽略自己生而俱来的优势？

　　徐雅的家世当时并没有给她带来什么实质性的帮助，读书的时候，得到有些不知情或是少根筋的同学艳羡的目光——仅此而已。在那个档案连家里是否有彩电都登记得十分清楚的年代，徐雅的家世光环只是一个装饰品。不过，这对徐雅来说已经足够，不花钱的美丽装饰，又有谁不想要？更何况谎言被一千个人说一千遍就是真的，徐雅没有听说过这话，但把这话贯彻执行得很好，她一个人说了大约几百遍之后便认定这就是千真万确的事实。

　　无论是穿着打扮还是待人接物，徐雅一直用这个标准就是高干子女去要求自己，这倒让她的工作如鱼得水。在贷款部，她拉的贷款特别多，不仅全是知名企业，利率还全在高位。改革开放初期，全国最火的是银行，银行最火的是贷款部。徐雅，想不火都不行！在她嫁到美国之后，她依然经常恋恋不舍地回忆往事，尤其是日日在家里吃饭的时候，总不忘提醒陈肃强，徐雅吃他做的饭已经是天大的面子，要知道在国内，她几乎不在家里吃饭的。陈肃强哑口无言，心里却说：那你当初为什么要上杆子嫁给我？

　　徐雅一眼就看穿陈肃强的小心思，可那是她的软肋，走到今天她有苦难言。到应了那句古话，眼睛长在前面，看不到后面的事情，美国在当年徐雅的眼里就是天堂，鼠目寸光的徐雅怎会料到我们伟大的祖国有天会发展得比"天堂"还好？怪来怪去还是要怪哥哥。当初哥哥跑到美国来读什么化工博士，当年的博士已经是凤毛麟角，还要加上美国当修饰，怎么不让人心动？徐雅的同学曾经就有好几个明示暗示过想当她的嫂子。这让她在某种程度上更加坚定了自己要去美国的决心。徐雅父亲是非常反对的，儿子从读大学开始就已经不在身边了，为了留住女儿，使出九牛二虎之力外加吃奶的劲，终于让她挤进了银行工作，这工作也做得风生水起，为什么又想着飞出去？美国的生活真的会好过家乡吗？

第二章

　　父亲宠爱徐雅，是有目共睹的，她是父亲三十八周岁生下的，老来得女的喜悦一直弥漫着。后来，徐雅六岁时，她老妈得了癌症撒手而去，父亲为了女儿，硬是多年未娶。这个"硬是"绝非空穴来风，是有事实证明的。人家给父亲介绍了好几次，据说天生早熟的徐雅只要一看到被介绍女士就开始间歇性地发狂，不仅把对方吓个三魂不见七魄，自己的老父也无可奈何，生生地吓断了续弦的念头。

　　一直到徐雅大学毕业，并开始寻觅自己的出国之路时，父亲的婚事才被再次提上议程，也是无可奈何迫不及待地被提上。徐雅当时就想一绝后患，亲自上阵为老父挑好了伴侣。后妈当时也是单身多年，前夫下海做生意，顺道也游了出去，同时顺走了家里所有的财产。住的两间破屋，因为没有看上，便美其名曰留予儿子住。后妈四肢不是很发达，但头脑绝对简单，深信前夫是因为生意亏本，欠下巨债，为了不连累自己和孩子才要求离婚，感动得涕泪交零，信誓旦旦："这个家始终是你的家，红本换绿本是别人看的，我们还是夫妻。"可惜她前夫连这白给的福利也不要享受，人消失得无影无踪。不过传言倒是没有消逝，不停地有人告诉她，她前夫发大财了，又娶了个年轻漂亮的，还连生两儿子。

后妈生性耿直，愣是不相信这些挑拨他们夫妻关系的"谗言"，仿效古代贤妇王宝钏守着寒窑，寻思着也等个十年八载，郎君生意起色，还掉巨债，再凯旋把家还。不过十年八年倒是过去了，儿子谈婚论嫁娶了个中学老师，前夫依然是影踪难觅。

有次儿媳回来告诉她俩母子，班上有个孩子的爸爸应该是公公。后妈白了一眼缺心眼的儿媳妇："你要是看到哪个要饭的说是他，我还相信，你说他另外有了儿子，这怎么可能？他是养不起我们才跑的。"儿媳妇不愧是为人师表的，做事有条有理，还有事实依据，照片、地址、电话号码全摆了出来。后妈傻不愣瞪地看了半天，一头栽在地上，在医院躺了半月。起来之后就开始托人介绍对象，没有别的要求，可以带她离开本地就可以，年龄、长相、收入、孩子，啥啥全都可以忽略不计。

徐雅一听这事，觉得真是天赐良缘，哪哪都般配，哪哪都合适，像什么后妈比父亲小了十六岁，还有后妈身高才一米五，都不值得一提。那时，初婚的夫妻都流行"年龄不是问题，身高不是距离"。她立马倾城而动，把后妈调了过来，而且是上调，不仅城市高一级，连单位也高一级。后妈在新单位干了两年，病休一年半，分到一套三室两厅百平方米的房子就全额工资病退。徐雅高度地评价了老父这一壮举。父亲也很开心地享受这壮举带来的温馨氛围。

在父亲对自己回家变得不是那么热烈期盼的时候,徐雅偶尔也患得患失起来,究竟自己是不是引狼入室,让后妈鸠占雀巢了? 不过这只是阴雨天的小资情怀,徐雅被宏大的出国雄心充斥着,她不断地以越洋电话咨询身在美国的哥哥:"美国到底是天堂还是地狱? 美国究竟好在哪里?"几乎天天和刘欢一起唱《北京人在纽约》的主题歌。

奈何理工出身学化工的哥哥笨嘴拙舌,不停地重复:"这又不是我写的,你问写歌词的人啊。"

"我问什么写歌词的人,你告诉我美国好不好?"

"好,挺好。"剩下哥哥也说不出个所以然来。

把徐雅急得上蹿下跳的是,哥哥那时根本就不谙男女之事,对朝自己送过来的秋波都不知道如何去接,不识风情为何物如何理解得了恨嫁美国的徐雅的诸多情怀。徐雅百般无奈只好求助老父,父亲心中虽不愿意女儿远走,但也耐不住女儿的巧舌如簧:"等我们全到美国落地开花,把你们也一道接到美国去享福。"美好前景描绘得连后妈的脸上都开了灿烂的花。

父亲当即给儿子分派任务,哥哥一听:"老爹呀,这个可比博士论文难多了!"

"怎么可能? 你不是一直说没有女朋友是因为周边全男的吗?"

"是啊,但是那些男的不是拖家带口的,就是有隔海相望苦苦在等的，剩下的几个有的身高刚到徐雅的耳朵，有的年龄差太多了。"

徐雅没有办法向哥哥传授身高不是距离，年龄不是问题的理论。至于哥哥对她的明示暗示都没有表现出响应，她并不认为是哥哥接收不到信号，她觉得哥哥故意的。从小时开始，哥哥就抗拒和她分享好东西，而每次抗拒的结果都是徐雅得到的更多，没有一次例外过。哥哥好容易拥有了一个父亲无法逼迫他和徐雅平分的好东西，怎么会轻易拱手相让，而且哥哥肯定是藏着其它私心的，反正父亲疼爱徐雅，老了就和徐雅一路过吧，养老送终也全包。如果徐雅也出国，他那美好的设想岂非要鸡飞蛋打？

徐雅觉得摸清了哥哥的心思后，就寻思找其他出路，可是自己读书是不行的，千辛万苦混到大学毕业，徐雅再也不想回顾校园时光。婚姻依然是她唯一可行的跳板。只是跳板那边的接收人让人费尽心思。

按照对"学术研究型博士学位"的缩写PHD还有另外一个说法就是永久性脑损伤的缩写（permanent head damage），自从徐雅到美国之后，发现这个说法的流行开来正和哥哥到美国来读书的时间吻合。徐雅顿悟当初放弃哥哥这个"永久性脑损伤"，自己独辟蹊径的决策是多么的伟大、光荣和正确。

第三章

陈肃强打电话说想过来看看他们新租的房子，徐雅的心不免有些狂喜。看来还是有戏，于美国分居两处生活跟国内是不可类比的，成本翻出几倍，早期受过留学苦的陈肃强是不可能不考虑的。陈肃强那时突然说要离婚，这对于徐雅来说无异于晴天霹雳。倒不是说这男人有多优秀和金贵，而是徐雅实在很不愤在她眼里一钱不值的老公居然还会闹婚变，真是颜面扫地。徐雅晕头转向，急急忙忙订了机票，就赶了回来灭火。在这个离婚电话之前，陈肃强并没有任何异常的表现，所以徐雅上飞机之后，反倒镇定了。想男人可能不过用雕虫小技骗她和儿子回美国而已，为此她开始后悔没有好好地收拾行李，没有等她处理好本来打算处理的事情再回美国。

在为自己失态而懊悔的同时，徐雅心里也不断地暗自埋怨陈肃强："真是的，还真把他当根葱了，这个不成器的家伙，真是成事不足，败事有余，三天没有教训，真上房揭瓦了，还敢提离婚，看我回来怎么收拾你。"

陈肃强并没有给徐雅这机会，来肯尼迪机场接他们母子，正眼也没有看她一眼，更别提说话。图图有一年多没有见到陈肃强，有些认生，缩到徐雅的身后，偷偷地打量着陈肃强。徐雅连哄带骗也没有让儿子出来叫爸爸。陈肃强早就失去耐心，拎起行李一个人往机场外走。徐雅牵着儿子默默地跟着，心开始忐忑不安。

等他们上车坐好，陈肃强终于开口说话："你是要去你哥那吗？"

徐雅的心又是一沉，她定了定神，答道："我们去你那里，哥还不知道我回来了呢。再说哥租的房子也不大！"

陈肃强没有再说什么，徐雅长舒了一口气。只是更出乎她意料的在后面，陈肃强把车开到了一家小旅馆，递给她门卡。看来一切他早已都精心算计好。徐雅闪过不下车与哭闹一场的念头，但马上又给自己按了下去。这一路的颠簸她着实有些累了，何况敌情也没有摸清楚，不能轻易把底牌亮出。她接过门卡，平静地说了声谢谢。

住旅馆的这几天，陈肃强一点音讯也没有，徐雅可没有闲着。她联系了所有她和陈肃强认识的人，开门见山："陈肃强要和我离婚，你们知道什么，直说吧！"弄得本来想置身度外的朋友都有些不好意思，把自己看到的，听到的，已经确认的，未经证实的稀里哗啦全抖了出来。

徐雅也算弄得明明白白，真是自己把陈肃强送了出去。徐雅带儿子回国住，当时租的一室一厅的公寓也到期，便建议陈肃强退了公寓，找个离公司近点小房子租。回国后陈肃强向她汇报租了私人房子的一间卧室，四百块。这价钱在纽约赶上大熊猫了，遍地难寻。徐雅满意极了，想着比以前租公寓省了整整一千多美金。倒是徐雅大学同学听说有些不忿："你老公歹也算个白领一个，怎么整得和难民似的，还要去租别人一间卧室，共用厕所和厨房？"

徐雅有些受伤，要知道这些信息她绝对不会和国内亲友分享的，因为同学也在美国生活，知道国人在美国生活的疾苦，所以才告诉她的，可是怎么这么说呢？徐雅也有些生气，同学不就是二次投胎投得比较好吗！想当初读书时，还经常借自己的衣服穿，不过是飞出了农村的鸟嘛，以为飞到了美国就变金凤凰了？同学老公也没有比陈肃强多赚多少，但他们生活在东部乡下，房价便宜，可是他们那农村和我们纽约可以相提并论吗？

"是啊，可是这纽约地区的房价，是你们那里四倍都不止，又偷不到，抢不到，我们只有省着克扣自己。"徐雅幽幽地说。

"那倒也是，房东是什么情况？"同学听出了徐雅的不快，觉出有些失言，赶紧补祸。

"管他什么情况，我租房交房租而已，又不是找租客，还要担心拖欠房租破坏房子！"徐雅仍然没有消气，调调还是鼓鼓的。

"话不是这样说的，房东的家庭状况也很重要，要是单身女性，危险性就很大了。"同学好心地提醒。

"我家老公没有你老公英俊潇洒，自然会省却我这方面的烦恼。"徐雅嘴上这样说着，心里想：你也不看看是谁的老公！

现在看来，徐雅的自信太盲目，同学的话也不无道理。男人出轨与老婆长相是没有必然关系的，和环境的关联倒是很大。陈肃强的房东是单身母亲，带着两个孩子，开了个小服装店。谁也不知道他们什么时候开始滚床单的，但是有一点可以肯定的是陈肃强不仅和房东，还和她两个孩子也相处融洽，朋友经常在各处看到他们四个身影，不知道情况的还以为他们是正牌一家四口。

了解部分事实之后，徐雅有胃口倒尽、大失所望的感觉。徐雅也不是没有了陈肃强不能活，只是她绝不允许离婚是他先提出的，她尽量保持镇定："麻烦你们全去劝劝他，我和他终究是原配夫妻，风风雨雨也这么多年，我也不想儿子这么小就没有爸爸。"

"那是，那是，我们会去劝的。"大家都觉得有些义不容辞。有些本来就替徐雅不值的朋友更是义愤填膺地接下任务。

徐雅安顿好了这边，就开始责怪哥哥，怎么这么大的事，一直也不给她透漏点风？哥哥冤枉得不得了，坚称自己什么都不知道。

"你说不知道就没有责任了，你也不想想你怎么就不知道呢？"徐雅仍然不依不饶。

哥哥暗自抹着冷汗，这个自小给父亲宠坏了的妹妹，是经常对他蛮不讲理的，还幸好妹夫不是他给介绍的，否则徐雅肯定要剥了他的皮，事到如今这局面，哥哥也不愿见到的："你想怎么办？"

"还能怎么办？你先帮找个房子住下，我不能总住旅馆里吧，孩子也要上学什么的，你再去探探陈肃强的口风。"哥哥接了任务马上照办，告知她陈肃强听他说了半天也只憋了一句话："大哥，我们的事情让我们自己解决好了！"

　　徐雅纵有千般怨气，也没有个发的地方。这几天也忙着要安定下来，陈肃强对她来说如人间消失了一般，现在说要过来看看，徐雅想有没有可能大家的劝说起了一定作用呢？她望着窗外正在飘的春雨，心好像那被雨凋零的花瓣一样，没有了着落，不由得冒出来了眼泪：想我徐雅，怎么就落到了这步田地？当年追求我的人那么多，我怎么千挑万选如此花眼就拣了个漏油的灯盏呢？

第四章

　　据徐雅说她的追求者从三岁开始就有，陈肃强第一次听说时就想：说你在娘胎里就有人追都可以，反正无从考证。对于质疑，徐雅的态度从来是欣然接受，古人说不招人妒是庸才。一个人走到哪里若是引不起任何风浪那算什么事，日子也过得太没劲。像徐雅，生活曾经多么丰富多彩。

　　要知道高干家的进口鲜牛奶可没有白喝，那牛奶把徐雅灌得不仅肥肥白白，而且前凸后翘。罩杯没有E的话，D肯定是有的，一般人就是使出名导张艺谋在《满城尽带黄金甲》里面的魔术式挤压也达不到她的效果。还有那磨盘似的屁股，走起路来一扭一扭，简直就要晃瞎人眼睛，再披上高干父亲和银行工作的外衣，说没有追求者那就和让人去相信天不会下雨一样荒诞无稽。追求者众多是肯定的，可是有时候，数量可以说明问题，却不可以解决问题，能够解决问题的就开始关乎质量。这些追求者在徐雅眼里简直全是扶不上墙头的烂泥。当然人的眼光是会改变的，多年后的徐雅认为当年真是有勇无谋，有眼无珠，不识金镶玉。白白错失了许多可以让自己华丽转身飞上枝头变凤凰的机会。

可当时的徐雅是身陷泥潭中，身边的追求者被她编号、排序，打分，最高的也就59，无一及格呀，而且最最可气的是这种事情有一个及格就足以。徐雅的及格标准就是去美国。其实，她对美国的了解也不过限于哥哥寄回来的几张照片，一张壮观的国会山庄，一张热闹的时代广场，还有一张是晚上拍的不知名野外，月亮又大又圆，绝对比中国的大、圆好几个圈。徐雅顿时认为去美国就等于是进了天堂，天堂里全是幸福没有忧伤。为了寻找这个及格人员。徐雅费尽了心思，肠子花花拐了好多道依然没有收获。那时，每每徐雅赴完饭局，再在卡拉OK里面把能量吼得七七八八，独自骑着电单车回家时候，心里就装着满满的凄凉。真真是无语问苍天，为何姻缘前定路坎坷？

还好没有蹉跎太久，这坎坷的姻缘路上长出一朵小小的希望之花。徐雅某夜归家时，茫然的目光被一霓虹灯广告吸引，那是某夜校托福考试班的宣传。徐雅的心在瞬间被照得透亮，踏破铁鞋无觅处，得来全然不费功夫。这托福学习班里，不是即将出国的，就是打算出国的，高矮俊丑，红肥绿瘦，该是应有尽有。

三千大洋，崭新还有油墨香的票子递出去之后，徐雅晚上又多了一个不归家的去处，托福英语补习班。徐雅在补习班广抛媚眼之后，收获并不大，那里选择并不多，很多的人本来就已经有了牵挂。也有些人是心无旁骛，只读书的，徐雅下了狠劲人家也不回看她一眼。相对而言，陈肃强很热情，个子不高，有些瘦弱，但小伙子还算眉清目秀，颇有一点点影星陈道明当年的风范，可能因为他意识到这点，性格上很有陈道明的清高味。不过这清高是对别人，至少表面上是，不然应该不会和徐雅一勾及上，开始了他们纠缠不清的孽缘。

"对，就是孽缘！"徐雅重重地叹了一口气，想想婚后这十几年，几乎都没有怎么快乐开心过，这样平平到老而已，现在都极有可能变成奢望。

陈肃强来的时候给图图带了一个新玩具，可以搭的托马斯火车，图图一看就喜欢坏了，亲亲热热地叫了声爸爸，拿着玩具到一边玩去。剩下徐雅和陈肃强面对面站着，这是他们自徐雅归国后近两年的时间，第一次如此近距离。曾经，至少算和睦的夫妻，时空的距离造成的是感情上的疏离，尽是相对无言的尴尬。

徐雅盯着陈肃强，希望可以从他的眼神里找到什么。陈肃强避开女人目光，没话找话："这房子好像挺大？"

"有两间卧室，你回来也有地方住。"徐雅赶紧抓住。

陈肃强愣了一下，扫了徐雅一眼，目光停留在儿子身上，很坚定："我们还是离婚吧。"

徐雅吞了一口唾沫，眼睛也转向儿子图图，艰难地开口："儿子这么小，我不希望他没有爸爸，我要是有什么不对的地方……"

"不关你事！"陈肃强急切地打断，眼神飘忽起来。

"那关谁的事？你宁愿去帮别人带孩子，也不去疼你自己的亲生儿子。"徐雅的火直往上冒。

"你扯哪去了？我只是觉得我们之间不会有幸福了。"陈肃强的声音很冷。

"那你和她就会有幸福？"徐雅依旧咄咄逼人。

"我也不知道，但至少我断定我们没有。"陈肃强似乎有些败下阵来。

"你断定，你什么时候断定的？你早干吗去了，干吗要和我结婚？"徐雅没有半步退让。

炮弹炸响后，却没有预期的效果，死一般的沉寂，陈肃强沉默了一会儿，很平静地："你想骂就骂，我也想骂自己呢！怎么都行，但是，婚我一定要离。"

"你休想，你休想，我就不离，我看你把我怎么办？"徐雅的声音高了八度。图图吓着了，呆呆地看着他们："爸爸妈妈，不吵架，不吵架！"

徐雅颓然地坐下，眼泪很及时地流了满面，依然没有打动陈肃强，他没有再说任何话就离开了。徐雅心里很想挽留，其实他来之前，她都预备留他下来吃晚饭的，事情的发展，永远是计划赶不上变化。

"妈妈，我饿了。"图图的叫喊声把徐雅拉回现实，她这才发现已经快六点，赶紧起身做饭。

　　听见门开的声音，照例图图又跑了过去，徐雅今天实在是没有心情，便由得他去。隐隐约约，王真儿子小乖说他过生日，要请大家吃蛋糕，看生日礼物。图图也不无炫耀地说："我爸给我买了托马斯火车。"

　　两个孩子的笑声嬉闹声，徐雅充耳不闻，只是木然地把饭菜下锅。突然，凄厉的哭声把徐雅惊得锅铲都掉地上。原来在争夺玩具的时候，小乖掉下了楼梯，摔到了左手。看情形有可能断了骨头，徐雅和王真都吓坏了，她们手忙脚乱地抱着孩子赶去急诊室。

第五章

好在那天急诊室的人并不算太多，在美国生活过的都知道急诊室的等待有时比寻常看诊的等待时间还长，美国医院是不拒收任何病人的，不管有钱没钱有没有保险，这也让很多约不到看诊医生的流浪汉直接步入医院，更是加长了急诊室排队等候的队伍。等了不久就有医生护士接待她们，拍了X光片，确定是骨折，医生接骨复位之后，上了夹板绷带，交待了一些注意事项和到家庭医生那里复检的日期，就放他们回家了。

折腾下来快十点，大家都饥肠辘辘。她们赶紧带着孩子就近找了家麦当劳解决温饱问题。小孩子总是容易快乐的，小乖似乎忘了手的问题，和图图又开始追追打打不亦乐乎。倒是徐雅和王真两个大人面面相觑，各怀心事，不知道该聊什么合适。

徐雅有些不好意思，虽然不能确定小乖到底是失足摔下去的，还是被图图推下去的，但不管怎样，都是孩子在一起玩引起的。她讪讪地开了腔："你明天还是要上班的吧？我可以帮忙看小乖！"

王真似乎在想着什么，半天才恍过神来："噢，谢谢！看看情况再说吧！他好像都没有什么影响，应该可以上学！"说完似乎又陷入了沉思。

徐雅有些悻悻然，突然想起怎么从来没有见过王真的老公，一直困在自己的事情里，倒是忽略了这么个新大陆，她好奇不已，但毕竟这种场合去问这个问题实在是不合适。她只好把涌上来的问话一遍又一遍塞回肚子里。

回到家梳洗完应该睡觉时，徐雅却一点瞌睡也没有，今天本来给陈肃强气得头昏脑胀，现在反倒神清气爽。这么多天王真的老公从没有露过面，他们是不是也在闹离婚或是已经离婚？一想到这，徐雅就无端端觉得宽慰。苦难不会因为分享而变少，但幸灾乐祸绝对是很多人的天性。

徐雅想自己要真离婚，王真的生活方式她可以借鉴。手上的钱若是不分给陈肃强，买一栋这样的高平房不成问题，租一层出去，伙食费也出来了，儿子上学之后自己也可以出去打份工，再加陈肃强的赡养费，她的日子应该过得不差。这样算来，离婚不仅不可怕，似乎还可以强过现在的日子。只是陈肃强会同意放弃全部家产么？纽约法律好像没有过错方要放弃财产这一说。可是他错在先，不放弃就不离，而且钱都在自己账户上，还真不信陈肃强会宁愿送钱给律师，而不把钱留给儿子。徐雅胡思乱想了一夜，也没有想出什么所以然。这场平地而起的战争，她的位置就是靶子地带，在没有摸清敌人的状况下，很难有胜算，不过她的主意倒是横下来了，兵来将挡，水来土掩。

同一栋房子里没有睡好的又岂止徐雅一人，王真也彻夜未眠，窗外的雨滴答了一夜，滴滴都在王真的心头。她一直在想要不要告诉小乖的爸爸——自己的丈夫赵力，小乖受伤的消息。丈夫不过是挂名，他们都快两年没有见过彼此，当初的恨已经开始有些褪色。记得自己对他最后一句话："希望今生，我和小乖都不要再见到你！"

赵力听了，半晌无语："如果这是你希望的，不过我也希望你知道，小乖是我今生唯一的孩子，不管怎样，我都是爱他的！"

"你配说爱这个字吗？"王真咬牙切齿地问。在王真的生命里，那是她唯一一次那样待人，这个人居然还是同床共枕多年的亲密伴侣。王真的苦楚也不似一般人的体验，婚姻有开始就有结束，在如今的时代，离婚早已不是什么新鲜事，据说，国内还流行过见面问人："离了吗？"当招呼用语就和英文的：HOW ARE YOU？（你好吗？）一样，只是英文的问候都有标准答案：挺好！只是不晓得这个问题的最佳答案是离了还是没离！

王真虽然有些保守，还不至于古板，若被要求离婚总有些始料未及，愤愤不平，但是以她的性格，也绝不是那类鱼死网破型，只是这个丈夫，事情做得太让大家颜面无存。王真才会说出那么绝情的话。虽然事后王真觉得言辞过于激烈，但却没有丝毫后悔。

王真母子的生活费，赵力很积极地支付着，小乖生日，圣诞节礼物就不消说了，衣服、玩具，还有日用品只要他觉得适合孩子的，他都会买好让店家直接送货过来，对儿子也算是真心实意地好！有时，还会买些礼物给王真，不过都被女人扔了。王真心里只有简单的一条，谁也没有办法改变历史。随着时间慢慢过去，王真却不由自主站在赵力的角度去想，虽然还是不可以原谅他对自己做的事情，但的确开始接受他对儿子的感情。

小乖不止一次地问起过爸爸，都被王真搪塞过去。有次小乖居然问："妈妈，你和爸爸是不是离婚了？"

王真虽然斩钉截铁地回答了事实："没有。"也有不知如何跟孩子解释得清的苦楚，小乖过了一会，却自言自语道："你们应该没有离婚，不然我会有stepfather（继父）的，学校的小朋友都是这样的。"王真给孩子的话吓了一大跳，或者应该还是让他爸爸继续出现在生活里，不管怎么说，她无法取代和扮演父亲的角色，至于其他的事情等小乖成年后自己做是非判断。

这两年王真只主动给赵力发过一个邮件，就是离婚协议书。赵力的回复很快：还是等你们的绿卡下来再说！只是希望能够给你们多些选择！离婚也因为这个答复无限制地搁置下来！这个搁置也使王真夫妻的面子上没有那么难堪，双方家人只以为他们依然因为工作关系分居着。

王真花了一点时间才找到赵力的邮件地址，当她看到联系人名字依然还是老公二字时，忽然觉得好讽刺，马上更改成：小乖的爸爸。

然后就写了一句话：小乖摔断了手！便按了发送键。这么简单的动作，王真操作起来似乎花去了全身气力。

徐雅第二天一早起来，发现雨虽然停了，天依然黑沉得厉害，似乎后面会有更大雨势要来。她熬了些粥，想着要不要送点给王真去，就听见王真的敲门声："小乖精神似乎不是很好，我不想让他去学校了，你可不可以帮我看一下他？"

"好的，好的！"徐雅忙不迭地应着。

"谢谢，如果有变化你给我打电话！"王真迟疑了一下之后，"他爸爸应该等会儿会过来！"

第六章

　　徐雅急忙地带着图图来到了楼下。两个小家伙吃了早餐，坐在一起看电视倒也安静。徐雅试探着问小乖关于爸爸的事情，六岁的孩子哪里说得清楚？除了很久不见之外，她一无所获。徐雅一个人屋里屋外忙乎了一番，希望可以找出蛛丝马迹。这房子楼上楼下的结构一模一样，王真应该是个勤快人，家里收拾得非常整洁干净，虽然那些布置不合徐雅的口味，但她必须承认，王真挺有品位的。找了半天，一张小乖爸爸照片也没有，这让徐雅很不甘心，不过这也侧面证实徐雅的猜测是对的，不管他们夫妻关系怎样，绝对是有些不正常的。也让她越发好奇，对于见到小乖爸爸，徐雅有些迫不及待了。

　　中午过后，小乖吃了点面条，说累，徐雅赶紧让他回卧室睡。王真打过电话来，只是问问小乖的情况，徐雅没忍住，试探着："小乖的爸爸还没有来？"

　　王真很冷淡地："他不来也没有关系，我会早点下班。"

这句话让徐雅有丧失了今天生活主题的感觉，她不甘心地强调："你不用早下班的，小乖啥事都没有。"

徐雅来来回回地到窗户那里看了好些次，不知从什么时候开始，外面又开始风雨飘摇，但车道依然空空，除了一些被雨打落下来的树叶。徐雅有些绝望，看来今天是无法有机会探究王真夫妻的秘密，她伸了伸懒腰，躺回沙发上，开始想晚饭吃什么。

门铃就是这个时候响的，徐雅跳起来，拉住先她一步的图图，抢着开了门。感觉是眼前一闪：好漂亮的男人！徐雅有些奇怪，长相一般的王真是如何嫁到这么帅气男人的？

赵力看到徐雅，有些发愣："我是小乖的爸爸，您是？"

"邻居，邻居。"徐雅赶紧把赵力让进门，"小乖睡了，也有一会儿了，要不要叫他起来？"

"不用，不用，我去看看他。"赵力应着，却不知该往哪间房走。

徐雅看在眼里断定这房子赵力应该没有来过，便指指小乖房间的门。她开始琢磨要如何跟赵力套些近乎，赵力就像一本有着美丽封面的书，徐雅急于知道内容。只是她还没有来得及行动，就有钥匙开门的声音——王真回来了。

徐雅有些沮丧，只好带图图回家。不过五分钟未到，她又冲下来，高声问："难得小乖爸爸也在，我们大家要不要一起吃个晚饭？"

王真看上去很疲惫："不要客气，他等会就走的！"

徐雅咯咯的高跟鞋声终于停了，赵力从小乖卧室出来，看着王真，空气里弥漫着静默，让人窒息的静默。

"小乖的手没事吧？"赵力打破沉默。

"没事，过几天就好了！"王真淡淡地答。

"那，你还好吗？"

"谢谢，挺好！"死一般的沉默跟着又回来了。

"我还带了小乖喜欢吃的零食。我去车上拿！"赵力终于又找到一句话。

"不用，小孩子口味一直变的，你订的很多东西他都不吃了。"

赵力的脚步在王真平静的话语中停了下来："哦，那就算了，你告诉我小乖现在喜欢吃什么我去买！。"

王真的心不知为什么有丝丝的疼，她想了一下："你带他出去时，自己问他好了！"

"我可以带他出去？"赵力似乎有些不相信自己的耳朵。

"吃完晚饭早些回来就行！"王真依然淡淡地补上了一句，"他喜欢吃CHICK-FLI-A（快餐馆名）的鸡块。"

"我知道的，我会的……"赵力似乎激动得有些不知说啥。

从王真家回来，徐雅有些失魂落魄，她那么积极主动地帮看小乖，很大一部分原因是希望可以知道更多的王真私事。结果一无所获，应该是有点收获，这点收获却使她的好奇心更强，让她有不知在何处下手探寻合适的苦恼。她一个人站在窗边发呆，突然看见赵力带着小乖出来，对，没有王真，千真万确，只有他们俩父子出门了。这么长时间没有见面的夫妻却分开行动，太不正常。徐雅觉得自己有迫切需要谈论这个问题的必要。拿着通讯录翻了一遍，徐雅拨通了大学同学的电话。同学有些奇怪："你什么时候回来的？"

"一言难尽。"徐雅忙着进入她喜欢的话题，"我跟你说，我的邻居家真的很怪！"

同学在问清楚徐雅回来的缘由后，并没有顺着徐雅的思路往下走，她有些迟疑，但还是开口道："你邻居是有些奇怪，可这毕竟不关你事吧？你还是赶紧把自己的事情处理好！"

徐雅一下子变成泄气的皮球："我也想处理呀，这陈肃强要么躲着不见，一见就说离婚，你让我怎么好？"

同学笑道："国内这种事情不是多过国外吗？你怎么反倒还没了主意？你找不着老公，小三也找不着吗？他们不是住一块吗？你一出手，还可以一箭双雕呢！见了小三，知己知彼，也想清楚下一步怎么走？"

徐雅一听也是："可是冒冒然去他们住处合适吗？那女的还有两孩子呢！"

同学说："人家都不考虑你孩子，你还瞎操心人家的孩子？你真是善良得过了头，都不太像你！"

徐雅给同学的话激得火冒三丈，想自己怎么会被别人这样看笑话。她马上挂了电话，开始找寻找小三的下落，功夫不负有心人，打了几个电话后，她又收罗到一堆信息，小三的服装店在纽约市布鲁克林区，名字叫阿玲，福建人，两个女儿和图图差不多大。

徐雅决定直奔虎穴，是不是可以擒到虎子，她难以确定。她的心七上八下，她一直觉得这个世上她最有把握的东西就是她的婚姻，可是走到现在，她发现那不过是自欺欺人的假象。她的婚姻和别人的一样，千疮百孔，不知该从哪里开始缝补？她自己就是一只充气老虎，看着吓人，其实小针一戳，瞬间塌陷，连绵羊都不如。

第七章

正是傍晚手忙脚乱的时候给徐雅拖出去当车夫，哥哥有些不情愿，嫂子脸色也不是很好看，一岁多的女儿她已经够忙，还要添上图图。基于徐雅一贯的强势，他们也不敢表现出来。嫂子怯怯地开口："这种事情，虽然一个巴掌拍不响，可是最关键还是在男人身上，牛不喝水，谁也按不了牛头，还是要先和肃强谈清楚！而且和外边的一闹起来，基本就没有回旋的余地，到时不想离也得离。"

徐雅懒得搭理嫂子，在她眼里，文化程度不高的嫂子讲话不是狗嘴吐不出象牙，就是文不对题，乱七八糟，讲不到点子上。哥哥结婚三年来，她几乎没正眼看过嫂子，更别说认真地和她说话。如今，她看不上眼的嫂子居然不知轻重地来评判她的行动，她有点忍无可忍："嫂子，你有空把我侄女喂胖点好了，别没事瞎操心！"

嫂子听这话，脸上有些挂不住，但她也知道小姑的脾性，就不再搭理徐雅，抱着孩子一边去玩游戏。

哥哥一边说徐雅不懂事："真是把好心当成驴肝肺！"一边又担心她冲动坏事："你是知道的，美国这边动手就是很严重的罪行，和国内不同的，你不要弄得自己跑去监狱呆着，图图到时没人看！"

"我要是出事了，图图你们就帮我看着，正好过继给你们改姓徐，和你女儿凑成好字，免得你们还要再生一个。"徐雅故意赌气似的，这样反倒心情轻松些，她一直宽慰自己，天上飘来五个字：这都不是事！

知道是秀才遇着兵，哥哥无可奈何地叹着气不再吱声，等让徐雅下车时，还是忍不住又追加一句："记得君子动口不动手，不打架不吵架，和平谈判！"

徐雅白了她哥一眼："你也记得坐街对面牢牢地盯着，看到警车来的话，就赶紧回家准备钱保释我。"

服装店并不大，琳琅满目地挂着各式服装、手袋和装饰首饰，可能因为周围都是办公室的原因，正式的上班装占得多数，捧场的客人似乎还不少，买单居然要排队。徐雅找了个不显眼的位置，冷眼打量着收银和装袋子的两个工作人员，猜想哪个是阿玲。她最后断定应该是那个装袋的，女人看上去三十出头，身材蛮纤细，穿着一套深蓝套装，里面是浅蓝衬衣，一串很夸张的大型蓝宝石项链把并不算出众的衣服突显出来，时尚又不失大方。

客人散了之后，阿玲注意到站在角落盯着自己的徐雅，浅笑着走过去："Can I help you？（有什么可以帮到你）"

徐雅冷冷地盯着女人心说，还跟我打洋腔，便扯着嗓子："我也不知道你可不可以帮我？我老公是陈肃强！"

阿玲一愣，下意识地扫了一眼不远处的收银员："我们可以换个地方谈吗？"

徐雅冷笑着："不好意思让人听见？做了什么见不得人的事吗？"

阿玲用乞求的目光看着徐雅："隔壁就是星巴克，我们去喝杯咖啡？"

徐雅看了看听到动静朝这边张望的收银员，心里一阵得意，之后还是决定朝门口走去。阿玲和收银员打了一声招呼，亦步亦趋地跟着。

"好了，地方换好，你想谈什么？"星巴克刚一落座，徐雅就咄咄逼人地问道。

阿玲低着头，并不言语，只顾搅着咖啡，过了好一会儿，才用几乎听不见的声音问："是强哥让你来的吗？"

"强哥？真是郎情妾意，缠绵得很啊！"徐雅真恨不得上去撕了那嘴，"我自己来的，来勘察一下我家的外围，还需要人批准吗？"

哥哥看着怒气冲冲走出星巴克的徐雅，小心翼翼："短兵相接的结果怎么样？"

"什么呀，就碰上一神经病。"徐雅的火越窝越大，"我问什么她都不回答，后来干脆开始哭，哭得那阵势，跟死了亲爹似的，全星巴克的人都看着我，好像我做了什么对不起她的事。我要再不跑的话，估计就有人要报警了！"

哥哥总算把心放回原处，看样子那女人还是个知进退的："那下一步我们怎么办？"

"还我们？你什么时候帮过我一点点了，就知道置身度外，连旁人都不如！"徐雅在哥哥好心不讨好的问题下，枪杆子即刻转向乱喷一气，以消心头之恨。

小乖很久没有见爸爸，和赵力却并不生疏，因为从小赵力和他在一起的时间就少，小乖是习惯于爸爸偶尔出现在他的生活。再加上赵力的礼物经常过来，所以小乖对赵力还是没有什么隔阂。父子俩开心地吃完饭，还闲逛一会儿买了玩具和零食。送小乖回去时，赵力想着要不要进门和王真打声招呼，却见王真已经开门出来。小乖兴奋地奔向她："妈妈，爸爸给你买了好多好吃的。"

王真接过打包的纸袋，有些意外："谢谢！"

赵力跟着下车，小声地追问着："下次，我什么时候再来看小乖合适？"

王真想了一下："小乖六月初就要放暑假，你可以带他去玩一到两周。"

小乖一听乐不可支地蹦着："爸爸，我们去迪士尼好不好？"

赵力的脸瞬时灿烂:"好,好,我们去迪士尼!"

王真平静地看着他们父子,低低的声音很严肃地补充道:"只是你一个人!"转身往屋里走。

赵力也很认真地回答:"是,就我一个人!"看着王真的背影,他又大声音加了一句:"我们的绿卡快下来了!"

王真停下但没有回头,冷冷地:"你是说手续可以办了?"

赵力疾步走到王真面前,很动情地:"我不是这个意思,我只是希望我们都可以过得好一点!"

王真面无表情:"从一开始就注定了,谁也不会过得好的!"

赵力无力地垂下了头:"我知道是我的错,可我也是身不由己!有些东西不是我可以选择的,我不期待你的理解,可是事情已经这样,我们都接受现实好不好?"

小乖听不懂他们的谈话,但是从他们的神情感觉到了什么,仰头看着他们可怜兮兮地:"爸爸,妈妈!"

王真远离的愤怒情绪给小乖的叫声拉回来,她看了一眼赵力,依然有些心不甘地:"我知道,那就和胎记一样,与生俱来,永不消失,对吗?请不要在孩子面前讨论这些!"

第八章

　　阿玲其实并不想哭，可却无法止住眼泪。她感觉到周围诧异的目光，美国的星巴克可不是像国内属于小资情怀的去处，应该是和永和豆浆一个调调的，人来人往，川流不息。阿玲想收起自己的失态，但是泪水依然奔流着。

　　有人走过来，关切地问："你还好吧？"

　　阿玲急急地拭去泪水，努力挤出一丝笑容："我没事，谢谢！"

　　徐雅已经走了很久，不知何时雨又开始飘，黝黑街道上的积水泛着光，冷冷的，幽幽的。阿玲怔怔地看着，泪又无声地布满脸。

　　她想起三年前，一样的雨夜，一样的被人找上门谈判，一样的毫无防备，手足无措，唯一不同的是位置，那时的自己——是太太，明媒正娶的天地自助餐餐馆少奶奶。不管这个位置阿玲做得如何辛苦，外人看过去，还是光鲜得要命。婆家有两家很大的自助餐馆，老公不能说衔着金钥匙出生，但相对于福建乡下的渔村来说，的确算天上地下。老公立山的眼光是挑剔的，三十好几，也只有阿玲入了他的法眼，而且有非卿不娶之势。婆婆虽然觉得阿玲身子单薄，不像有福之人，在儿子的坚持下也勉强同意。随着阿玲连生两个女儿，小女儿生下来就毛病不断，婆婆的耐性越发没了，直言后悔当初同意了这门亲事。老公立山待阿玲也不似当年，脾气更是了不得的大。

阿玲没有空去在意这些，小女儿的病已经让她焦头烂额。其实，那时的阿玲已经很少到餐馆露面，小女儿反复的病情和求医让她应接不暇，分身无术。她都不记得那天老公立山去干什么了，要自己跑去守店。当珍妮突然出现在阿玲眼前时，阿玲吓了一跳。珍妮是留学生，曾经在餐馆打过工，不过只有短短几个月的时间，当时阿玲还怀着小女儿。珍妮手脚也算勤快，阿玲因为自己就是打工出身的，而且留学生的身份也给人一种自强不息的感觉，她们大都是黑工，收入还低于美国政府最低工资标准。所以阿玲对这些年轻的女孩也格外怜惜，大家相处得还算愉快。

之后珍妮打电话来说不做了。阿玲有些惋惜，但却没有挽留，餐馆里人来人往，留学生的流动性更大，阿玲早就司空见惯。偶尔也听到餐馆别的女孩子议论说碰见过珍妮，珍妮发达了什么的。阿玲忙着生孩子，坐月子，给小女儿治病，哪里还有心思顾及这些无聊的八卦，她都几乎忘了珍妮这个人在生活里出现过！

看着穿着孕妇装，似乎故意挺着大肚子的珍妮，阿玲半天才反应过来："珍妮，好久不见！恭喜呀！怎么结婚也不告诉一声？"珍妮面无表情地："我还没有结婚呢！"

又被吓了一跳的阿玲不知怎么接话合适。后来珍妮提议去喝杯咖啡时，她毫不犹豫地答应了，心里直感叹现在女孩子真是少不更事，珍妮是不是无处求救来找自己？这危难时刻无论如何要帮一把。

没等她们坐稳，珍妮连珠炮地扔了几颗炸弹，把阿玲的美好幻想炸了个粉碎，阿玲连喘息和反应的空间时间都没有。

"我怀的是立山的孩子！

"我做过B超了，是儿子。

"立山和他妈的意思是等孩子生下来再给我们母子交代，不过我希望孩子可以名正言顺地生下来！"

目瞪口呆的阿玲茫然地看着珍妮，仿佛听不懂她的话，其实是懂的，却还在徒然地希望她下一句是："我跟你开玩笑呢！看吓着你了吧！"

珍妮沉默了一会儿，终于吐出了最后一句话，不是阿玲期望的："你觉得怎么办合适？不过别逼我，不然的话我会让大家都死得很难看！"

阿玲看着珍妮，千万句呐喊涌上心头，她有不甘、愤怒，也伤心和无奈，这一切都在喉间变得悄无声息，只有泪，毫无顾忌地流着。

记得那一夜，阿玲的泪是流到天明。不过她不是哭即将逝去的婚姻，而是哭命运为什么从不给她选择，从出国，到结婚，她一路就这样被人推着走入角色，不管她的意愿如何。如今又被人推着走向离婚。结婚的时候，她无可奈何地屈服于现状，她都认命了，为什么命运还是要如此苦苦相逼……离婚的时候，阿玲再次认命，怎么又走到了今天的局面？她一直是小心翼翼、如履薄冰地走着的呀！

当时的房客，扔下押金，大冬天的搬走了，阿玲急切地寻找着下任租客，清楚地注明：不租给单身男性。陈肃强的问询电话打在房子的广告打出去了快两个月的春节，届时依然无人问津，阿玲很认真地回答他的问题，期望他是为朋友或家人租房。

陈肃强了解清楚之后说："我对你的房子的情况非常满意，我可以去看看吗？"

阿玲想了一下："可以的，但我不租给单身男性。"

陈肃强显然是有备而来，虽然没有到房子里面看过，但是外面他不知经过多少回。多方便啊，跨过马路就可以上班，连车都可以不养，那么便宜的房租，肯定会得到精明老婆徐雅的赞赏。至于房东有孩子，更好，自己思念儿子的心绪正无处表达。他早就有了非此房不租的念头，决心说服房东："你这样不公平，有性别歧视！"

"不是的，我觉得那样不是太方便，我是单身带孩子的！"阿玲小心翼翼地答。

"如今同性恋也随处可见的年代，你觉得女的就一定方便了？你说吧，怎样会租给我，加租？"陈肃强一门心思，抗争到底。

阿玲不知如何回答，房子空着让她烦心，可是租给单身男性，她真心觉得不是太合适，她想如何让对方退步，冒出了一句："如果你可以今天搬过来的话！”

电话那边半天没有回应，然后是挂断的声音。阿玲有些不好意思，但同时也为自己的机智开心，没有人做得到可以马上搬去还没有看过的房子。只是这房子，要到何时才租得出去呢？阿玲忧心忡忡地想：什么时候可以不用再为房子出租烦恼就好了！

听到门铃响时，女儿和阿玲都吓着，大冬天的夜晚，谁会在这个时候敲门。阿玲有些胆战心惊地打开门，奇怪地看着素不相识却还算面善的男人。男人把行李往地上一放，自我介绍到："我叫陈肃强，就是刚给你电话的人，这是我的工卡，驾照、护照要看吗？"

说完把这一堆东西往阿玲的手上塞，看了一眼似乎还没有完全反应过来的女人，继续道："哪间房是我的？"

第九章

"这款蛋糕是店里新出的，味道不错，你试试。"说话的是位慈祥的白人老太太，她大约关注阿玲良久，边说边笑容满面地把蛋糕放在了阿玲的面前。

阿玲回到现实中来，看了一眼老人，感动得不知说什么合适。老人依旧笑笑地看着她，青筋满布的手轻轻地拍了拍阿玲的肩："相信我，所有的都会过去，明天一定是个大晴天！"

阿玲抽了抽鼻子，用力地点点头。来自陌生人的关怀，让她倍感温馨，她也知道自己应该坚强，还有年幼的女儿看着等着，日子怎么也不会比刚离婚时难，取舍之间虽然会有痛，但是有的事情还没有开始就注定了结局，怪只有怪自己的克制力差，身不由己，总也期盼上帝会多一分额外的怜惜。

陈肃强有老婆，他搬进来的当晚阿玲就知道，陈肃强怕阿玲不同意他租下，便指天发誓："你别多心，我有老婆孩子，他们暂时回国了，我真的只想租房子而已，你要不要我上视频让你和他们打个招呼？"

　　阿玲觉得男人的样子很可笑，虽然有点勉为其难，但还是接受这个租客，后面的事情，不是预谋，也不该发生，事到如今，结束是唯一最好的选择。人都说己所不欲，勿施于人，不过做的时候大家通常都是己所不欲，统统施人，阿玲只是凡夫俗子一枚，感情来的时候，也一样把理智抛到脑后，更何况他们所处在同一个屋檐，实在是太利于感情滋生，所有细微的小事哪怕就是帮忙换个灯泡都变成打动阿玲的点点滴滴。

　　阿玲每次想到徐雅还是自责，怎么和当年的珍妮一样，做了世人不齿的事情？但阿玲觉得自己和珍妮是不一样的，她从没有想过要取代徐雅的位置，她知道徐雅回美国时她和陈肃强之间就会烟消云散，仿佛夏日早晨的雾气，她在心底不过是期盼徐雅留在中国的日子可以长一些。她也一直以为陈肃强也是这样想的，她不知道陈肃强和徐雅谈离婚，徐雅的出面指责让她难堪更多的是意外，她一直希望自己可以不被徐雅知晓，可以悄无声息地消失的。

　　从某一方面来讲，上天对阿玲已是厚待，这偷来的欢愉只要自己放弃，对未来就不会有什么影响，而陈肃强和徐雅呢，他们可以把自己和陈肃强的事情当粉笔字抹掉吗？他们可以没有一点罅隙回到从前开始生活吗？不过那些已不是她可以操纵的，做好自己的那部分就好。阿玲拿起老人送的蛋糕，咬了一口，西式糕点的甜得发腻的感觉在她的口腔内弥漫开来……

阿玲脱鞋进门，还穿着围裙的陈肃强迎了过来，关切地问："吃了饭吗？今天怎么这么晚，我打了几次电话都没有听？"

"吃过了，可能我手机没电了。"阿玲尽量掩饰着自己的情绪。

陈肃强仔细地看着女人，有些狐疑："我也打过电话给店里，你和谁出去了？"

该来的躲也躲不掉，阿玲偷偷地叹了一口气："强哥，我正想和你说，现在我手头也没有那么紧，地下室也装修好可以出租。所以这一楼的房间我不打算出租了，改成孩子的游戏室兼客房挺好的。你看看什么时候搬出去方便？"

陈肃强的脸瞬间陡变，事情的发展让他很猝不及防，他一直在规划给这女人一个惊喜的蓝图，也还认为事情在他的操控中！他一声不吭，只是牢牢地盯着女人，想看清这后面隐藏着什么？阿玲躲闪着他的目光，自顾自地说着："我妈他们其实一直想来美国看看，他们来了也是要地方住的。"

男人忽然间恍然大悟："和你出去的女人是不是徐雅？她和你胡说八道了什么？"

"是又怎样？不是又怎样？"阿玲退无可退，凄然一笑，"我们都到了该说再见的时候。"

王真啃了一口赵力买的汉堡，无意中扫见窗台上的那盆兰花又长出了开花的茎。她放下汉堡，给兰花浇了点水，找了根细棍子插进花盆，用小夹子和花茎夹在一起。在别人眼里娇贵难养的兰花，在王真家里的待遇连草都不如，但是却蓬勃茂盛，每年坚持不懈地怒放两次。朋友都很惊诧，也苦苦追问王真的秘诀。

王真每次都很认真地回答："把它放在阳光不直射的地方，不要搭理它就可以了。"朋友对王真的回答嗤之以鼻，其实王真说的是真心话，而且还是痛彻肺腑考察出来的经验之谈。王真觉得她和赵力的婚姻就是一株兰花，她精心地培育着，却怎么也开不了花，她着急的同时是更加尽心地照料，殊不知根本问题不在这，是她给不了恰巧合适的阳光，所以不管她怎么努力，结局都一样，一开始就摆错的位置是纠正不过来的。只不过认识清楚这些的时候，她和赵力的婚姻已经走过十几个年头，所有的一切都回不去了。

把赵力介绍给王真的是王真爸的领导，王真爸老实人一个，领导开口，加以小伙子赵力外在条件很不错，想也没有想就同意，倒是王真妈听了，有些不是太乐意："那么好的条件，怎么到三十了还没有结婚？性格是不是古怪？而且亲家这么高攀，将来我们真真会不会受委屈？"王真爸觉得也有道理，可是已经答应介绍人也不好再推脱，想来想去，最后让他们见一下，要是彼此觉得不合适，事情不是迎刃而解？

即使过了这么多年，王真依然清晰地记得和赵力第一次相见的每一个细节，王真看到赵力的那一刻，她心中的花全开了。玉树临风的赵力仿佛给王真的心里丢了一颗种子，瞬间生了根，发了芽。当父母问她感觉时，她毫不犹豫地点头，再点头，就是那么心甘情愿地把赵力拉进了她的生活，而且头十年，她就那么幸福着，她以为美梦会醒，醒来全是美好回忆，却不知道美梦也会碎，会碎得猝不及防，伤心落了一地……

第十章

　　"我觉得你是碰上'婚林高手'了！"徐雅同学一针见血地指出。

　　"这么高的评价，对那只会哭的神经病？"徐雅虽然郁闷，但给同学这样一说，更多的是愕然。

　　"人家那是以退为进，不变应万变，这边让你无可奈何而掉以轻心，那边梨花带雨得到你老公的怜惜！你神志不清的老公给更加迷糊。"

　　"真要这么用心良苦，那就由得她去！"徐雅不禁长叹。

　　"既然你这样想，你们就赶紧离，成全人家的大好姻缘。"

　　"你说得真搞笑，我凭什么成全她？不管怎样，她也算破坏了我的家庭！"徐雅怒火万丈，"我干吗让她牵着鼻子走，就是离，我也不想便宜她！"

　　"那按目前情况，只有一个办法，拖，拖得那女的认为她是等不到转正的那天，自动撤退，那时老公要与不要，主动权全在你手中。"同学冷静地分析着。

徐雅哼哼了几声，挂了电话，她越发沮丧和烦乱。图图早就睡了，四周的寂静让她有喘不过气来的感觉，她不知应该到哪里去倾倒自己的情绪。老爸和后妈是不行的，她也没有什么很知心的好友。因为她一直给自己挂着美丽的面具，向别人描述着自己的生活蓝图，这样做的结果是没人敢靠近，人家觉得她遥不可攀，她也不希望别人太靠近，不然可以虚构的空间就变得很小。

徐雅跑到网上再查了查美国离婚和分居的一些程序，心里有了七八分底，设想好了陈肃强再来挑战她时应对的办法。但这些并没有让她开心，一直对自己优越感十足的徐雅觉得目前这事，不管怎样的处理方式都令她所不齿，是掉她身份的。

这些离徐雅期望的人生实在是相差太远，她曾经有过叱咤风云的雄心伟志，以为到美国后，可以大展宏图，她会成为呼风唤雨的人物，怎么就到了落魄的凤凰不如鸡的地步。徐雅很是难过，当年费尽心机出国，就是为了今天吗？对这场她并不引以为豪的婚姻，她也苦心经营过。她想起婆婆，当年来美国给她带孩子，和徐雅几乎成了不共戴天仇人，婆婆曾经仰天长叹："要是我儿子哪天离婚，我真的要拜谢上苍拜谢土地！"

徐雅看了看钟，正是国内午饭时间，想着给婆婆添添堵也实在不错，她拨通婆婆的手机，婆婆听到她的声音有些意外，在国内的时候，一直是婆婆上杆子求徐雅让她看望图图的："你什么时候带图图回美国了？怎么也不告诉我一声，让我再见一下图图？"

"这不正在告诉你吗？你儿子说要和我离婚的时候，我就配合地到美国来办这件事，你不用操心见图图，这辈子你别想着再见，离了婚图图跟我姓徐，跟你们陈家一点关系都没有。"徐雅说得咬牙切齿，"你不是一直希望我们离婚？你现在如愿了，是要放鞭炮庆祝？还是买乌龟放生？我可以让开店的朋友给你一个折扣。"后面的话徐雅故意怪腔怪调，想象着婆婆听这些话的表情，心头的恨消了一大半，同时她也在下赌注，她还真不相信，疼图图似命根子的婆婆会兴高采烈地接受这消息。

果然婆婆半天没有吱声，之后嗓子都急得变声："离婚，肃强为什么要离婚？"

"大约是听了你的金玉良言的规劝！"徐雅拿到底牌，口气越加放肆。

婆婆乱了方寸，也顾不上计较徐雅的不尊敬："阿雅，你先别急，我去找肃强谈，离婚不是开玩笑，不能挂在嘴边说的，还有两个人吵架归吵架，不要把孩子拉扯进来，什么姓陈姓徐的，图图都是我孙子！"

婆婆的回答倒让徐雅有意外的惊喜，陈肃强对他妈还蛮孝顺，当年他们夫妻为这也多吵了很多架。她本来不过是想用图图刺激刺激婆婆，却不想婆婆居然不计前嫌，主动为自己撑腰，这让她觉得有必要把联盟拉得更紧："你儿子根本不在乎图图姓什么，也不在意当不当这个爸爸。他忙着替别人养女儿，他新找的，也就是你未来的儿媳妇——两个拖油瓶女儿。不过你也别担心，美国没有计划生育，只要你帮着带，可以让他们继续生……"

徐雅话没说完，婆婆那边已经挂了，她都可以想象婆婆心急火燎地打电话给陈肃强，估计中间还会出现婆婆气急攻心，要先服一些降压药。徐雅心满意足地放下了电话，事情终于有些柳暗花明，是否起死回生她不确定。不过就是没有转机也没关系，至少现在前所未有的痛快，就等看陈肃强的表演，会是如何地狗急跳墙，徐雅决定好好地睡上一觉，再拭目以待。

只是徐雅没有想到，陈肃强会来得那么快，早上起来，她撩开窗帘，看到阴沉沉的天，雨还在飘着，估计今天又会是一整天雨，让人越加烦躁。她叹了一口长气，也扫见了陈肃强的车赫然停在车道上，也不知停多久。

徐雅定定神，走去打开门，陈肃强站在屋檐下，落寞地抽着烟，身上给雨已经浇得半湿，突如其来的开门声显然吓着了他。他回头怔怔地看着徐雅，但目光里有好多的怒火。

徐雅早就有思想准备："你想来帮我们当门卫？应该是想和我谈吧？为什么不敲门和打电话呢？"

陈肃强冷冷地看着徐雅："你到底想干什么？跑去找阿玲，还给我妈打电话。"

"我什么也不想干，不是你想离婚吗？我不过是顺着你的意思，做这些陈家媳妇应尽的本分！让婆婆知晓我们夫妻的情况，也了解你和你的好妹妹感情有多深厚，以便确定何时让位给她！"

徐雅一句接一句，连珠炮似的，陈肃强无言以对，他几乎咆哮："你做这些都是徒劳的，我们的婚是离定了！"

徐雅正准备吼回去，王真猝不及防走出来，正好也听到这句，不知所措地看着他们两个，一片死寂，气氛难堪到极点。

陈肃强看了徐雅一眼，没再出声转身开车走了。王真想上前安慰徐雅，却不知该说什么合适。徐雅不以为意地笑了一下："反正你也看见听见了，那就是我老公，估计马上会是前夫，因为人家要追求心中的爱情，糟糠要下课了！"

王真轻轻地拍了拍徐雅，搜肠刮肚地想着词安慰，徐雅却话锋一转："看你和小乖爸也应该是离了的吧？是不是因为第三者？"

第十一章

　　王真给这句问话噎得差点背过气去，惊出了一身的冷汗，类似的问题她也接到过，不过都来自家里特别亲近的人，像妈妈和姐姐，在讨论家庭生活的环境下延伸出来的。像这样没来由，并不算很熟悉的关系，王真很勉为其难，她顿了一下，期待徐雅转过话题，却不料徐雅正目不斜视地盯着她，不打算漏掉她的一举一动。

　　"妈妈，我准备好了！"小乖背着书包，从屋里跑出来。

　　王真心底暗暗地长抒一口气，牵过小乖："小乖和阿姨说再见！"说完拉着小乖直奔车子，也不顾身后徐雅那炙热的注目礼。

　　徐雅直到王真的车消失得无影无踪，才恋恋不舍地收回目光，心底忍不住一通抱怨：有那么神秘吗？干吗不说？男人和女人就不那点破事，谁稀罕知道！真是！全然忘记了是她自己上杆子追着问的。

　　回到屋里的徐雅百无聊赖，原本期待折磨陈肃强的好戏戛然而止，让她有意犹未尽的感觉，但她却并不想追着男人继续看，刚才男人的表现，以徐雅对他的了解，知道他都快到边缘，自己只不过是动了动手指。徐雅忍不住开始佩服起自己，还是宝刀未老、功力深厚！

"下一步可以稍稍让一下，先签个分居协议，不过一定要让他从狐狸精那里搬出来！"徐雅自言自语。

徐雅是个麻烦，从认识她的第一天起，陈肃强就意识到了。身材火辣的徐雅在他们夜校英文学习班里，引起过不小的震动，徐雅不知情而已。当年血气方刚的男孩子们都为徐雅肾上腺素急剧上升过，但掂量自己几斤几两之后，他们都偃旗息鼓，心甘情愿地选择退居幕后。只有陈肃强是姜太公钓鱼，愿者上钩，当然这个钓者是满心欢喜地等待，期望有收获，虽然被形容为癞蛤蟆想吃天鹅肉太不知天高地厚。

陈肃强和徐雅的手一牵上，很多人大跌眼镜，觉得不可思议，有人满腹狐疑地问陈肃强："你搞得定她吗？花钱花感情去当国际搬运工一般都是在不知情的情况下，你倒是十分踊跃地竞争上岗？"也有人好心劝诫："你认为她会对你真心？人贵在有自知之明。"

对于这些，陈肃强一概一笑了之，虽然是感情意料之外的附属品，但他接受得还挺坦然。陈肃强一不傻，二不痴，徐雅和他的距离不用眼睛都可以感觉出来，陈肃强不过一米七二，就是不穿高跟鞋，徐雅也显着比他高出一截，他家就普普通通的工人家庭，每月可以按时拿到工资是他父母最大的愿望，别说和徐雅口中的高干家庭，就是和真实生活中徐雅的家境都是很有距离的。

陈肃强属于理智类型的，理智地把自己的优缺点列得一清二楚。他自认为长相还是属于帅哥之列，钱包里常年摆着高中毕业的青涩美照，只要有机会，不论男女，他都要拿出显摆一番。殊不知看者在称赞他时心里暗骂：这人太自恋！而陈肃强却没觉自己自恋，他反倒认为自己绝非一般凡夫俗子之流，他一直有高山流水知音难觅曲高和寡的郁闷，也有燕雀不知鸿鹄之志的委屈。

陈肃强家境普通，却从另一方面培养了他的超强自信，两个不会读书的姐姐越发衬出他与众不同、出类拔萃，让他更加自视清高，尤其是他从不错的大学毕业后，开始申请到美国去读研究生，在他生活环境里，不仅史无前例，简直就是一枚重磅炸弹，击起浪花连连。那时，他周围不乏很多年轻貌美的女性对他抛着绣球，但是他根本不屑于去接，年轻的他觉得他的出生、他的家庭，他现在的一切都实在是亏待他的，婚姻大事上，他不想也不愿再委屈自己。

徐雅从天而降，翩翩而来，某些方面满足了陈肃强的幻想，让他的自尊和自信到达到生平前所未有的巅峰。他对自己说：无论如何都不可以错过这千载难逢的好机会。而且他心底还有很多不忿在这些世俗的观念上，难道这些人就不相信他陈肃强有大鹏展翅恨天地的日子？做人也不要太势利，到时去了美国，谁配不上谁何人敢打包票？

陈肃强和徐雅的恋爱谈得一波三折，双方父母都极不赞成，老人家的心思还是老观念，媳妇要娶门槛低过自己家，女儿倒是要嫁高富帅。但是老人们也经不住小两口的同心合力，展望未来，去美国开创天堂般美好的生活由他们两个的幻想变成陈徐两大家族的美丽蓝图。

终于怀里揣着结婚证的陈肃强踏上了去美国的征程，他的美国梦也因残酷的现实与留学的艰辛变得支离破碎，他都有些心意阑珊，不过还剩下毕业后有朝一日破茧而出的期盼。可是等一年之后从机场接回徐雅，正式拉开他们夫妻磕磕碰碰争吵的序幕，陈肃强，当年的意气风发在岁月和徐雅的双重压迫下，早就无影无踪。

陈肃强怒气冲冲地离开徐雅的住处，想着直接去上班。雨势越发大，他把雨刷开到最快一档，摆动的雨刷也把他的心摇得更加烦乱。和徐雅的谈话因为王真的出现而无法继续，其实陈肃强也明白就是继续，也不会有他希望的结果出现。他知道徐雅不好惹，所以才想不惊动长辈，悄不吱声地和徐雅把婚离了，阿玲也不受到伤害。他以为徐雅内心跟是他一样，期待结束婚姻的，一如当年他们心齐地奔向婚姻。可是事实证明他错得很离谱。徐雅的接连出招，他有应接不暇之势，不能说温顺的阿玲倒戈相向，可是实际行动上确实是在逼他，而他老娘，更是以老命威胁。陈肃强现在怎么做都里外不是人，怎么做都是错上加错。

　　回公司后，心不在焉的陈肃强找机会抽掉了整整两包烟，想出当务之急赶紧搬出去，这个举措会让各方面的战火得到休息。自己也可以缓口气去分析和对付后面的问题。他苦思冥想时并不知道，在这点上，他们夫妻又一次不谋而合……

第十二章

　　王真逃似的把车开得飞快，送小乖去学校之后，驱车来到上班的地方。王真在纽约皇后区一家妇科诊所当前台接待。这份简单安逸的工作多亏她姐姐以前的同事——万广明医生帮助得到的。

　　两年前赵力终于把王真母子从加拿大多伦多接过来，结束他们快三年的美加两国分居生涯。王真以为终于守得云开雾散，有些欣喜若狂，却不料赵力却把房子买在布鲁克林区的边上，他自己上班却在纽约最北的布朗克斯区，依然是偶尔的周末回来。比回加拿大的频率稍高一点，让王真百思不得其解，也重新由天堂跌回了地狱。不用去证实，王真知道赵力是不愿意继续和她生活了，虽然她并不知道问题究竟出在了哪里，但若是把这么多年，婚前婚后的不可思议全部叠在一起，就有一个很清晰的箭头出现，指向婚姻尽头。

　　王真其实一直都有思想准备，自从赵力在美国纽约找到工作，稳定下来，她几次三番提到要带小乖过来，赵力却以种种站不住脚的理由推三阻四，王真就想到了原来人们说的，丈夫，丈夫，一丈之内才是夫，一丈之外只有狂呼。王真从来就是小女人，希望普普通通的老公孩子和简单的生活，在婆家和娘家都劝她为婚姻多做努力时，她其实已经打定主意，她要放赵力一马，让他自由，既然他想飞，那就由他展翅。可和赵力说出自己真实想法，赵力却没有她预想的欣喜若狂，反而陷入深深的沉默。过了不久，却着手开始安排王真母子来纽约的事情。

王真晕头转向，有些跟不上赵力的脚步，转而一想，从认识一开始，她就没和赵力脚步协调过，她也从没有打心底真正希望过离婚。这么多年来，岁月风霜，太多的改变，但是她对赵力的感情却一如当年，始终是人生只若初相见。看赵力这样的反应，王真有些喜上心头，就顺着杆子下。但是来美国后，赵力却猝不及防一闷棍袭来，打得王真再次辨不清方向。人生地不熟的纽约，几百公里之外的老公，还不如留在生活多年熟悉的多伦多。可是事已至此，也只有积极地谋寻出路。

找工作自食其力是必须的，万广明在国内时是王真姐姐工作医院的医生，来美国考了医生牌，开诊所，做家庭医生。王真姐姐着急替妹妹寻出路，正好就找到万广明，他介绍这么个工作机会，对当时的王真来说，真的是天使伸出来的救助之手，王真在加拿大，学了个工资管理课程，在美国没有工卡的情况下，很难找到相应的工作。

诊所十点开门，王真一般送完小乖上学就过来，吸吸尘，搞搞卫生，整理一下病人档案。今天的王真却没有做清洁的心情，她有些木然地煮上咖啡，耳边一直回响着徐雅的问题。她来到洗手间，默默地注视着被时光侵蚀得厉害、憔悴的脸很久，暗暗地下决心，下次不管谁问类似的问题，一定迎着正面回答。

陈肃强约徐雅在家附近的麦当劳见。徐雅心说：真会找吵架的地方，那么嘈杂估计只要不动枪就不会有人来干涉。等徐雅带着图图进去的时候，陈肃强已经点好餐等着。图图很喜欢他的儿童套餐的玩具，没有开吃就拿着玩具到餐厅儿童游乐区找小朋友玩。

徐雅扫了一眼陈肃强没有吱声，却止不住暗自嘀咕：还算有点良心，记得我只吃这里的鱼堡，不过几块钱的鱼堡若是可以搞定离婚，那也太便宜！她装作若无其事地啃鱼堡，静待陈肃强的反应。

陈肃强也是一直看着徐雅，仿佛下定决定似的："徐雅！"

徐雅抬起头，这绝对是要恩断义绝的前奏，从一认识就开始的称呼——阿雅，什么时候变成指名道姓仿佛陌生人，她冷笑："陈先生，有何指教？"

"我已经开始找房子，顺利的话下周我就搬出去。"陈肃强咽口唾沫，"徐雅，其实我们从一结婚就不是那么幸福和谐，自始至终我从来没有达到过你的要求！"

"那找外遇的应该是我?！"徐雅冰冷地接。

"是谁都不重要，我们之间走到今天，我想了很久是必然的。"

"必然，是偶然和那个狐狸精撞到一起之后的必然吧，没有她，你会说离婚？我当时回国时，不晓得是谁舍不得放手？"

"对，我当时是不愿你们回国，因为我还希望有个完整的家，我也舍不得儿子因为我们动荡不安！"

"动荡不安?跟我回国叫动荡不安，陈肃强你真是心变了，用词都不经大脑！"徐雅有些冒火。

陈肃强叹口气："算我说错话，我收回，但是你一直不甘心跟我过穷日子的，对吗？"

"我是不甘心过这样的日子，我所做的一切也是积极改变，让我们过得更好。而不像你干脆推到重来！"

"积极改变？你把辛苦存的钱丢进股市，投进水里至少还有个涟漪，买房子好高骛远，非三千尺以上的看也不看……"

"这是我的罪行控诉会？"徐雅把饮料杯子重重地丢在桌上，打断男人，"我就是在你嘴里该千刀万剐，也请你记住，我的出发点都是为了这个家更好"！

"我不是这个意思，过去的都算了，我只是想让你也认识清楚，我们其实一直都不合适，早就该分开！"男人的口气和心都软化。

"那你早干吗去了？"徐雅不依不饶地。

"我原来以为这一生就这样了，可是阿玲让我觉得可以试着改变，生活还是会有幸福，这个幸福不仅是对我而言，对你也应该是这样。"陈肃强说得很诚挚，眼睛期盼地看着徐雅。

徐雅听了，低头半晌无言，终于她抬起头，目光追随着玩得正开心的图图："我的底线——先签分居协议，至少一年后再谈离婚问题。"

第十三章

　　阿玲打开陈肃强房间的门，倚着门框站着，她只想静静地看会男人的空间，今生恐怕不会再有类似的机会。这些天，阿玲一直躲着男人，两人根本没有单独一起说话的机会。

　　以前送完孩子上学，离开店还早，阿玲总是回家，和陈肃强一道吃早餐，等男人上班之后，再收拾收拾去店里。从提出让男人搬出去后，阿玲送完孩子就直接去店里，她怕自己的理智一旦没有孩子在身边的支撑会崩溃瓦解。

　　昨天陈肃强给她发短信：我周日搬出去。这本来是预想中的事情，阿玲依然接受得很突然，今早她守着陈肃强上班了又回到家里。房间里还有男人的气息，凌乱的东西仿佛就是大家凌乱的心境。

　　该去的终究是要去的，这世间万般都是不由人。这个道理阿玲很小就有体会。阿玲出生在福建的一个贫穷的小渔村，有两个姐姐一个弟弟。在父亲非一般的重男轻女的意识下，阿玲和她姐姐根本就没

有存在的必要，更别说要去爱她们。在家本来就没有地位的母亲自顾
不暇，哪里还有精力去面对女儿们。能够让她们吃饱长大已经尽最大
的努力。唯一疼爱阿玲的外婆曾经力所能及地爱护着她，但外婆也敌
不过天命，阿玲十岁时，老人就散手而去。外婆说得最多的话是"我
家阿玲天生天养，将来一定会有大福分"。阿玲没有期望过什么大福
分，只是希望可以有个天地让她和外婆平静地生活。这是梦想。十五
岁的阿玲开始跟着老乡到处颠沛流离打工。

　　阿玲省吃俭用，还是剩不了多少钱给家里，更别说达到父母的期
望。随着弟弟的长大，家里似乎也更需要钱。她们乡下村里很多人都
想尽办法出国打工。阿玲的大姐被父母花钱送去西班牙，不知道是否
心存怨恨，反正大姐挣扎着在西班牙生下根，却并没有太多的音讯，
父母想要的钱财影子都不见。吓得父母不敢再送阿玲二姐出去。可是
儿子将来的婚事和他们的养老都需要着落。几番细细思量之后，他们
把眼睛盯在姐妹中长得最漂亮、性格也最温顺的阿玲身上。

　　出国对阿玲来说并不陌生，周围亲戚和邻居比比皆是，也有很多
衣锦还乡，阿玲打心底就很羡慕，如果自己出国有那么一天也值，父
母是不是从此看她的眼光里会充满慈爱？

　　相对而言，阿玲的出国路算顺利平坦，花钱给蛇头偷渡，也没
有发生什么险象环生的故事。换了几个打黑工的地方，最后来到了纽
约，还清了蛇头的钱，阿玲的口袋开始有结余可以给自己买件漂亮的
打折衣服的时候，她就碰到了立山，曾经被誉为她贵人的前夫。

立山是个粗人，一眼看上阿玲，直截了当地提出要娶她，一点浪漫的过渡都没有，主题不仅鲜明还是直奔。阿玲不知所措也有点犹豫，毕竟如花似玉的年纪，对感情还有期盼和幻想，面对比自己大快十岁，长相粗犷的男人她真的有很多的不确定。

阿玲那点小心思被准婆婆批为矫情，虽然婆婆心里万般不情愿，但又不忍心独生儿子备受患得患失的折磨，婆婆着手开始帮立山曲线救国。大手笔地汇五万美金当先锋。果然阿玲父母对从天而降、不劳而获的巨款数钱数得唾沫星子横飞，根本顾不上这钱为何而来，女儿的心思又如何？

婆婆初战告捷，便领着儿子回国"省亲"，顺带游览阿玲的老家。和阿玲父母见了面，相谈甚欢，让儿子立山直呼阿玲父母"爸妈"，并对阿玲弟弟婚事的所有开销一口包揽下来。

阿玲的婚事，在她本人还不知晓的情况下，已经满城皆知，成了定局。等阿玲颇有微词，口还未开，父母已经破口大骂她忘恩负义，也说她应该多照照镜子，立山家是她这辈子打着灯笼也难找的好人家。而且家乡父老都知道她嫁人，她要有本事拿得出二十万美金给立山家，离婚也可以。

阿玲不会算数，自然也不知道为何立山家前后给自己家十万美金到了父母嘴里就翻了一番，也奇怪这婚还没结就变成离。但她知道顺从认命是最好的选择。抛开其他的不说，立山对她还是有感情的。阿玲曾经以为很深厚，毕竟立山算费尽心思与她成婚。

　　婚后阿玲和立山幸福美满过一段，大女儿出生，婆婆的不满马上就显示出来，那时的立山还帮着劝解婆婆："不是还可以再生吗？人家都说第一个是女儿的有福气。我女儿带一串弟弟来，妈你到时带都带不过来！"

　　婆婆给说得喜笑颜开，耐着性子等着，不过事与愿违，又等来了一个孙女，而且因为早产，体弱得不行。三天两头地看医生跑医院。立山的耐性也在这东奔西跑中不见。渐渐地变成了阿玲一个人背着孩子去就医，然后立山连家都很少回。阿玲一门心思在女儿身上，立山的变化她根本没有心思去顾及。事后想来，她就是注意到了又能怎样？她根本无力回天，孩子的性别和身体她根本无法选择，至于可以选择的再生一胎，那时那样的情况，她怎么可能急着去追生儿子？婆婆提的时候她都以为是开玩笑，她更没有想到，立山会去找别人生，孩子不应该是婚姻的产物吗？什么时候变成了男女一起可以任意结的果？

　　也不知过了多久，阿玲觉得脚站得有些酸，她走到床边，扑倒下去，把头埋在枕头里，细细地闻着这个她爱的男人的味道。感觉到枕头底下有硬硬的东西，是个精美的相框，里面的照片是她和陈肃强，去年他们一起去农场摘苹果时大女儿拍的。陈肃强的头给削了半截，但是笑容，那灿烂的笑容就和她幸福的样子固定在那里。阿玲轻轻地抚摸着照片，眼泪不由自主地滚落下来……

第十四章

　　万广明走进诊所，护士就笑道："什么风把我们的万大医生吹来了？"诊所里工作的还有三位护士、两位医生，除了俄罗斯移民医生是男的外，全是女性，而且都来自祖国大陆，病人也以华裔居多，普通话都快成官方语言。

　　"不是风，是雨。"看上去儒雅斯文的万广明拍了拍身上的雨水，给大家递过来一袋水果糖。

　　女医生正好走出："回来了，我还以为你在国内留恋花丛，乐不思蜀呢！"万广明和女医生是多年的朋友，开玩笑从不避忌。

　　万广明风度很好地笑着："岂敢，岂敢，还是要回来赚口粮的！"

　　王真笑笑地上前打了招呼，她对万广明还没有诊所护士跟他熟，但是因为姐姐的关系，工作是人家介绍的，多一份尊敬。

　　"一道吃个午饭吧，你家里托我带了些东西过来！"万广明在离开时发出这样的邀请，让王真有些意外且感觉非常不好。但除了答应，她也并没有其它选择。

在诊所不远的一家面馆坐下，要了两碗牛肉面。等待的时间，万广明感觉到王真的不自在，他笑笑："我们也认识挺久，一直都没空和你吃个饭什么的！"

王真努力挤出回应的笑："应该我请您吃饭的，还没有谢谢您介绍给我这么好的工作。"

"那是小事，不足挂齿。"万广明顿了一下，转换着话题，"这次回国，我和你姐姐见了一面，她托我问你一些事情，其实以我的位置，实在不适合跟你讨论这样的问题，但是你姐说他们都很希望知道真相，你婆婆为这事都急得生病了。"

王真低下头，知道这回是怎么躲也躲不掉："不好意思麻烦您！"

万广明看了看王真的反应，继续："你们全家都想知道你和老公现在怎样了？"

"没怎么样！就是分居着准备离婚！"王真尽量让自己平静，也字斟句酌地挑选着确切的词。

"噢！"万广明没想到王真回答得这么坦率，他顿了顿，"你姐还说家里人都是这个意思，你们是多年的夫妻，儿子也有了，不要轻易谈离婚，婚姻里磕磕碰碰谁家都有的，只要不是为了别的女人……"

"如果是男人呢？"王真犹疑间打断了他，"大家的意思也是一起过吗"？

　　万广明惊得手中的筷子差点掉下来，他看着王真一点也不像开玩笑的神情，一向沉稳的他很失态，竟然不知如何把谈话继续下去。

　　一般感情和婚姻到结束时，大约情缘已逝的无可奈何会是心声吧，在对以前的美好回忆的叹息中还是弥显珍贵的，像王真这种所有的过去来了个天翻地覆地颠倒还是比较罕见的。谈恋爱时，别说搂搂抱抱，就是牵手就是散步，赵力都是离她有一段距离的，那个年代正统而又保守的环境下，加上赵力的性格本来就很羞涩，王真没有觉得不对。有次在公共汽车上，王真发现赵力脸上有个脏东西，顺手要帮他擦掉，赵力仿佛吓了一跳，躲闪着自己来。王真心里有些不痛快，当众赵力太不给面子。但王真没有去较真，两人相处，一直王真谦让多，王真喜欢赵力才是根本原因，因为喜欢，而变得宽容，宽容他的所有，因为喜欢也在不知不觉中美化他的所有。

　　更何况赵力家和本人的各方面条件都极好，王真仿佛就是那幸运的灰姑娘。王真妈的两点担心至少其中一点根本就是多余，市里高层领导和赵力的父母都非常地喜爱王真，嫌弃边都沾不上，简直到了讨好的地步。让王真一家唯恐一切在梦中，赵力妈妈解释因为王真是赵力带回来的第一个女孩子，而且王真也确实是善良大度的好姑娘。这个第一让王真幸福得方向都分不清楚好些年，赵力也是她的第一呀，王真曾经在心里暗暗发誓，要让彼此的第一成为今生的唯一，那么人生该是多么完美的童话。她的愿望在二十年后还是实现了，他们故事多少算个童话，只不过是搭在沙丘上不堪一击的丑陋童话。

顺风顺水谈了两年恋爱，在双方父母的严厉追逼下，赵力和王真终于走进婚姻的殿堂。婚房早已准备好，市中心的商品房，三室两厅，八十几平方米，比王真娘家四口之家还大，不知羡煞多少旁人。王真和婆婆燕子衔泥般布置着新家。赵力对什么都没有意见。独是自作主张地买了张一米八的大床，那张床在主卧室大得有些突兀。大家看到都不怀好意地开着有色玩笑，那时王真对男女之事还似懂非懂，被这些玩笑说得每每脸色绯红，心中倒是对夫妻生活充满期待。

婚后的生活与王真的期待有太不一样的地方，赵力买大床的原因是他和王真可以各睡各的被筒。这对王真不是意外，是很大的失望。但赵力说不这样，他睡不好。有什么失望敌得过心上人睡不好呢？王真不是满心欢喜地接受，是心甘情愿地接受，到后来他们移民加拿大，缩在地下室，睡捡来的床垫，王真坚持不懈在狭小的空间里放上两个被筒，让赵力可以安睡！

王真的世界里从来没有复杂和纷繁，她一直很知足，赵力吃喝嫖赌全不沾，家务做得比她还好，是父母眼里的好女婿，虽然对她有些冷淡，王真也不是热情如火的个性。王真倒更愿相信平平淡淡和日久生情，她也相信真心总会得到回报，在世俗的观念里，她的回报已经很好，权势高贵的婆家，冠冕堂皇的婚姻，移民去天堂国家加拿大，她——王真就是那花两块的彩票钱却中千万奖金的上帝厚爱幸运主。

第十五章

　　人们一直都说婚姻是社会发展到一定的文明程度才出现的产物，字面意思，婚姻应该属于高度文明范围，但其实人类最不文明的语言和举动却不可避免地都是在婚姻中出现。不可否认的是不管出于什么样目的、感情去结婚，任何一段婚姻开始时都寄托着希望和期待，只是一路走下来，就千差万别，初衷遗落在哪里？没人会留意和知道。一地鸡毛的时候，人的本性决定了我们都最关心自己的感受，至于搭伙过日子的对方，早晚都会变成靶子和责怪的对象。

　　两败俱伤是徐雅想得出来形容他们夫妻最合适的词，跟当年她设想的强强联手不是相差甚远的问题，而是大相径庭，可以悔不当初吗？在徐雅踏上美利坚合众国土地的那一刻，无法言明的失望就弥漫和牢牢地占据她心头。她老觉得是搞错了，但不知错在哪个按钮。破落——她对他们当时居住城市的描绘，稀稀拉拉几栋破房子，不仅没什么高楼大厦，连灯光都吝啬得可怜。从陈肃强老乡的二手车里钻出来，走进那满是咖喱味的公寓——陈肃强为了迎接她的到来，专门换的。那脏兮兮的地毯，狭隘的空间，还要和别人共用洗手间和厨房。陈肃强在边上絮絮叨叨地介绍，洗衣机都没有，这还是发达的资本主义国家吗？人人前仆后继为了什么？和想象中也相差太远，连学生时代宿舍都不如，徐雅感觉一脚踏进噩梦。

　　徐雅的脸从下飞机就没有伸展开过，面对同屋的室友热情的招待——亲手包的白菜水饺被她以南方人吃不惯做借口连注视都省略掉。她恼怒地走进他们的房间，却茫然不知该坐还是躺合适，地上是个床垫，陈肃强已经汇报过，两百块新买，孤零零地铺了块半新不旧的床单，垫子一头放了两个枕头，另一头是叠成很奇怪形状的被子。加上简易桌子和凳子就是房间的全部家当。徐雅呆呆地站着，这就是她梦寐以求千方百计要来的美国？她觉得自己是存好久钱去城里久负盛名餐馆消费的乡下人，哈喇子直流等着法国大餐，结果端上来是乡下人都根本不屑于吃的水泡剩饭。她要退货却发现钱已支付，无法退换。

　　究竟是谁在和徐雅开玩笑？她委屈，她难受她想哭，却连可以配合哭的道具都找不到，那简陋的床垫让她觉得扑上去是件很羞耻的事情。陈肃强一点也不知道徐雅的心思，徐雅的到来他各方面都筹划等待已久，看到徐雅，他有心愿终于达成的畅快，心急火燎地塞了两大盘饺子落肚，灌了一瓶啤酒他都有过新年的感觉，谢过室友，赶紧进屋想和徐雅久别胜新婚一把。

徐雅使出全身的劲狠狠地甩出从身后抱住她的陈肃强，男人没防备，一个大趔趄。酒甩醒了，开心也甩没了，他莫名其妙看着徐雅："你，这是怎么了？"

徐雅万千愁绪被这不解风情的问话渲染出来，鼻涕眼泪也跟着："你还有脸问我怎么了？这什么破地方？你为什么都不跟我讲清楚？我跑这来遭这洋罪干吗？我是疯了吗？我在国内喝香的吃辣的不好……"

徐雅的问题陈肃强一个也回答不上，但是她的心思陈肃强终于明白，男人开始还想劝慰一番，举出老乡的老乡如今也住百万豪宅，后来发现根本无用，徐雅从来就是自我意识很强，对别人的意见刀枪不入的人。陈肃强决定回到原点，用夫妻吵架床头吵床尾合这一招，但是他忘了他们的问题不仅不属于一般的夫妻争执之列，他们还连床也没有！

徐雅泪痕满面，头发散乱恶狠狠："你要是敢碰我，我让你死无葬身之地。"

那是陈肃强第一次领略徐雅的彪悍，他有些不知所措，加上隔墙还有室友的耳朵，他可不想明天就成为他们学校中国人间头条新闻，要知道五分钟之前，他老乡和室友还对他刮目相看过，还向他取经——如何在床上对付前凸后翘的丰满型。他无奈何地选择了沉默，到后来他们夫妻生活战事频繁，他竭尽全能招术用尽，才发现最好用的招还是最初的沉默。

徐雅和陈肃强于新婚阔别一年后在美国再度相聚的第一夜场景让他们彼此终生难忘,铭刻于心。若干年后徐雅仍然历历在目,只要逮着机会,她就会添油加醋描述一番,趁机不忘踩上陈肃强两脚,以解心头之恨。不过就是一点也不加佐料的真实场景也是让人耳目一新,印象深刻,那一晚的灯,徐雅就没让关,陈肃强初初还坐在垫子上看徐雅哭诉,不晓得什么时候就倒下发出对徐雅来说刺耳难忍的鼾声。徐雅无比震惊在她心碎时刻陈肃强居然可以安睡?这也让她气愤不已,她抹掉眼泪,走上前,狠狠地踹了男人几脚:"睡你妈个头,你把我骗到这穷山恶水来,你却呼呼大睡?"

陈肃强被踹醒,半天才反应过来发生什么事,到底还是学理工科,头脑清晰,思维缜密:"首先阿雅,我可没骗你,从头至尾,你都是知道我要来美国的!再者深更半夜不睡觉,干吗?"

徐雅的火给陈肃强云淡风轻的说辞烧得更大:"你这个骗子还不承认?我要回国,我要马上回国!"

陈肃强给回国两个字晃得一激灵,他抬眼再看看疯狂的女人,虽然觉得不可理喻,但终究还是缓和了口气:"好,我送你回国,回国也要等明天是吗?明天我去订机票,送你去机场……那现在,让我睡一会,我真是困!"

徐雅看着说完又倒下呼呼大睡的男人,她木然地站着,欲哭无泪,欲喊无声,她也希望自己可以马上睡着,然后醒来,她还在国内,她和陈肃强一切都没有发生,她还是那个待字闺中的抢手的单身女郎。

第十六章

　　徐雅把自己留在美国归结为命中注定，因为她到美国的第二天因时差还没倒过来就开始上吐下泻，高烧不退，病得快丢了半条小命。陈肃强衣不解带地照顾，没有半句怨言，惊吓倒是收集了一箩筐。他几乎骚扰了所有认识的人，什么方子都试，在都不怎么起作用的情况下，二话没说，也没去细思量有没有保险，且医疗费会是当时的他们眼中的天文数字。他背着徐雅就去看医生了，医生说可能是病毒感染，开了点抗生素，算是药到病除。徐雅有些感动，古话说：千金易得，真心难求。从这点上看，陈肃强倒还是对得住她的苦苦追寻。

　　陈肃强从来不信什么命运，待徐雅好是本能，千年才修得共枕的缘分，能不好好珍惜？他也深知患难见真情，关键的时候尤其要表现自己，更何况那时他是真心诚意希望徐雅可以留下来与自己相守。等徐雅病好得七七八八时已经大半个月过去。徐雅没有再提立即回国的事，但是心情和性情都是显而易见的不好。

　　室友和老乡也都看在眼里，类似女人大家也都见过，只不过没有徐雅表现那么激烈罢了，缓和缓和日子还不是一样过下去？从国内过来可以一下飞机就洗手做羹汤，然后扎入打黑工的贤惠女子也有，可遇不可求也。大家好言相劝，装作不经意列了一堆实人实事，宽慰徐雅面包会有，一切都会有，只是时日问题，背地里再尽力帮陈肃强出主意。

　　仔细掂量和筛选下，陈肃强选择了带徐雅出去玩一趟，纽约—华盛顿五天游。参团游虽然要花不少银子，效果立竿见影。徐雅在国会山庄、白宫、林肯纪念碑、自由女神、世贸双塔、华尔街、时代广场这些曾经梦寐以求的著名景点前，没有言语，内心却开始翻江倒海。自己没有如愿进入天堂，可是天堂应该近在咫尺。如果不放弃，或者真有如愿以偿那天。再说自己也辞职，回去肯定是没办法回原来的位置，而且回去，她不就成众人眼里的笑话吗？这是她所最不能接受的，她从来就是嘴巴一撇，毫不客气，尖酸刻薄地点评别人。自己变成人家茶余饭后的笑料谈资，比要了徐雅的命还难受。

　　陈肃强长舒一口气，旅游回来徐雅似乎打算真心实意跟他过日子，虽然大家步调不那么协调。陈肃强觉得最好选择是让徐雅也去读书，这样将来生活明显地多了重保障，两个人收入自然会让生活更上一层楼。没有等他完整的把意思表达，徐雅的No已经喊得震天响："我往三十奔了，读什么鬼书？"

　　陈肃强正要晓之以理、动之以情地来一翻劝诫，徐雅白眼一翻：

"没用的男人才会把压力转嫁到女人身上。"陈肃强的喉咙咕噜了几声，终于还是把要说的话吞进肚子。倒是多事的旁人有些看不下去："你老婆就这样闲着？"

徐雅一听，杏眼圆睁："我怎么闲着了，我还不够忙？我得先把驾驶执照考了，冬天到来之前，要先把车买了，我可受不了这两脚量地的日子。"

陈肃强倒吸着凉气："我没钱，我……"

"瞧你那点出息！我都探听清楚，买车美国还真的便宜。"

"便宜也得花钱不可以白捡。"陈肃强也是真急，徐雅来了一个月不到，医疗费加出去玩，耗去他一个人快一年的开销，自己是屁股上借外债才应付过来的。

徐雅不动声色："以后我管钱。"想起徐雅国内的好工作和家境，陈肃强意识到自己有可能娶了小富婆，男人喜上眉梢。

车子很快买了，五千多美金，徐雅也飞速地挑了一个厨厕独立的小公寓。陈肃强过上人人称羡的生活。他不由得思量，徐雅的小金库到底有多大？不过，这问题他探究十几年都没结果，男人毕业到纽约工作后，工资分文不拉，如数上交。徐雅日子其实过得很算计，车子和房子她觉得是大门面，不能不要，可是在小东西上，她是斤斤计较。多花一分钱，浪费一张纸巾徐雅都要唠叨一番。

陈肃强由得她去，会过日子总也是不差，很放心大胆让她理财，以为可以和别人一样，省吃俭用几年买上豪斯（房子）潇洒对国内亲友吹嘘。但却迟迟不见动静，几翻催逼，徐雅总是推三阻四，后来逼得没法，如实相告：男人的全部工资暂时牺牲在股海里。

陈肃强霎时无言以对，徐雅一直自命清高，不肯屈就去餐馆超市干那些体力工作也算了，可这样拿钱当水漂，实在让人难以接受，问她什么时候开始炒股，是美国还是中国？

女人脸不变色，淡定地答："早就开始，两边都炒。人说马无夜草不肥。就你那点死工资，够干啥？"

"可是，你这还没长肥的马就要饿死呀！"陈肃强觉得有理也说不清。

"你怎么这么没远见，有的时候要看长线，今天亏，明天还可以再赚！"

"那什么叫清仓，什么叫血本无归？那些人跳楼是怎么回事？"陈肃强困惑重重。

徐雅懒得回应这些弱智问题，她有奋斗目标，也经得住考验，对于男人的鼠目寸光她很不屑于为伍，这个世界钱生钱才是赚钱的真理。她满盘计划中，男人不过是个参与投资的股东而已，而且是个心理素质极差还不懂理财的。她都不愿去跟他晒自己在国内的一些收益，免得吓着了他。徐雅很有自信，一切会越走越好。只是这耐不住性子的陈肃强也开始捣乱，说超过一千数额的开销要知会他。

徐雅要对付陈肃强只消雕虫小技，她就是随意应付，陈肃强似乎也没有再抓到什么大的把柄。不过徐雅小金库到底怎么运作，她的算盘怎么打，陈肃强一概不知。更不知道她这次带儿子回国的真正宏伟蓝图，要是知道，或者就没有阿玲事件的发生。徐雅长叹一口气，现在想这些一点意思都没有，陈肃强应该迫不及待和阿玲汇报战果去了……

第十七章

　　能够顺利和徐雅达成分居的协议，陈肃强虽然没有喜出望外，但的确有胜利的感觉。不管怎样到处燃烧的战火暂时平息下来。现在首当其冲地是和阿玲要沟通好。他需要向女人讲清楚，他同意搬出来不是和女人了断，而是为了他们光辉灿烂的未来，他也需要女人和他一起坚守和等待。

　　向女人表白是陈肃强的弱项，而且也基本没有怎么实践过，当年和徐雅是一拍即合的，这个步骤被省略。和阿玲之间是自然而然发生，就像一定的温度和湿度，种子会发芽，花儿会开一样，不论季节是春还是秋。陈肃强想着如何让阿玲开心且安心。阿玲虽然是温顺的性格，但骨子里却是黑白是非分得很清楚的人，目前这种情况，要说服她，还是要费心思的。这种缠人的思绪让男人年轻二十年，仿佛回到那些情窦初开的岁月。他专门跑去花店买了一束马蹄莲，印象中女人极其喜欢荷花，找到有莲字的就是为了使女人可以体会他的煞费苦心。

　　上午服装店里的客人挺少，阿玲在收拾整理，阳光透过窗户斜斜地照进来，暖洋洋的，快到夏天了！阿玲心里嘀咕。陈肃强搬出去好几天，搬走东西的房间空荡荡，和阿玲的心情一样。去IKEA（宜家）买了几样简单的家具，算是把屋子填满，可是心呢？不仅填不满，反倒若剜去一块。"就这样无声无息地结束了吗？"阿玲问自己，"不这样又能怎样？"虽然这是阿玲生命里第一次真正触及爱情，但不能就此抹杀掉这份感情的不道德性。

　　或者前世陈肃强是路过自己尸体，留了件衣服遮盖，终究不是掩埋自己的人。阿玲这样宽慰着自己，店里闲暇时她会去读一些风花雪月的书，算是对自己少年时缺失这些的补偿，沉淀下来的并不多，无非是些缠缠绵绵打动不谙世事人的故事，她有时也嘲笑自己，三十多，两个孩子的妈妈，居然和十八岁女孩一样期待和相信爱情，是不是活该头破血流？

　　陈肃强出现在店门口，阿玲吓了一跳，还以为在梦中，男人手捧鲜花，脸带笑容，穿西装打领带站在那里，阳光洒在男人身上，仿佛一道光环。阿玲傻傻地看着男人。男人也只顾回望着她，几天没见，却仿佛穿过了很久的时光隧道，阿玲在陈肃强眼里是女人的极致，纤细、娇弱，这样才名副其实被称之为女人，也激起他雄性的保护欲。

　　好半天阿玲终于如梦初醒，她上下再看了男人一眼，尽量若无其事："强哥，今天是什么特别的日子吗？穿得这么正式？"

陈肃强的心因女人刚见他时眼底扫过的兴奋而狂喜，他缓步向前，一把拥过女人："今天是我们的特别日子，我就是要正式告诉你——"他环顾了一下四周，有些不好意思，继续："我爱你，我一定要和你永远在一起，我们……"

男人的话还没有说完，女人就轻轻地推开了他，径自往收银台后走去。不是陈肃强的话没有感染力，而是这深情并茂的表白太似曾相识，以前她没有心动过，还选择相信了，但是结果？

离婚的时候，说这些话的立山，人影都看不到，和她交涉的不是婆婆就是律师，阿玲才知道，立山名下没有任何财产，连他们住的房子都是公婆名字。工资也因为大部分是现金收入而没有记录。他们离婚，在金钱上，阿玲几乎拿不到分文，孩子的抚养费还极少。

开始阿玲家人知道立山外面有人都劝阿玲忍忍就过去了，反正立山又没有提离婚，外面的女人由得她蹦去，过几年阿玲也生个儿子，谁还怕谁？谁还犟得过谁？后来阿玲坚持离婚，结果就是阿玲母女三人被扫地出门。阿玲婆婆还在那里喊无辜："是阿玲坚持要离，还说要赶快离，我们没有办法，也体谅她一个女人带孩子艰辛，可她一个孩子都不放手，也只有由得她。怕她日子难过，我们给了两万现金。"

阿玲就是带着两万现金，拖着两个女儿走出婆家门的，婆婆没有任何声息地看着，唯恐她带走家里值钱的东西，立山只是一根接一根在屋外抽烟，却并没有任何挽留的言语和举动，阿玲的心也就是那刻彻底碎了，如粉末在空中飞扬。

阿玲家人没有一个支持她，说离婚就是阿玲的错，自己的肚皮不争气还不够大度容忍，再到后来钱上没有沾到任何便宜，反被立山家算计一把，父母简直就以有这个女儿为耻。怎么生个这么蠢笨的女儿？连猪都知道要去抢猪食，她倒好，把大好的江山拱手相送。他们恨铁不成钢的心情简直没办法言语形容，就付诸行动，对阿玲母女不理不睬。

阿玲最困难的时候，是同乡帮她，她们福建同乡有标会，大家每月都投钱进去，累积一定数目，投票决定帮助谁。阿玲带着孩子居无定所时，是同乡一致通过先帮阿玲，帮她一道买房子，开起服装店，容她有喘息的时间，慢慢还钱。有着血肉相连的亲人不过冷冷地在一旁看着，心底评语：这一切都是她自找的！全然记不得他们曾经美美地享受过阿玲"自找"的里面的福利。

那许过诺言要和阿玲一生的前夫——立山有的却是惊讶，原来女人如此地能干和自立，的确让人刮目相看！从来没有喜欢过阿玲的前婆婆，心里是好一阵嘀咕：标会怎么可能拿出这么多钱帮她？应该是她看餐馆时手脚不干净。前婆婆心生怨恨，还开始干涉立山每月给的赡养费，让他推三阻四，借故少给或不给。都说女人天性是善良，相同的处境会让同情心更甚，其实很多时候，最为难女人的还是女人！

第十八章

万广明日子一直波澜不惊，国内读完硕士做医生，然后出国继续读书做医生，读书也辛苦，刚出国时经济也紧张，总体而言还是按部就班，生活稳步上升，如芝麻开花节节高。没有什么大起大落，更没有惊涛骇浪，婚姻也是顺风顺水，太太是万广明大学同学，恋爱期间有过几次小别扭，整体和磨难都挂不上钩。双方都是知识分子的家庭也对对方满意和欣赏。他们二人相亲相爱琴瑟和谐携手一路走来，算算快三十年。出国后，太太开始因为支持万广明读书选择打工，后来男人到纽约开诊所，经济不再有压力而且太太的身体一直不好继而就呆在家里操持内务。唯一的女儿已上大学，两个人如今要说缺憾就是有些寂寞，太太因此认养了两只猫儿子，每天围着猫和前庭后院花草转得不亦乐乎。

王真的姐姐是护士，和万广明曾经共事于一家医院。那时王真姐姐十八岁，刚从卫校毕业，少女诗样的情怀，就那样经意不经意间系到了玉树临风的万广明身上。医院里像王真姐姐这样的护士有好几位，不过万广明早已名草有主，他很洁身自好，小心翼翼地把这些柔情置身度外。王真的姐姐黯然神伤过，但也清晰地认识到她和万广明之间不仅存在先来后到，各个方面都是有很大的差距。所以倍加精心地把这份感情藏掖，只是在一旁默默地关注和祝福着这个男人，这样的冷处理，使得二人反倒似朋友般断断续续有音讯往来。

对于王真姐姐，万广明就当小妹，小妹妹的心思他读懂过，小妹妹的无奈他连陪着叹息的资格都没有，所以总感觉有些亏欠。后来帮王真找工作，他是以全副身心效劳。去介入王真的私事，他虽然有些不胜任，但也没有觉出太大的不妥。毕竟自己年长王真这么多，而且他也比较简单地认为王真的夫妻所面对的问题和他们当年的应该是大同小异，无非不太适应环境的变化，他们夫妻也出现过无伤大雅的争执，不过是压力释放的一种方式！最最严重就是出现第三者，围城内外的诱惑，或多或少每个人都会面对，这个处理不好的确是杀伤力很大，但是牵涉到孩子还有各自身后的家庭，一般大家都会做一些尽量止损的劝导。

可王真的事情实在是太出乎人意料。同性恋对万广明来说并不陌生，加拿大2005年就已合法。或多或少他也听着同性恋的故事，但离自己还是很遥远，被别人问到类似问题，他也会开玩笑："怎样我都接受，同性异性都一样，只要开心。"可那毕竟是讲笑，而且那是对于下一代，自己这代人，真实的生活里，他还是第一次如此赤裸裸地面对。

王真那天的回答仿佛在万广明平静的生活里扔了块大石头,激起浪花无限。男人找了一堆资料研究一通,他觉得有必要先确认赵力这事究竟是先天还是后天,是与生俱来,还是一时兴起。他同时也觉对不起王真,自己亲手撕开王真想隐藏的血淋淋的伤口。原来以为可以帮助王真解决问题的,现在看来是他给王真带来了新的无穷困扰。万广明十分自责,他暂时没有回复王真的姐姐,一心想如何帮王真缝合一些伤口。

那天会面在难堪的沉默中结束,万广明决定要再去看看王真,但他不愿意再这么兴师动众,他猜想王真应该不愿再见他。思虑再三,他拨通王真的老板——妇科女医生的电话。

女医生好奇怪:“你要王真地址,干吗不自己问她?”

万广明不知如何解释:“有一些情况,三言两语说不清楚。”

“还有说不清楚的?老万,你不会是有什么不应该的想法吧?”

“你说到哪里去?什么不应该的想法,有想法早就付诸行动了,还等现在……”

“这个很难讲,男女之间的事情千变万化的,没有规律可言,不过,到时你可别怪我没有提醒你啊!”女医生故意用忧心忡忡的口气。

万广明有些啼笑皆非,他不想把王真的私事外泄,心底对这个女子满满都是怜惜和同情,很多的事情上王真所享受的已是不公正待遇，他要做的绝对不是再添一刀。

　　王真看着站在门外的男人有些发愣，那天不是讲得很清楚了？她还一直在等万广明对她姐姐汇报后家里的狂风骤雨，谁知却出乎意料的平静，平静得让人都有些惴惴不安。

　　万广明举起手里的蛋糕和玩具："这款奶酪蛋糕味道很好，纽约有名的，再看看小乖喜不喜欢这新款的乐高救火车？"

　　王真给男人斟上茶："万大哥是有话要跟我传达？"

　　"没有，没有。"万广明急切地否认，"只是想过来看看你们，我这个大哥挺失职，这么久了，还是第一次来拜访"！

　　王真笑笑没有接话，沉默又占据整个空间。

　　万广明来之前想好了很多话，现在却一句也说不出口，他犹犹豫豫地清清嗓子："我暂时什么也没有和你姐姐说，你知道国内的情况，老一辈的估计还比较难接受……"

　　王真看着正在搭乐高玩具不亦乐乎的小乖："我知道的……"

　　"你有没有想过，赵力可能是一时迷惑，看见新东西比较感兴趣……"万广明字吐得蛮艰难。

　　王真回头看了万广明一眼，鼓起勇气："我想过的，反反复复想了很久，我们婚前婚后的每一件事每一个细节，他应该不是……"

第十九章

　　万广明按门铃时，徐雅也在家，正准备去开门，电话铃也同时响了，只好先接电话。是陈肃强老妈，她婆婆打过来的，徐雅很意外，这个时间正是国内的凌晨，看样子婆婆应该一夜未得安睡。

　　"阿雅！真是难为你了！"婆婆沙着嗓子喊了一声，就再没有话语，只听见压抑而又止不住的哭泣声。

　　这些对徐雅来说震惊之下反倒胜过千言万语，她几乎难以置信这是她婆婆，在她夫妻关系难以挽回的时候，反而坚定不移地站在了她身边，为她伤心难过。

　　徐雅和婆婆积怨已久，具体时间要追溯到结婚前。婆婆还未见徐雅时，已经不喜欢准儿媳。当年的陈肃强在婆婆眼里，说骄傲都是档次低了，简直就是荣耀。儿子是完美的化身，周围的环肥燕瘦各式小姑娘或是小姑娘的父母都希望可以和她家结亲。婆婆心仪的对象也有几个，奈何陈肃强岿然不动，一心求学。亲戚朋友都开玩笑说肃强这是要去美国找金发碧眼洋人的趋势。爱做梦的婆婆把玩笑延伸，有时居然想象变出一个摩登家庭，大象鼻子的儿媳说着歪腔怪调的中文，以及自己抱着混血孙子出去别人争相观看和羡慕的情形。

徐雅和陈肃强好上，生生地断了婆婆一切美好梦想，简直就是半路杀出的程咬金。待见到徐雅真人，更是雪上加霜，婆婆盯着赶上陈肃强个头的徐雅感叹："是从中国女排队里跑出来的？这么人高马大？儿子在她面前哪里还有一点男子气概，唯唯诺诺地像个跟班的。"

婆婆也努力拉拢盟友一番阻挠，想他们各奔东西不耽误各自锦绣前程，小两口不是顺服之辈，还是按照他们意思结成连理。万般无奈，婆婆期期艾艾把弯转过来，人前人后违心地夸徐雅，一方面自己往脸上贴金，另一方面也是安抚周围落选人员的心，让人家输个心服口服。不管怎样，婆婆心底还是期待一家团结和睦，欣欣向荣。

徐雅并不买婆婆的账，她自幼没母亲，成年后的继母是看她脸色行事的。虽然也知道陈肃强不可能从石头缝里蹦出来，可是凭白无辜的多个太上老君来孝敬，而且这个老君还曾经百般阻挠他们婚事，让徐雅做到不计前嫌，毕恭毕敬小媳妇样，还真比登天难。只是婚礼上，当着众人勉强喊了几声妈，等陈肃强出国后，徐雅就基本不去婆家。这期间，陈肃强和两边大人都有或明或暗的提醒，徐雅一概刀枪不接。等她出国，连具体日子都没告诉婆家，招呼没有一声就自己上了飞机。事后婆婆守着一堆准备带给陈肃强的东西哭得天翻地覆，也恨徐雅恨了个咬牙切齿。

陈肃强过了许久，从姐姐那里听来原委，也向徐雅抗议过，徐雅根本置之不理。多说两句，徐雅便会发飙："我到底是和你结婚还是和你妈结婚？你妈不喜欢我，你又不是不知道？你要是觉得我们离婚她就开心，我配合你！"

徐雅的这些举动无疑生生扯断和婆家的好多情感，她自己觉得这样挺好，井水不犯河水地和平共处。多年后，徐雅意外怀孕，让她困扰不已，她不是不打算要孩子，她是希望孩子在她把所有的条件准备成熟的时候再来。可是孩子又不是一颗棋子，等要的时候再摆出来，陈肃强和徐雅都三十有多，陈肃强工作稳定也已多年，实在是找不到要放弃孩子的理由，除了徐雅心中的物质条件未达标，陈肃强那次也是急红了眼："穷人富人还不都一样要生孩子？你要是打掉孩子，我们就干脆离婚！"

权衡再三，徐雅决定留下孩子，由谁来照顾又摆上日程。徐雅的继母以前还一直希望可以到美国来观光享福，不过这想法也随着徐雅他们来美国的年限而递减，徐雅他们难得回一次国，那故装大方后面的缩手缩脚，明眼人早就看出他们在美国生活得不容易。经历了婚变的继母也不是当年的想法，她不愿千里迢迢当免费保姆。于是说服徐雅老爹，红包提前送，五千美金汇到，二老名正言顺地退下舞台，同时把徐雅婆婆推了上来。

按说婆婆那时年富力强，又刚退休，婆婆虽然与徐雅有些芥蒂，这些和孙子比起来，可以一笔勾销。婆婆自告奋勇地接下任务。徐雅并不欣喜，她不希望婆婆来，她想着要是婆家仿效自己家的做法，也给个万儿八千，用这些钱去请保姆，会省事很多。

陈肃强想也没想就坚决反对，他深知扒了父母的皮也拿不出那么多钱，更何况，生生剥夺母亲的贻孙之乐，是不是过于残忍。他便自作主张把母亲的探亲签证办下来。徐雅给逼得有些骑虎难下，心里的不痛快堆积如山，干脆不闻不问，订机票时捂着口袋，死活不拿钱出来。七尺男儿陈肃强急得如热锅蚂蚁，不知向谁求救好！

后来陈肃强的两个姐姐救急付了母亲的机票钱，但同时也把不忿甩出来："妈去给你们当免费保姆，居然路费不出，你们这干的是人事吗？亲戚朋友知道，脊梁骨都要给戳断！"

徐雅对这些充耳不闻，她的理论也很站得住脚："我生的是你们陈家的子孙，我家都给了那么多钱，你们陈家出张机票钱还唧唧歪歪？"

等婆婆知晓这些，事情已成定局，想要说不来也已来不及。飞机上的婆婆，左思右想，辛酸是成倍增长，那与儿孙重逢的喜乐给心酸埋住了不见天日，再看到徐雅，如见了苦大仇深的敌人一般，陈肃强期待的相安无事，便成了遥不可及的奢望……

第二十章

　　虽然是电话，这份压抑沉闷还是让人很难受，徐雅试着叫图图过来和奶奶说话。调节、活跃气氛是小孩子无师自通的本领，徐雅只听见图图甜甜地喊了几声奶奶，电话线那头的回应就开始热烈地蜂拥而至，等徐雅再接过话筒，婆婆的情绪已经完全平复。开始聊一些关于图图的吃喝拉撒不着边际的话题。

　　这是东边不亮西边亮吗？徐雅心里苦笑。做了这么多年的婆媳，倒是第一次如此心平气和聊家常。婆婆千叮咛万嘱咐徐雅保重自己的身体照顾好图图，相对于徐雅的身体和图图而言，其余的全是小事。徐雅听得鼻子发酸，顺口接到："妈，你也要多保重！"

　　这个妈叫得自然顺口，没有一点障碍，只是声音出来后，两个人都是一惊。徐雅没怎么叫过妈，在迫不得已实在需要称呼时，就以图图奶奶代替。为这陈肃强没少和徐雅生闷气，徐雅怡然自得："我没和鬼子一样，直呼其名，还想怎样？再说她也不是老叫我图图妈？"

婆婆在静默之后一声长叹："阿雅，不管怎么说，你也做了陈家十几年的媳妇，图图是你生的，肃强再怎么闹腾，我只会认你这个媳妇。那个女的，慢说还是带孩子离婚的，就是黄花大闺女我们也不稀罕。"

又转回这个话题，徐雅有些无言以对，和陈肃强离婚确非她的本意，可是现在看来，倒也不失为一条出路，潜意识里，她对这样的日子也有过够感觉。她一直在闹腾着改变，只不过没有认为离婚是最好的解决办法，现在若以这样的方式结束，徐雅有些心不甘情不愿而已。

"阿雅，我跟你说，肃强在外面找女人肯定不对，也有可能是那狐狸精勾引他，男人都管不了下半身，我们现在跟他讨论对错没有意思，只会把他推得更远。国内这种事情多得不得了，尤其是有点钱和势的，不是个个都离婚再娶。其实只要老婆守得住，外面的小三没有能够得逞的。反倒是那些守不住气的老婆，家才会散。阿雅，你读书多明事理，自然不会和那些乌七八糟乱搞男女关系的女人一般见识。"

在徐雅眼里，婆家都是上不得台面的，如果当初不是为来美国，她连正眼都不会瞧陈肃强，更别谈他的家人。婆婆就是首当其冲的第一个，大字认不了几个，追着电视剧《还珠格格》可以反复看，还跟着剧中人反复流泪发狂，暗地里不知被徐雅骂过多少次弱智和白痴。今天竟说出如此有条理的话，徐雅觉得要对婆婆老人家刮目相看。

婆婆不知徐雅在想什么，还在继续顺着自己的思路："你们先分居是对的，拖着是最好的办法。能够拖到他们散了最好，再好的感情也不过两三年，后面跟谁都还不是吃饭睡觉过日子。这辈子我看多了，尤其这种婚外恋，拖过了激情的时候，十之八九就散了。"

徐雅禁不住哑然失笑，以为人分三类九等，却原来不管什么样的人，面对的感情问题都是一样，反应和处理的方式也是大同小异，高学历的同学和没文化的婆婆给她出的主意相同。

婆婆独自讲了半天，见徐雅没有什么反应，以为她不高兴了，顿了顿又补充道："让你不去和肃强计较，我也知道对你很不公平，只是这个世界，哪里可能处处公平？尤其是夫妻之间，都是你让我，我让你才可以走到底，人一生，说长不长，但总也是有事情发生的。两个人一定要相互扶持……"

徐雅几乎要为婆婆鼓掌了，浅显的话语里居然还埋藏着许多高深的道理。婆婆依然还在说："你这么尽力了，就是最后万一肃强还是不回头，对图图也算有个交代，我们都不会怪你的，我们终究还是一家人，就像你是图图妈妈，我是图图奶奶，肃强和谁在一起都改变不了这个……"

徐雅几乎热泪盈眶，她的婆婆，为了图图，曾经和她勉强挤在一个屋檐下一年，但却吵得鸡飞狗跳。后来都当彼此是空气的婆婆，竟然说出如此窝心和感人肺腑的话语，比陈肃强跟她提离婚更让她震撼。为了不让自己太失态，徐雅以要给图图准备晚餐为由急急地挂了电话，心潮却随着放下的话筒越发澎湃起来。徐雅甚至开始后悔没有好好地对婆婆，在唯一和婆婆必须亲密接触的那段时间，自己怎么就看婆婆那么不顺眼呢？若是婆媳缘分还可继续的话，自己应该好好地孝敬婆婆一番。

等徐雅从电话事件中回过神来，万广明的凯迪拉克车已经开走很久。徐雅看着窗外空空的车道，心里不免好一番失落和不平。她虽然没有看见万广明，但是依稀的声音让她断定万广明是个中年男人，开凯迪拉克的，应该是有经济实力的男人。

看王真，也不比自己年轻漂亮，一样的带单身带孩子，可自己的老公就在外面找小三，还苦苦相逼离婚，人家的老公虽不在一起，可是看上去是诚惶诚恐地小心伺候着，还有开凯迪拉克的男人找上门来，还有妇科诊所的好工作……

这样想着，横向纵向地比较着，徐雅越发觉得王真的命好，自己找块豆腐撞死的心都有。她记起那日问王真离婚问题因为小乖上学而给王真逃掉。徐雅从冰箱里翻出两袋速冻水饺，冲着图图喊了一声："我们去找小乖玩，好不好？"

正闷着的图图一听，兴高采烈地往楼下奔，一路耶声不断。徐雅后面跟着，心底对王真说："今天，你该逃不掉，我就是要细细地听听你的帅老公和凯迪拉克的故事……"

第二十一章

王真愣愣地看着徐雅母子，不明白今天到底是什么日子，客人一拨一拨而且都是意外。

徐雅倒是很大方："我们来蹭饭吃的。"

王真勉强地笑着接过水饺，把徐雅母子让了进来。小乖正在后院的木阳台上玩，图图连蹦带跳地加入了。王真开火烧水："那我做两个凉菜，我们就吃水饺。"

徐雅连声应着好："吃什么都无所谓，主要是心底憋闷，想和你聊聊天。"

王真却并没有如徐雅期望地接话，只是浅浅笑下，默默地从冰箱拿出黄瓜洗切着。

王真家的厨房紧邻着木阳台，这个季节，难得冷暖气都不用，纱门外小乖和图图玩得兴高采烈，更衬出屋里两个大人的落寞。徐雅试着张几次嘴，还是没有说出什么来，流水声、切菜声在空气中回响并壮大，小乖和图图的对话也断断续续地飘进来。

"——我爷爷是高干，你知道吗？就是好大好大的干部！"图图的声音。

徐雅听到，忍不住乐，这真是个炫耀自己的好机会，她一把接过话题："那是说我爸，我爸在我们市里也就是位置高一点而已。"

王真依然一点表情也没有，继续做饭。

"——我爷爷是市长！"小乖叫得很响。把徐雅吓了一跳，她看了王真一眼，有些不以为然地："现在的孩子，自尊心都极强，不能输一下的。"

王真平静地看着徐雅："小乖爷爷是我们城市的市长。"话音一落地，徐雅差点从凳子上掉下去，这回山寨碰上正版。她暗自舒口气，还好刚才没有胡说八道地乱吹，不然这脸要丢回中国。徐雅连着喝了好几口冰水，算是给自己压压惊。对王真的私事，徐雅本来就是兴趣十足，而今已然兴趣成千上万。

徐雅小心翼翼地开启着问题："哇，你婆家这么高的门槛！那你娘家也一定很不错？"

王真依然不动声色："普通的公务人员。"

又一块巨石砸在徐雅的心窝上，这不是自己一直渴望的生活吗？嫁到真正的高干家，有长得帅气的老公，再来美国生活。自己奔波了十几年，不过才落到可以近距离地看看人家的日子，她王真何德何能？徐雅几乎都压抑不住自己的嫉恨之火了。不过她也忽然想到：张爱玲说过生命不过是爬满虱子的华丽袍子。她现在要做的不是欣赏袍子的华丽，而是应该去捉虱子。

"你会不会有一入豪门深似海的感觉？"徐雅尽量让自己语气平淡。

王真扫了一眼徐雅，思量着怎样回答合适，这个邻居租客对别人的日子的好奇心大过自己过日子，要锲而不舍地追踪。王真想怎样可以一劳永逸地满足她的好奇心。她字斟句酌地回答："小乖的爷爷奶奶都非常地平易近人，对我非常好！"

徐雅听了这个回答，很是失望，她觉得还需要加大力度捉虱子："那你的婚姻保卫战一定打得很辛苦，你老公条件这么好！"

王真被婚姻保卫战这几个字刺了一下，脸上闪过不易觉察的变化，不过这如何能躲得过善于察言观色世故的徐雅的眼睛。徐雅心里是一阵轻微的惊喜掠过：终于摸到门了。她给自己添了些水，继续着："你看我老公，在家庭上、事业上纯粹一扶不上墙的烂泥巴，不过人家搞外遇倒是很行的，大家都说美国不容易有外遇，没那个财力和精力，我老公愣是找到了年轻近十岁，长得还不错的，你那天也看到，死活要跟我离婚，脸都丢尽……"

王真静静地听着，一言不发，心底却在说：那样至少说明你们真实地生活过，我的不过是一场虚幻一场空。

徐雅看王真没有言语，便继续追赶着："你老公这么帅，家境又这么好，我都可以想像，外面的女孩子肯定是一浪一浪的，别说门，估计窗户都堵得水泄不通！"

王真给徐雅说笑了："没有那么夸张，不是你想象的那样！"

"那你告诉我真心话，你们夫妻为什么不在一起？"徐雅乘胜追击着。

王真一愣，但也想这个问题早晚都是躲不过："我们在谈离婚。"

徐雅觉得自己还是对的："一定是因为第三者，说不定还是金发碧眼的洋妞。"

王真怔怔地看着徐雅，觉得她没去做编剧真是浪费，但是顺着徐雅的藤滑下去也许是最好的办法："你说的八九不离十。"

王真的回答简直让徐雅有乐开了花的感觉，她开始口无遮拦："我早说，豪门媳妇哪有那么好当，不过这事也怪你，这么好的老公，就应该时时刻刻地粘着，一分钟也不能分开，不然就只有等着被别人抢了自己哭的份。不过也算好了，你好歹还有儿子，想你婆家也不会亏待你，就是离婚，你也要好好地敲上他家一笔。这辈子躺着都吃不完的一笔。不像我婆家，啥油水也没有……"

王真听得云里雾里，但如果至此可以清静，就让徐雅这么认为最好，可有的地方还是要解释清楚："我公婆两袖清风的，没什么钱，我们基本上全靠自己。"

那餐水饺，是徐雅回美国以来吃得最开心最痛快的一顿饭，她终于明白和体会殊途同归的含义，这让她有不枉此生的感觉，原来愿望成真的结局还真是大同小异。对王真，她即刻多了一份同病相怜的惺惺相惜之感，甚至觉得王真还惨过她，因为她的婚姻只是目前遭遇困境，以前她一直是操纵主动权的，可不像王真一路走得胆战心惊。

只是等徐雅回到自己家，准备睡觉时，才想起还没有问王真那辆凯迪拉克的事情，她忽然觉得其实王真城府很深，三言两语也不晓得是不是真心话就打发了自己，而自己却刨心掏肺地对她。这样一想，她又变得愤愤不平，转而又想，和王真要好好地处理关系，她肯定认识很多有经济实力的人，自己若是离婚，后半生的幸福有可能在王真的手中……

第二十二章

　　这些日子天气阴晴不定，一会儿太阳一会儿雨，就是陈肃强的心情真实写照。在和徐雅提离婚之前，陈肃强是反复思量过，操作起来不能说万无一失，应该会比较顺畅。他以为内心清高无比的徐雅会马上乐不颠颠地同意离婚，因为离婚这个词在徐雅嘴里蹦出来的次数比他们的房事生活还要多，一直上演的都是他在死缠烂打和拖延而已。这次来个调转，他至多是一分钱财产拿不到，儿子的抚养费会高一些，这他接受得心甘情愿，毕竟是自己有外遇，而且怎么样都希望儿子过得好。男人也认为通情达理的阿玲是不会去计较这些，他和阿玲正大光明地在一起指日可待。

　　可是事情实施起来却让陈肃强大跌眼镜，徐雅不仅没有同意离婚，而且以迅雷不及掩耳的速度回到纽约，还开始了一系列所谓挽救婚姻动作，让陈肃强应付得焦头烂额。到现在虽然没有让徐雅得偿心愿，可是男人的愿望也被打了很大的折扣，几乎是清仓的出手。搬出阿玲的房子，和徐雅签的只是分居协议。陈肃强曾经美好的设想，如住进阿玲的主卧室、和徐雅一刀两段由唾手可得变成不可触及。

只拿到分居协议，使得男人面对阿玲有些气短，但他还不得不去面对，他怕阿玲有所误解，真的离去。陈肃强以前就是因为担心这个，才策划着一切，为的不过是和阿玲名正言顺双宿双飞。只是世事难料，信心勃勃可以拿满分的考试却变成了不及格。阿玲的反应他可以理解。阿玲在前夫立山那里受的委屈他耳闻不多，但足够去想象，阿玲就此对感情不那么信任也正常。陈肃强觉得自己不能要求太多，和阿玲之间，需要时间和真情去证明。他有的是耐心和柔情，只要阿玲给他表达和释放的空间。但这个愿望如今有些岌岌可危，阿玲似乎一门心思要走出陈肃强的世界。

那天的马蹄莲虽然没有当面被扔进垃圾桶，但阿玲还是柔声细语地表达了她的态度和立场："强哥，过去的就算了，回家和嫂子好好过日子！"

男人急得满头冒汗，都要被脖子上的领带勒得窒息，他急忙松开衬衣的领口，好一通解释和表白。他期待阿玲回响，但是没有，阿玲只是静静地一声不吭地听，然后说："强哥应该要上班吧，我这里也有客人要招呼。"然后扔下陈肃强，自顾忙去。

陈肃强乘兴而来，碰了一鼻子的灰，沮丧得不得了，但又无可奈何。而且他还要去面对另一个麻烦——他的老妈。

陈肃强始料未及更加头痛的另一个巨大障碍来自于他的母亲。母亲和徐雅从来就没有相处得好过。开始相隔两岸，冲突没有爆发的地方。后来因为图图的到来，婆媳不得不共处一室，陈肃强也知道，那不仅是自己，也是母亲一生中最难熬的一段时光。

图图出生前，碍于怕影响徐雅的心情，对胎儿有不良反应，母亲独自吞下了所有的委屈。徐雅并没有因此心生感激，反倒是认为婆婆过于现实，因为图图一落地，婆婆对她就有明显的两种态度。她就是故意下狠心扳回这一局的："儿子是我生的，做不到母凭子贵，难道和产前一样的待遇要求还过分？"

婆婆有苦难言，不是公主的媳妇却希望有公主命，也要求家里上上下下这样对待，他们夫妻之间这样也就算了，那本来就是儿子自己心甘情愿的选择。莎士比亚都说：女人为母则强。怎么着伟人的真理名言到了徐雅这里就行不通，做了母亲的她，还似乎更加娇贵。不仅不做饭和家务，还做到了十指不沾阳春水，连照顾孩子也一道扔给了他们。

更让婆婆没法忍受的是，徐雅奶水极好，却不让图图吃，理由是那样胸部会拉长变型不好看。每次手忙脚乱地给图图冲奶粉，看着饿得哭天淘地嗷嗷待哺的孙子，老人家的心刀割般难受。还有晚上孩子的喂奶问题，陈肃强是要上班的，徐雅可不管。爱喂不喂，反正她是不起来，有时陈肃强和孩子的动静大了点，她就把他们赶去客厅，说实在是太影响她睡觉。好多次老人家起身来帮儿子，眼泪是止不住地流。

勉强住到了半年，图图也四个多月，老人家提出要回去。没想小两口早就把她的签证续签好。老人家的憋屈和无奈更甚，也体谅儿子的不容易，就提出把图图带回国。这一下捅了徐雅的马蜂窝，徐雅不知什么时候开始母性大发，觉得婆婆是图谋不轨，企图要分裂他们的小家庭，还要让图图跟自己不亲。吓得婆婆自然不敢再提，只求剩下的半年时光赶紧过去，自己得以释放，重获自由。

那日婆婆自作主张，熬了点皮蛋瘦肉粥给已半岁的图图，徐雅借故一通批判："小孩子的辅食要一样一样添，才可以知道他对哪种食物过敏，还有什么皮蛋，含铅的，吃了会变傻，你知道吗？"

婆婆觉得很冤枉，弱弱地替自己辩解："就吃一点点应该没有关系吧，肃强小时候也吃过的……"

徐雅一把打断婆婆："还好意思说肃强小时候，那是猴年马月的事情，那时候还说喂小孩蜂蜜好呢，现在的医生说太小的小孩吃蜂蜜会吃死的！什么都不懂，还什么都装懂！"

婆婆给噎得噤声，新愁旧怨一起涌上心头，委屈的眼泪怎么也忍不住，左抹一下，右擦一把，等陈肃强回来，看到他老妈双眼红肿，跟桃子一样，男人有些憋不住，冲过去问徐雅："你又怎么对我妈了？"

徐雅正在逗图图玩，她还莫名其妙，今天算是安宁，难得没有和婆婆真刀实枪地干仗啊！这婆婆，真是越来越娇贵，连话也不能说了。她瞟了一眼陈肃强母子："你妈要是不愿意呆在这里，随时可以走，不要动不动就这样做样子，给谁看啊！"

第二十三章

　　徐雅的嗓音尖也锐利，婆婆想装作没听见都不可能，老人也是憋了太多太久的火，一言不发回身去房间收拾自己的东西。陈肃强傻了眼，赶紧跟着老妈赔不是："妈，阿雅其实不是那个意思，要不是你在这里帮忙，我们怎么可能忙得过来，我们一直都希望你在这里呆久一些的。"

　　婆婆依然没有停手，也不看陈肃强："你老婆什么意思她自己有嘴，你现在就送我去机场，我回国。你们爱怎么闹腾就怎么闹腾去，我管不着躲着可以吧！"

　　男人一看没办法说服老妈，又出来劝老婆："阿雅，妈现在要走，要是妈真的这样回去，我们可没脸见人了，你就跟妈先道个歉，其他的事情我们以后再说。"

　　徐雅仿佛不认识似的盯着男人："我做错了什么要道歉？怎么我就没脸见人？你妈倚老卖老，你还跟着起哄？"

　　陈肃强知道老婆一直是不好惹，可是这个时候的弯只能从这里才转得过来，他拽着徐雅不放："不管怎么说，先把妈留下再说。"

徐雅根本不搭理他："你要留你去留，关我什么事，我早说过，来去自便，这个世界少了谁地球都是一样转。"

婆婆拎着东西出来正好听见这句话，眼泪又喷出来，头也不回地朝门口走去。陈肃强连忙去拉，老人是真的横下心，拉也拉不住。

那天后来不仅徐雅哥哥，连国内徐雅爸爸都给陈肃强骚扰到，这边忙着跟老妈解释，就是改签机票，也不是说走就可以走的，这又不是去赶集。那边希望岳父和大舅子可以施加压力让徐雅低头，徐雅根本不买账："早晚都是要走的，早几天晚几天有什么区别？"那口气别说赔礼，似有不再打算让婆婆重新进门之势。

陈肃强一大老爷们都有哭天抢地的欲望，好容易机票改签在两日之后，老妈那边总算平复下来。可徐雅丝毫不让步，这两天难道带着老妈去睡街不成？

徐雅的老父一大早给越洋电话惊起，也弄不清来龙去脉，小两口都是情绪激动，各说一词。情况还比较紧急，陈肃强说他们母子现在就在家边的公园长凳上，又冷又饿，天也黑得七七八八。

老人为女儿的不懂事感慨万千："阿雅，不管事情谁有理，婆婆毕竟是你的长辈，也是老人，千山万水去给你带孩子，你就不能谦让一点吗？赶紧去把婆婆接回来，天大的事情后面再说。"

把老父惊醒也非徐雅的所愿，老父的语重心长徐雅仍不为所动："爸，你去睡你的回笼觉吧！我们的事情我们处理。"急得老父又去找徐雅哥哥。

徐雅哥哥收到信息后，也热锅蚂蚁似的，奈何那时他在的地方距徐雅他们的纽约还有几小时车程，不然把老人接他这边也算是个解决办法，好说歹说一番劝解徐雅无效之后，哥哥没法，便试探着扔出了杀手锏："阿雅，你见好就收，我跟你说，我要是肃强的话，先把你丢出去再说。"

徐雅给哥哥说得一愣："是吗？那你赶紧教他这招！我现在就拨好911全程直播，你打开电视看新闻好了！"

哥哥那个气到对这个不知悔改的丫头说："好，好，我先教他带着他妈去五星级酒店狂吃狂喝再狂买两天，回头把他妈送上飞机，再拿着账单来扔你，直播的时候，你要注意点表情，别露出心疼样让人看笑话……"

起作用的是老哥最后那句话，徐雅还真不确定陈肃强会不会采取哥哥的建议，但她也知狗急都会跳墙的道理。徐雅十分勉强地打了个电话给陈肃强，让他带婆婆回来，婆婆虽然还是满肚委屈，但也实在没有更好的办法，何况老亲家和徐雅的哥哥都是千言万语道不是，现在徐雅也亲自开口，自己再不回去就显得为老不尊，故意取闹。

最后的两天，婆婆和徐雅各自视彼此透明人，徐雅倒没有什么不痛快，反而偷乐，婆婆一早就提出过回国时七大姑八大姨都要带礼物，这样正好借机省却一堆麻烦也省下不少银子。回去的婆婆行李更加简单，只有她自己的几件衣物，箱子并不空，满满的都是愁绪。

回国后的婆婆与徐雅根本没有交集，等徐雅两年前带图图回国，婆婆想见孙子，又开始追媳大战。不过不再吵架，变作猫和老鼠的游戏，一个拼命追，一个舍命逃，在自己需要自由空间和时间的时候，徐雅还是会很慷慨地把图图让给婆婆，至于婆婆省吃俭用下来的给图图的红包，徐雅也是嫌少却笑纳。

陈肃强是百思不得其解，就这样的婆媳关系，老妈对徐雅的不满，不仅写在眼角眉梢，言语里也从来没有隐藏过，为什么自己真的要离婚，老妈却是如此地站对立面横加干涉："妈，以前的事情难道你都忘了？你不是说我们家倒八辈子霉才娶上这么个媳妇，为什么现在又不同意我换？"

陈肃强老妈半晌无言，心底是翻江倒海："换，儿子，你以为是换衣服？若是没有图图，倒也算了，和谁都是你自己过。可现在你有孩子，那个女的也有孩子，这么复杂的关系，你真的认为你离婚再婚的日子会比现在的好过？不管怎么说，夫妻还是原配的好。阿雅脾气性格是不太好，你们也夫妻十几年，过去的就算了，不要计较，再说阿雅也是一心一意跟你过日子，图图她也是一直带身边，人啊，总是各有长短，我和你爸也不是吵吵闹闹几十年，不要这山看着那山高，等你到了那山，你就知道其实两山是一样高……"

陈肃强越发佩服老妈的口才了，女人骨子底都是演说家，只是看有没有机会发挥。只是陈肃强那铁了的心又岂会因老妈的三言两语而回转。再组婚姻的难处陈肃强早就反复掂量过，此刻的他有的是明知山有虎偏向虎山行的雄心壮志！

第二十四章

万广明觉得最近的天气和他的心情也蛮吻合，太阳总是时隐时现，云层里仿佛含着倾盆大雨，可真下起雨，却又是忽闪而过，阳光即刻普照起来，反正左右都没有酣畅淋漓。自从接下王真姐姐委托，事情仿佛在他的努力下，越来越不知如何处理。老万现在对王真有一股难言的愧疚之情，因为他总是去揭人家的伤疤，虽然他出发点是极其善良友好的。老万好像是去救火的消防兵，带着充足的水和满腔热情打算去扑灭火，结果发现着火的是油，水只有让油烧得更旺，老万只剩下站那里干瞪眼的份，再恨自己没有这技术揽错瓷器活为时已晚。

老万工作和生活都是极其规律，规律得和精确的时钟一样，固定的点上班，病人虽然个个不同，病种也有分别，但都被统统归进工作这一类。回家吃饭点虽然有时不固定，但吃的饭基本都固定，当然这由万太太一手决定，原因有二，他们家的灶台在厨房的中央，虽然他们购买房子后也改造接了抽油烟机，但是十分爱干净的万太太还是不能接受家里油烟乱飞的情形。万太太爱干净的程度离洁癖只有一毫之差，家里收拾得一尘不染，前来拜访的客人都不知该往哪里下脚合适。这和家里乱成一锅粥的客人反应是一样的，只不过前者是因为下脚弄脏了而心生罪恶感。

万太太身体不好，在国内时也是医生，所以自有一套养生之道，每天晚上都是喝粥，菜是清淡得都可以看得到油花的跳跃。偶尔出现几个荷包蛋，那一定是为老万另外煎的。万太太晚上绝对不吃这么油腻的东西。

老万对太太是极其呵护，甚至是纵容。他找不到不珍惜的理由，太太当年也是校花一朵，林黛玉式的清冷性格让很多人望而却步，但同时也激发很多人的怜香惜玉之情。老万当年可以最终抢得绣球，对上苍他都有恨不得俯首称谢之情。老万太太虽然也是理科生，但却有一般文科生都达不到的诗样情怀，花开花落都是一路怅然。老万当时站对位置，陪着一道为花开欣喜，为花落感伤。甚至不惜堂堂五尺男儿也感叹感叹花魂，再和着舞文弄墨一番，才得以和万太太花前月下，形影不离。

万太太怎么看都是一道靓丽的风景，走哪都是老万的骄傲。尤其出国以后，太太更是让老万佩服，不惜放下身价去餐馆打工，曾经也是弄珠调粉享福的玉手，一样去洗盘子，扫厕所，没有一丝抱怨，老万对太太几乎是敬仰。所以太太想做什么，他都是支持。虽然他们只有一个孩子有些遗憾，他也喜欢家里高朋满座，顿顿花团锦簇，但这些只要太太觉得不合适，只有进垃圾桶的份。

今天老万看着没有变化的晚餐却有一丝难以下咽，万太太也觉察出老万的心神不宁："是不是又碰上什么疑难杂症？"

老万想了一下，笑着说："我的疑难杂症不是你吗？"

万太太笑笑没有再接话，她一直都是老万的疑难杂症，按西医上来说，她的身体各项指标都蛮好的，至多有点贫血和神经衰弱而已。可是现实生活中，她越来越像瓷娃娃，吵不得，闹不得，吃不得。

万太太起身给老万煎了两荷包蛋，酱油的颜色鲜艳欲滴，老万凭空升起一股无言的怅茫。和太太之间，秘密不多，有的事情是因为太太知道也只会徒添烦恼，或者和太太八杆子也敲不到一块，他会选择隐瞒，是善意的隐瞒，可这次对王真事情的故意遮盖，却都不属于以前那些范围，仿佛是新开一个专柜。王真和太太见过一次，他们母子刚来这里的时候，老万因为太太尤其怕小孩子吵，所以在外面请他们母子吃过顿饭。王真的工作事情太太一路知晓，只是这次回国是老万先去给他母亲贺八十大寿，太太要等女儿放暑假一齐再回。所以王真姐姐的拜托万太太并不知晓。到现在，老万更不愿去提，虽然他心底觉得瞒着太太不是那么合适，可是这和对王真的伤害而言不值得一提。

万太太吃完收拾好就上楼，她一贯奉行早睡早起，而老万却是夜猫子，所以他们的卧室也相互不打扰，一个楼上，一个楼下。这些天万太太还在准备回国的事情，更觉累要早睡。快五千尺（大约四百五十平方米）的大房子只留下了老万卧室的一盏孤灯，一片寂静的时光。

老万一个人坐了很久，终于拨通王真姐姐的电话。王真姐姐比王真外向些，这些年护士工作的磨炼也让她越发泼辣。万广明简短的话才说一点，她那边已经按捺不住："天啊，这叫什么事？我一直就觉得他对真真，还有我们全家都不冷不热，还以为是他瞧不起我们，原来这样，这让老爹娘他们怎么接受……"

万广明轻轻地插了句："王真的意思是先瞒着再说。"

"瞒，怎么瞒？而且我觉得赵力父母肯定知道这事，不然，他们怎么对真真那么好？"

万广明叹了一口气："或者他们真的不知道，那个年代的人，还不太有这方面信息，再说你都这样想，让王真情何以堪？"

王真姐姐沉默了："我就是不说，难道真真自己不会想？还有这事，又如何去瞒？现在两家父母都急急地追着，他们到底怎么样了？"

"不也拖了快两年？王真说'还是让赵力去告诉好些，这解铃始终得系铃人……'"

"那倒也是，只是可怜真真，这些年的真情是枉费，赵力也太不是东西，自己那个样子，为什么要娶真真，还把她带去国外，还生孩子，这是坑真真一辈子，怎么就那么狠心……"王真姐姐再也忍不住，开始放声大哭。

第二十五章

　　赵力打电话来，确定可以带小乖出去的时间，他想把迪士尼机票和酒店都订了，也和公司把休假的事说好。王真说只要是小乖的暑假期间，什么时候都行。但是可不可以请赵力把他自己的事情跟家里讲清楚。

　　赵力愣了一下："要说成怎样才算清楚？"

　　"你不会打算一直就这样不明不白的吧？"王真有些心灰意冷。

　　赵力半天没有言语："王真，一定要这样吗？我担心我父母接受不了，你可以告诉他们我有外遇了或是赌博找小姐，什么都可以，只是不要说出性别就好！"

　　"你现在还对我提要求，你不觉得自己过分？"王真的泪好不争气。

　　王真其实很想问赵力，难道他不想给身边在乎的人一个天长地久和光明正大？难道对他自己的选择他不想以男子汉气概来担当？话涌到了嘴边，又给王真生生地咽回去。她从来就是善解人意，那些咄咄逼人的话，要她来讲，她会比听的人还难受。可闷在肚子里，她也一样心痛，只不过她觉得至少难受的人少了，还是值得。

和赵力结婚的这些年，一直就是王真这样舍己地体谅。不能说赵力对她不好，但肯定不像一般的小夫妻那么甜甜蜜蜜，王真把这些归咎于赵力性格的内向。所以赵力那些是是非非，如今看来都是不可思议的表现，王真都接受得很坦然，没有一点怀疑。

结婚好几年，他们还没孩子，双方的父母都急，只是赵力的父母表现得隐晦些，而王真的妈着急上火，担心王真生不下一儿半女，地位不保。王真妈对这个女婿还是很满意，要家庭有家庭，要长相有长相，对于岳父母也很尊敬和孝敬。至于女儿的房事她无从得晓，就是王真告诉了她，她也不见得懂得。何况王真一知半解地不确定。王真妈偷偷地拉着王真去大女儿的医院做了一番详细的检查。一切正常的结果出来后，老人家长舒了一口气。嘱咐王真："你婆家这么好，可别胡说八道伤人家的心，我们暗地里知道你没事就好。万一真是小力有问题，过几年去领养个孩子！"

王真嫁给赵力，她心满意足，一门心思过小日子。孩子的事情像座无形的大山横在了她的心里，她不知怎样可以搬开。检查的时候，王真紧张得要命，报告她仔仔细细读了好多遍，心底也是暗暗地松气，如果自己有问题，她会没法面对赵力和他家庭的。她也遗憾，不能为深爱的人延续后代。但是如果有问题的是赵力，她反倒觉得轻松，孩子她虽然想要，但并不是必不可少，有赵力已经足够。那之后好长一段时间，王真妈妈给他们喝各式的补汤补药，只是一点效果也没有。

王真如今才明白，是赵力刻意不要孩子，和王真结婚是面子上敷衍大家而已，赵力从来没有放弃过对自己生活的追求。不然也不会移民加拿大。王真虽然对国外有一定憧憬向往，心底还是不愿放弃国内舒适的生活环境和条件。但之前赵力未透半点风声，等王真知道时，事情成定局。

赵力应该想过用出国把王真甩了，登录签证拿到后，他曾经直截了当，想一个人走。理由是移民初期很苦的。只是那时的王真还本着夫妻不管吃苦和享福一定要在一起的原则，在这件事上史无前例地坚定自己立场，再加上公婆的支持和强加干涉，所以王真是如愿地跟着赵力一起来多伦多。

王真并不知道那时她放弃了唯一也是最好的和赵力离婚的机会。她后来恨赵力，恨他当年娶了她。记得《简·爱》中简说："因为我穷，低微，不美，矮小，我就没有灵魂没有心吗？"这也是王真想问赵力的："难道就是因为我平凡，不漂亮，你就可以利用我？难道我没有感情没有心？"

赵力很认真地回答了这个问题："是因为你性格好，我以为一辈子就这样了，至少也要找个性格好的才过得下去。我知道我犯了错，错得太离谱。"

王真被打动过了，至少她曾经是他最好的选择，虽然这个选择对王真来说怎么都是不公平和伤害。如果赵力还是坚持自己选择的话，那王真依然还是会生活在虚幻的幸福里。可是赵力却不想将错就错，绞尽脑汁开始纠正错误。

面对王真的哭诉责问，赵力只是垂下头，无力地说对不起，王真知道，应该是公婆的压力，还有他对未来的不确定让他带着王真一道出来。他的自私和软弱又一次把王真摆到牺牲的位置。刚出国辛苦得一塌糊涂，生存面前赵力大约忘了其他的事，王真觉得那是他们夫妻最幸福的一段岁月，虽然物质上是最紧张的。他们相依为命，一起挤地下室，一起拣旧物，一起在冰天雪地里背菜走路回家，一起做着体力工，一分钱掰成两半花。那时的他们各自心底应该都很认可对方是相濡以沫的好伴侣。

后来终于守得云开见月明，赵力读完书，找到了一份专业对口的工作。他们也和其他移民一样买房子，换新车，开始在新的国度扎下根。也就是那段，王真怀孕了，那个意外把王真和赵力都吓愣了，只不过王真是因为喜悦，而赵力的原因难以人言。可是他也不敢和王真说不要孩子。还没有等赵力想清楚明白，王真已经把这个好消息散布到太平洋的那一端。双方父母都开心坏了。刚退居二线的赵力父母坚持来多伦多，要亲自照顾王真。王真生小乖的时候，也是赵力进产房剪的脐带，他们和普通的一家三口没有区别，被幸福裹着，裹得太紧，王真都没有注意到乌云朝她们飘过来。

　　赵力父母回国后，日子就这样波澜不惊地过着，小乖一天一天地长大，赵力似乎越来越爱孩子，王真以为一生就是这样。突然有天赵力很兴奋地说："加拿大同性恋合法了。"王真觉得那是遥远的传说，和她一点关系都没有。她蛮奇怪赵力的兴奋劲，赵力说要去市中心央街参加他们的游行。王真还带着小乖在旁边看和拍照，王真以为那不过是赵力对新鲜事物想凑凑热闹玩玩，她做梦也没有往别的方面去想，赵力其实已经在重新着手安排自己另类人生，而这个人生，王真母子是不列入考虑范围的……

第二十六章

　　赵力曾经苦思冥想如何可以令自己脱身而王真又不受伤害，家里也不反对。用和平演变代替血泪厮杀，如果可以皆大欢喜最好，毫无疑问，他一直没有想出万全之策，而这期间，他对儿子小乖的感情也越来越深厚，他知道小乖是今生唯一的孩子，也担心今天的决定会影响小乖的未来成长，还有小乖长大是否会接受他或者小乖会沿着他的路往下走，这是他万分不情愿的结局，心底他还是希望儿子和大多数人一样生活。他的取向是天定的，如果他人为地为小乖创造了那样的环境，他会觉得自己罪该万死。这些思虑都让他举棋不定左右为难。他焦躁不安，有时没事找王真吵架，内心里甚至希望王真可以主动提出离婚。那么一切就迎刃而解。赵力的脾气越来越坏，王真无法得知背后的隐情，可她深知夫妻之间最最重要的是相互体谅，王真从来没有把这些往心上放，自然赵力的期望是满盘皆空。

　　不晓得用哪个词更贴切，安排或是玩笑，反正命运在这节骨眼重新又洗了一下牌。赵力突然失业，这一棒槌把他打回原形，逼得他把所有美好的愿望放在一边，开始为五斗米折腰，在屡屡碰壁的求职过程中，他开始患得患失地检讨是不是自己有些得陇望蜀，生活在给他警告。他应该好好珍惜王真，珍惜现在的家庭，命运待他说万千宠爱都不算过分。

面对没有工作的赵力，王真一如既往地温柔，更多的是谦让。她也积极主动地进修课程，希望可以找到好工作分担压力。但是赵力却对自己不耐烦起来。失业保险眼看着就要拿完，他何去何从，小家庭何去何从，他迷失了方向。

赵力曾经以为自己终于可以扬眉吐气，在国内是难以见人的丑事在加拿大广袤的土地上可以任意开花结果。但是生活居然如此残酷，小芽还未出土就遭到风雨追杀，刚冒起的喜悦消失得一干二净，期盼中的光明之途也就这么断了。他甚至开始懊悔，早知如此，还不如留在国内，至少不用受这么多苦，过这样颠沛流离的日子。

赵力的父母听说了此事，积极赞同他们回国发展，他们的人脉还在，赵力如今又渡上了留洋文凭的光环，回国的日子怎么过都不会差，他们还可以经常看到孙子小乖。王真的父母更是对赵力回国翘首以待，要知道小乖的出生让他们扬眉吐气，他们都还没有看过小乖，想赵力一家回国常住也是人之常情。

面对国内家人的声声呼唤，王真的心思早就动摇，出国本来就不是她的愿望，在国外经受种种苦楚，她当然更希望可以回到祖国的温暖怀抱。王真即刻把热切的目光投向赵力。赵力压根就没有想过回国，为了心中的目标，他好不容易出来，幸福似乎唾手可得的，让他轻易放弃，何其艰难！可是骨感的现实却步步紧逼，看着王真期盼的眼神、小乖天真的笑容，赵力也开始摇摆，或者回国是唯一最好的出路。

就在他们积极开始为回国做准备的时候，赵力收到美国纽约一家公司的面试。局面瞬间豁然开朗，赵力几乎乐不可支。如果可以去美国工作，不仅赚得比加拿大多，而且又成功地制造两地分居。简直就是绝妙的安排，王真的苦不堪言又一次被忽略。

去了纽约的赵力如脱了缰绳的马，任意驰骋狂奔起来。他不仅把工作做得有声有色，也实现多年的夙愿，找到了心灵相通的伴侣。那个伴侣确切地说都不是他找到的，是在那里等着他出现的。两个人相见恨晚，心意相通，在一起后琴瑟和谐，难舍难分。

如果不是家人的唠叨和提醒，赵力都忘了还有王真，以及小乖的存在。他们和赵力在空间上是两个国度，心灵上也在朝这个趋势走。回加拿大面对王真已经是赵力难以忍受的折磨。王真独自带着两岁的孩子，守着空荡荡的屋子，盼星星盼月亮一样的盼着赵力回来。星星和月亮出现的次数估计比赵力回家的次数还要频繁。两家父母都觉得这样分着不是个事，怂恿王真带孩子跟去美国。

赵力推脱的理由层出不穷，开始工作没稳定，然后买房子太麻烦，签证难等等等，后来实在列不出新花样，就用沉默和躲避。任凭两家父母苦口婆心，殷切期望他们自生自灭。漫漫没有边际又无法入睡的长长黑夜里，王真反反复复地思考着她和赵力看不见的未来。虽然心很痛，她还是决定还赵力一个自由。既然无法相亲相爱地往下走，看在多年夫妻的情分上，那就相互成全吧！一别两宽，或者真的会各生欢喜。

出人意料，赵力并没有接受这个建议。在王真的大度和委屈下，赵力觉得他有责任给王真母子一个更美好更有保障的未来。美国相对而言，气候好，工作机会也多一些，就是将来小乖上大学选择也多些，更何况自己见小乖也要方便得多。王真并不知道赵力心思，赵力在安排让他们母子过美国的具体事宜方面，她还蛮感动，在心底安慰自己：谁没有意志不坚定的时候呢？知错能改，善莫大焉！她不曾想满心欢喜地配合赵力把自己扔进了一个进退两难的谷底。

赵力把房子买在了距自己上班地的另一端，依然是分居两地，和原来不过是五十步和一百步的区别。王真欲哭无泪，回头也不是路，多伦多的房子已经卖了，除了住下来，别无选择。只是这次王真再也不能心平气和，更不知如何回复国内家人的奇怪。她横下心思，一定要弄个清楚明白。

等赵力再次回来探望时，王真直截了当："你是不是外面有人了？"

赵力避开王真的眼睛，一语不发。

委屈的泪倾泻而出，王真哭着提了个请求："让我见见她！"

第二十七章

  王真绞尽脑汁设想那个"她"可能的样子和应对方法。自己相貌普通，家境平平更是硬伤。和赵力之间不仅仅感情落差大，这些外在条件客观存在，也每每让王真不由自主地自卑。每个女人对于感情侵入者，都理所当然地认为肯定比自己强万千倍，似乎只有这样才可以找回自尊和自信。王真也不例外，王真想象中的"她"不一定貌美如仙，但肯定漂亮可人，能干大方。那么剩下就是性格问题了，如果"她"一看就是狐媚小三，只是想投机取巧，并不是真心和赵力过日子，自己还是有必要勇斗一把的，这么多年的相处，她坚信婆家是坚强的后盾，姐姐也教了好多招该如何应付这类型。兜兜转转跌入俗套的故事，不是王真可以控制，但不管怎样，王真希望小乖有完整的童年，何况王真对赵力的爱从没有改变，和这个男人厮守到老是王真最初也是最大的心愿。

  如果万一"她"是贤良淑德的，也愿意和赵力同甘共苦，那么就转身送上祝福，感情上的胜负得失从赵力的态度上早已分得一清二楚，走到了无可挽回地步，王真还有至少背影是美丽的愿望。尽管千万种可能都想尽，王真还是忐忑不安。她几乎几天不眠不休，依然精神百倍。她还想去揭那个谜底，那个事关她终身幸福的谜底。

时刻终于来临，王真手脚发凉，头脑一片空白，几乎不能思想，她不停地对自己说要冷静要冷静。当看到那个英俊帅气的男人，王真第一个感觉是搞错，然后五雷轰顶，她想扑灭心底的电闪雷鸣，却起到反效果，噪声翻倍地轰炸着。男人很有风度起身给王真让座，谦和微笑着看着她，王真莫名其妙，也不知所措，她把难以置信的目光转向赵力。赵力正深情地注视着男人，目光是炙热的，赤裸裸没有一丝一毫遮掩地述说着爱意。那目光是王真苦苦一路追寻从没有享受过的。

三个人无言无语，连空气都仿佛静止在那一刻，各自的情感千军万马地奔腾，静默中无声地倾诉胜过了所有有声地表达，前尘往事一起涌上王真的心头，那些刻意被自己忽略的不经意，赵力种种不可思议，皆翻江倒海地搅动着，她终于醒悟明白。从头至尾，赵力从来没有想过要和她结婚，赵力的心思也从来没有在她身上过，他们的故事是俗套的，却有着不同凡响的情节刻画。王真抑制不住全身开始发抖，她求救地看着赵力，期待对方的解释，哪怕一个回望也好，不过收获的都是失望。

安排这次相见，赵力的想法一点也不比王真少，不眠不休也在赵力身上真实上演，迈出这一步对赵力他们来说不仅不容易，还有历史意义，为了给彼此打气和鼓励，赵力暗暗地拉住男人的手。直到王真泪流满面飞奔出去，赵力才如梦初醒地甩开男人，尾随着王真。

王真不可抑制地狂吐，她心理生理上全觉得恶心，她期望可以把所有的一切吐得一干二净，从此再无关联。赵力不知所措地守候着，一切因他而起，他有不可推脱的责任，在王真面前，他罪该万死不可饶恕，可他内心的痛和挣扎呢？他从没有刻意制造或是企希这个局面，他只不过按照自己的内心去真实去不戴面具地生活，他也在问苍天，问得好无语，问得好心伤。

羞愤难当的王真大病一场，她有宁愿死的念头，只是年幼的小乖是她脱不了的牵挂。赵力小心翼翼伺候着，生怕王真有个闪失，内心感觉罪孽深重的他，看着受煎熬的王真，想起这些年来王真的情意，他都无法面对自己，他甚至说由王真来决定大家今后。王真笑得好凄然，终于赵力也尊重她意见了，在一切变得没有意义时。她坚定说出内心真实感受："如果可以，愿你我今生从未相逢，如果可以，愿今生你我不复再见！"

王真带着小乖黯然离开了赵力，她和小乖的人生路还很长，她必须坚强地面对。让她还依然如初对待赵力的家人，她很勉为其难，连自己的家人她都无法面对，如何镇定自若又如何若无其事？自觉和不自觉中，王真也开始采用赵力的做法——躲避。王真想过快刀斩乱麻，但赵力却以要帮他们申请绿卡为由把离婚拦截。本来若是摆出离婚，一切都无需解释和掩饰。

国内家人鞭长莫及，怎么也无法得知事情的真相，更加焦躁，两边的父母都再三提出要来探亲，都被赵力和王真敷衍过去。国内家人一不傻，二不聋，赵力和王真种种不正常和那些无法自圆其说的托词，怎么不让人生疑？两家人三番几次地一起研究探讨解决办法，屡屡无果后，让王真的姐姐求救到万广明。

王真也知道父母公婆难以接受赵力的选择，掖着瞒着或者是暂缓之道。如果让他们知晓，怎么说王真都希望是赵力去承担，也算给自己一个交代还自己一个清白。更何况，真要离婚公婆不会同意小乖跟自己，但若真实的原因公布，公婆应该没有理由不让小乖跟自己生活。

赵力的推脱虽然有一定的合理性，可也再一次让王真见识了他的懦弱，可以理解为善良，这个善良的陪葬品一直是王真，王真再也不想当炮灰，她抹去眼泪，尽量平静："如果你一定要我去说，我会实话实说，我觉得那样，对谁都不公平，对谁的伤害都会更大。看在小乖的分上，我希望你有些担当……"

第二十八章

　　阿玲曾经以为陈肃强搬走之后，自己的日子会重新平静，却发现被破坏了的平衡不仅恢复起来不是一朝一夕，应付没有了男人的生活更让她焦头烂额。且不去说感情上的依恋，两个人正是情深意浓时分开，那感觉是生生地撕去身体一部分，让人疼痛难当，备受煎熬。再加上日常点点滴滴，都在不停地触动她本已经很脆弱的神经，阿玲到了崩溃的边缘。

　　每天阿玲回到家，最早都要晚上六点多，要是店里生意好或是看店的女孩有事，时间往后拖得更加不确定。美国孩子放学早，下午两三点就回家。陈肃强在时，从课后活动班把阿玲的两个女儿接回，再烧好饭菜等阿玲。对阿玲来说，是梦寐以求的美妙时光，这一生，她一直被忽视存在，更别奢望有人会为她做什么。从来都是她在等待，她在付出，被呵护和宠爱那是梦幻中或者别人的生活，她总是向往而又遥不可及。

阿玲的世界里，也从未出现过学识这么高的男人，初初阿玲都是以仰视的目光崇拜地看陈肃强。后来男人主动帮她分担起家务，照顾孩子，而且烧饭煮菜手艺好过她，阿玲对陈肃强简直就是膜拜，男人怎么可以如此十全十美。阿玲的小女儿经常生病，陈肃强体贴地请假陪阿玲一起带孩子看医生。阿玲感动得以身相许都无以回报这般情意，女儿的亲爹都做不到！陈肃强不以为然笑笑："小事一桩！不足挂齿。"

阿玲却担惊受怕："强哥你把假期用完了，到时要回国探亲怎么办？"

"回什么国？我老婆说买机票是浪费钱，这假期不用明年也作废，可以帮到你们也算有意义！"陈肃强想也不想回答。

阿玲听得目瞪口呆，她惊讶于徐雅对钱的认知与她如此天上地下，她花了很长时间去揣摩徐雅的心态，究竟有什么重要的事情可以让徐雅把这么好的老公丢在美国，自己带着孩子赖在国内不回来。不过最终都不得其果，人和人，就像树叶和树叶一样，根本没有一模一样的两片，更何况阿玲和徐雅，一个是灌木，一个是乔木，如何做得到相互理解？

就是对和自己生活在一起的家人，一样的灌木，阿玲都经常觉得他们不可思议，像她父母，那么重男轻女，仿佛女孩都没有出生的必要，而事实上，他们老年生活却是女儿们在帮助支撑。他们可以对此视而不见，继续对女儿们没有限制地索取，很大的一部分还用于帮衬儿子。还有她婆婆和前夫，来自完全不同的生活环境，这点上和她父母又如此相同，让人感叹纷繁的世界中有太多相同的无奈，世事万变却总也不离其中。

不过立山的重男轻女与老一辈的还是有很大区别，立山不掩饰他喜欢儿子，但同时他也爱女儿，离婚后，虽然抚养费上屡屡让阿玲失望，但是在探望女儿花时间与女儿们相处上，立山倒是没有吝啬过。

立山心底还曾经希望即便和阿玲离婚，他不仅一样是女儿的爸爸，而且还是阿玲的爱人，这个非分之想被阿玲的断然拒绝而暂时无法实施，但立山的狼子野心从没有消失过。所以立山在阿玲的房子里第一次见到陈肃强的时候，震惊之下，背叛的感觉尤甚，他差点把陈肃强的脖子拧断，咆哮着："你从哪里找的野男人，还带回家？"

对于立山，陈肃强并不陌生，在阿玲断断续续的述说里，他知道了这个为生儿子养小三继而抛弃发妻的匹夫，陈肃强压根就看不起大字认不来几个，脾气和李逵一般的粗鲁人。立山这般侮辱阿玲，他不挺身而出简直就不是男人，更何况那时陈肃强和阿玲还处于清清白白阶段，立山简直就是乱泼脏水。

两个大男人像公鸡一样斗志昂扬，阿玲又急又气又担心吓着女儿，她拼命去拉开，却适得其反，看到阿玲对陈肃强如此情深意厚，立山肺都要炸，誓死要和奸夫拼个你死我活。

阿玲被立山一把推得摔倒墙角，女儿们吓得失声大哭，阿玲顾不得撞得生疼的腰，大声叫着："你们再不停手，我就报警！"

一点震吓作用都没有，男人们撕打更加激烈，立山还振振有词：

"就是坐牢也要打死奸夫再说！"

情急中的阿玲满脸是泪，戚戚地："你左一句奸夫，右一句奸夫，你到底是作践谁？你也不用脑子想想，人家读书人，做学问的博士，看得上我这么没文化的吗？要不是租房子，人家连话也不会跟我多说两句呀！"

这血泪控诉的效果都出乎上帝的意料，立山即刻收手，拉起陈肃强，连赔不是，让陈肃强大人不计小人过。眼看着体力上就要败北的陈肃强被瞬间逆转的形势吓了一跳，也搞不清楚接下来会是什么状况，愣愣地不知如何应对合适。

立山登时吩咐阿玲去泡茶，他要对陈肃强斟茶认错，怪自己有眼不识泰山："强哥是读书人，别和我一般见识！"立山觉得阿玲言之有理，阿玲就是给陈肃强博士提鞋都不配，陈肃强哪能看上？自己确实是多心了。立山还开始敬佩阿玲有见识，有博士当租客，女儿么也会被熏陶得有书香气。

之后立山每次见到陈肃强都是客气加恭敬，连自己好不容易弄到爱不释手的极品功夫茶都会分一点给陈肃强。有时，还会拎点小酒过来，和陈肃强三杯两盏，胡说八道一气，自我感觉在文化修养上得到了很大的提升。陈肃强和阿玲真走在一起时，明眼人一眼就看出他们的不正常，立山反而一点觉察没有，一如既往对待陈肃强，这下得知陈肃强搬走，忍不住责怪阿玲："这么好的租客打着灯笼都难找，怎么就让搬走了？"

第二十九章

　　有的夫妻在离婚之后反而能成为朋友，阿玲和立山就是典型一例。离婚后立山对阿玲反倒尊重得多，还会把自己的烦恼据实相告，征求意见，并且不打折扣去执行。当然在婚姻关系存续期间，立山对阿玲也没有太大的抱怨，阿玲漂亮，温顺又刻苦耐劳，孝敬老人。只不过那时，立山觉得是理所应当，女人不都该是这样？阿玲做的不过是本分，外面的珍妮比阿玲还多一份善解人意和风情呢！

　　待珍妮转正坐稳立山太太位置，事情开始了飞跃的变化。除了偶尔心情顺畅时和孩子玩玩，珍妮对家务事绝缘，挑剔保姆做得不好她蛮乐不知疲。油瓶子倒了不仅懒得扶，连哼一声都觉得太费事。餐馆里帮忙收钱她都嫌累，呆在家里又叫无聊，出去逛逛，喝个茶，修脚磨脸做美容顺便再买买奢侈品是她日常生活中必不可少的项目。

　　那些不翼而飞的钞票，让极其节俭的立山不仅心痛，每一块肉、每一寸肌肤都在痛，只是找不到止痛的良药。也曾好言相劝，正言力

谏，外加强行制止，收效甚微。珍妮无师自通，应对之法绝对算得上
典范，一哭二闹三上吊操作得非常熟练，还会抓七寸，不给钱就亲自
去餐馆拿，大庭广众下立山不想死得更难看，乖乖地顺她的意好了。

　　每当这时立山就会很怀念阿玲，为什么苍天不让阿玲生儿子？如
果阿玲当初生的是儿子，这后面的故事就不会发生！那么此刻的他一
定和阿玲和儿子们过着幸福平静的日子。人们在事后纠结或是后悔，
总会为自己拣选冠冕堂皇的理由，让内心深处不坚定的罪恶逃之夭
夭。把责任推得一干二净不说，还给无法挽回的事情套上个"命里注
定"的美丽帽子。让观众和自己都迷惑在"一切都是天定，一切都是
命运"高昂歌声里。

　　关于立山的心思，婚前珍妮都竭心尽力满足，唯恐错漏，婚后
束之高阁，不闻不问。要是她知道立山把自己和阿玲对比，而且横向
纵向的总得分，阿玲都高出她一大截。珍妮绝对会破口大骂立山，不
是因为得分的问题，而是太跌她的身份。她好歹也是出身城市知识分
子家庭的大学生，把她摆在和乡村农妇一个级别去比较，简直是奇耻
大辱。珍妮选择性地忘记自己当年和这个农村妇女费尽心机的夺夫大
战。要不是这个村妇心地善良，今天的她很可能是为奔波生计而潦倒
的单身母亲。

　　珍妮给立山灌输的就是她下嫁，实是光耀了他家门楣，让他家蓬
荜生辉，他更是三生有幸。算算立山他们全家加起来认识的字都赶不
上珍妮一个人，他还不应该庆幸吗？不过是个小餐馆少东而已，何德

何能可以娶到她这个如假包换的大学生？不是她，大学门槛有多高，立山都不知道。立山被洗脑得极其成功，他津津乐道，引以为豪。凡介绍他的新太太，从没有忘记加上大学生修饰词，说这个词时立山脸灿若盛开的菊花，岂止门面生辉，简直就是光宗耀祖！这些万千光辉和珍妮的挥霍无度比起来，还是功大于过。

这个功过让立山妈来点评，又是一番崭新局面。立山老妈乃强势之人，从来只有她给别人洗脑的份，想当年她就成功地清洗了阿玲全家的大脑，让他们对自己和立山感恩戴德。珍妮想洗她婆婆的脑，比登天还难，吹不上枕边风，又拍不来马后屁。立山妈年龄虽然有点大，但是头脑的清晰度堪比英国首相沙切尔夫人执政的时候，大有直追克林顿夫人竞选总统的趋势。

当初立山妈不喜欢狐媚的珍妮，但稀罕孙子，加上阿玲一门心思主动让位，她便顺水推舟。这一路推下，立山妈力不从心，悔不当初。珍妮企图让大家都引以为豪的学历，立山妈眼里一钱不值，高学历不用吃饭，不用喝水？餐馆里来来往往的高学历多了去，那些不给小费，上完洗手间不洗手，明知吃不了也要霸在碗里浪费的事情高学历干得就少了？

媳妇这个高学历除了好听一点，没有任何实际用途，还因此多了不必要的花费，相对而言，阿玲做媳妇，耐看耐用又省钱。立山这次的婚姻是买了一匹花哨但不能跑的马，顶着与之相配的理由，添了一堆昂贵马鞍。尤其让立山妈添堵是那马的卖家——珍妮娘家，把又想马儿好，又想马儿不吃草的定理运用得非常之好。他们一面大肆鼓动珍妮尽一切可能把婆家的财势往娘家搬，一面言传身教珍妮要养精蓄锐，不可以乱消耗自己青春体力。还马不停蹄，紧赶慢赶让立山把他们全家想法弄美国来。

珍妮对老公和婆婆的话一般嗤之以鼻，却很好地奉行娘家的金玉良言，生下宝贝儿子，便不再同意生养，把婆婆多子多孙多福气的期望扔到墙角，任其发霉。也从不停歇以各种名目往娘家源源不断汇着钱和物。婆婆当时以为孙子在手重兵在握，可以省却礼金聘礼，却不料在后的黄雀啥都让她翻了倍付出。精明的婆婆不仅亏大发，还有做小媳妇的滋味，憋屈无处申述。

这样的婆媳关系自然小吵天天有，大吵三六九，还各自拉着立山做评判，逼着立山当机立断，分出高低上下，立山躲也躲不掉逃又逃不出，只有向阿玲倾诉，可以不做隐瞒，畅所欲言，心里稍稍解脱。阿玲在家务事情处理上比高学历的珍妮有水准多了，加上阿玲离婚后自强不息的表现，着实让立山对阿玲另眼相看……

第三十章

阿玲对自己前夫，把自己逼得进退无路的男人，有怨有气有心伤，但是却没有恨，阿玲仿佛天生就缺乏恨这种情感。就像对她自己父母家人，不管他们如何无理，如何过分伤害她，她的立场从未动摇，对父母孝顺二字当先，对弟弟能帮绝不推辞。对困扰的前夫，她更是好言安慰，要他体谅妈妈，要他疼惜老婆。虽然立山不是她的老公，但依然是女儿的爸爸，她的亲人，阿玲不希望仇怨延续到下一代，女儿面前，小心翼翼维护她们父亲的形象，虽然那形象怎么精心维护也和高大搭不上边。阿玲也从不说她们奶奶半句闲言，反复提醒她们奶奶年龄大了，尤其要尊重。

阿玲给立山生下的两个女儿，相貌都随阿玲，漂亮得一塌糊涂，性格也似妈妈，随和大方，体弱的老二，尤其聪明可爱，每次见到奶奶，又搂又亲又抱，一点隔阂没有，乖巧得让人心疼。立山妈的肠子都悔得有些痛，被珍妮气得哑口无言时，更追念起阿玲的万般好，设想着要是没有让立山和阿玲离婚，自己也应该儿孙满堂，其乐融融。都不会有这些莫名其妙的闲气和钱财损失。

每年春节惯例，照相馆拍张全家福，照片里的珍妮气从来没有顺过，不是看着阿玲女儿碍眼，就是为鸡毛蒜皮的小事和立山或是立山妈斗气。立山妈每次看到照片里笑靥如花的孙女和怨气的媳妇，难免悲从心来。所以除了钱，立山妈对孙女还是很大方，经常从餐馆给她们打包吃的，也经常收罗朋友孩子穿小了的衣物送过来。钱上小气，立山妈有苦衷，如今的媳妇是个大花的主，怎么着都得给孙子留下点！

前婆婆的作为，在外人眼里，可能觉得很难接受，阿玲却不以为然，反而是感激的心态，这个世界谁也不欠谁的道理在多年的摸爬滚打中，阿玲早就铭刻在心。所以高高在上的陈肃强热情伸出援助的双手时，阿玲感激涕零。

陈肃强搬出去没多久，阿玲的小女儿生病，一直发烧。美国总统奥巴马上台后，医疗费高涨，弄得全国人民提到看医生都胆战心惊，看完一次医生比在YMCA健身中心两个月的锻炼效果还好，腰间顿时缩水几英寸。普通人看医生和见瘟神都几乎一个感觉，能躲就躲，不到万般无奈绝对不主动送上门。面见儿科医生一次两百大洋对阿玲来说实属很大的开销，更何况很多的时候答复都是回家先观察几天。钱泪教训之后，阿玲一般采取先观察几天再去确诊。

小女儿早产体弱，照顾难度也比一般孩子大，女儿发烧睡觉时偶尔出现痉挛，那时的孩子气息全无，翻着白眼，还伴着抽搐，吓得阿玲三魂七魄全不见，因此911打过好几次。医生也没有很有效的治疗办法，给了一堆关于这方面的资料，说会随着孩子长大，神经系统的完善变好，再就是孩子发烧时大人要密切注意。所以小女儿发烧，阿玲都是彻夜不眠。立山当初对女儿的情况是着急但无法上心，因为他白天需要正常工作，晚上需要继续安睡。这两年陈肃强在同一屋檐，知道孩子这情况，就和阿玲轮流值班，让疲惫不堪的阿玲也得到一点休息。阿玲都几乎习惯了这种方式，变回她独自守候孩子，心中的凄苦平添万分。

小女儿的烧持续两天，柜台买的退烧药药效过后，温度重又回升。阿玲再也等不得，赶紧约医生。一番折腾和等候，阿玲的心才稍稍安，医生说孩子染上B型流感外加中耳炎，没有什么大问题。谢过医生护士，阿玲拖着昏昏欲睡、满脸通红的女儿去拿药。知道取药要等近半个小时，阿玲故意挑了家大超市，正好也给家里买点食物和生活用品。半小时后，阿玲却没有如愿拿到药，工作人员说因为治流感的药价太贵超过两百块，所以他们需要征得阿玲的同意才开始配药。呆在那里的阿玲欲哭无泪，是因为陈肃强太宠自己和孩子吗？以前这样的情况男人都是先把她们送回家休息，再独自出门拿药，所以曾经经常买药的阿玲居然忘了药房的规则。

等阿玲终于拿到药欲回家时，天空中响雷阵阵，乌云滚滚，很大的风雨马上就要来。有很多人因此选择在超市门廊想等风雨过后再出去。但是看到坐在购物车里几乎睡着的女儿可怜模样，阿玲的心揪着揪着疼，她决定要和风雨抢一下速度。没有意外，阿玲抢输，刚把女儿安全带系好，狂风骤雨毫不留情劈打过来。阿玲放好东西再上车，全身已湿透，刚换上的薄薄夏装贴在身上难受得要命。阿玲抹了几把脸，脸上横流的早已分不清是泪还是雨，和湿漉漉的头发粘在一起，只觉得冷，冷得透彻心骨，她身体不住发抖，看不见的心抖得更厉害。

　　跌跌撞撞地把车开回家，阿玲早已没有力气把女儿抱上楼，便把女儿安置到陈肃强以前住的房间。阿玲想先伺候女儿服药，让孩子先睡觉。女儿给灌药一折腾，反而清醒不少，乖乖地躺在床上，突然想起什么，拉着起身要走的妈妈胳膊问："强叔叔为什么搬走？他怎么不来看我，他是不是不要我们了？"

　　阿玲的泪随着问题倾泻而出，女儿被吓着，伸出小手试着抹去阿玲的泪："妈妈不哭，我不问，不问了……"

　　阿玲稳稳自己的情绪，坚定地握着女儿的手，很认真地回答也是对自己说："强叔叔马上就会来看你的，不久之后，他就会永远和我们在一起……"

第三十一章

关于徐雅几年前为什么带孩子回国，扔下陈肃强不闻不问，仿佛她很无情无意，故意不尽人妻本分。徐雅觉得自己比窦娥还冤，她从来都是以小家庭奋发向上为基本出发点，以有朝一日飞黄腾达为目标，在出发点和目标上鞠躬尽瘁，死而后已。

当年陈肃强老妈拍拍屁股，没有带走一片云彩潇潇洒洒回国。初初徐雅身心清静，要多畅快有多畅快。没多久，就开始力不从心，对付图图这个小不点，徐雅烦不胜烦，不好意思反悔说送回国让婆婆带，心里还担心图图跟婆婆时间长，到时和自己都不亲。

左右思量也没有什么好办法，想让自己老父和后妈过来帮帮手。老父和后妈根本不接这个茬，好一番装聋作哑。本来后妈就没有要来的心思，后来听说徐雅和婆婆的世纪大战，更是心有戚戚焉，为了让徐雅断了这个念头，后妈隔三岔五就开始述说她和老父的各式潜在病痛，用词夸张，语调激扬。徐雅倒真给吓着，感觉要真的促成此事，二老不是跌倒在办签证的途中，就一定会昏倒在西行的飞机上。

徐雅闹心的事情还不止这些，福无双至，祸不单行不停地给她上演真实体验。股票市场潮起潮落，她口袋里那点美金随着大浪淘沙，亏了个一干二净。面对这个，徐雅的胸襟本来是很宽大，千金散尽还复来，徐雅有的是雄心，奈何英雄也要以雄厚的财力做后盾，就像每届美国总统都是在各大财团的鼎力支持下才胜出。徐雅憋一肚子火，自己身边，别说油，水都挤不出一滴的婆家，还有就会拿点死工资一根筋老公。陈肃强对出师不利的徐雅没有丝毫体谅和安慰，反而一堆埋怨，让徐雅越发心寒。随着祖国日益强大，经济形势一片大好，千辛万苦来美国仿佛是《枉凝眉》一场。徐雅不仅压错宝，简直就投错局，满盘皆输。

那时，和陈肃强一起没落的美国朋友的生活都开始雨后春笋一般，争先恐后纷纷出芽，五子登科的梦想逐一平稳实现。自命不凡，不屑于与他们为伍的徐雅不经意转过身来一看，那些从来没有正眼瞧过的不仅不再灰头土脸，自己活得还不如人家，要房没房，依然开破车，更别提什么度假屋，豪华游轮，国外散心。每次哆哆嗦嗦回国一次就被美其名曰出国，去趟加拿大多伦多看一下尼亚加拉瀑布就冠以游览世界名胜。这些苦心经营，背后的苦有谁能知，徐雅那个郁闷就别提了，没有朝忧郁症发展还是得益于徐雅良好的心理素质。

国内亲朋好友更是无法相提并论，土豪都是空降的，一夜之间，大家都是中巨奖彩票的主，人家一件衣服一个包包，陈肃强的一个月工资不吃不喝都扛不回来。徐雅觉得自己顾此失彼，两手空空。怨恨就如没人打理的院子里的杂草疯狂猛长，但终因找不到事情具体责任承担人，发泄的方式也只有是对着陈肃强多一番眼睛鼻子长错了地方的批判。弄得陈肃强闲暇之余对自己的婚姻也开始颠覆性的思考。

虽然是处处失意，徐雅还是在孜孜不倦努力追求美好生活，她试过在美国淘名牌东西去国内卖，带着图图半大的孩子转战于各大销售中心和市郊厂家直销中心，确实很辛苦，但收获却并没有因此成正比。淘宝那边接收人嫌她挑的东西不仅时尚和品位不够，款式也不够新潮，几次合作之后，自然就淘汰了她。徐雅的满腹壮志也只有胎死腹中。

后来国内闹奶粉危机，徐雅又高瞻远瞩自告奋勇加入搬运大军，奈何始终不是做生意那块料，怎么炼都是希望变成钢的铁，并没有真正成为钢。徐雅只是简单的超市购买，然后到当地政府邮局去寄，有时担心货物丢失，还会再买份保险。货物到达时间精确，完好还无损而且品质一流。淘宝的接收人满意得无以言表，但是对方收到徐雅基本费用单之后，心情就如飞流直下三千尺的瀑布，把奶粉反寄给徐雅去卖的心思都生出来，怎么这么不开窍？这样不算成本做生意，连西北风都没得喝，凑合着享受雾霾去吧！对方都懒得细细跟徐雅去解释应该如何巧用特价购物券，邮寄要用中国人的平价邮递，合作候选人那么多，精于此道的也大把。时间也是金钱的日子大家都尽力开源节流，对方真觉没有必要浪费时间和精力去培训徐雅，只是语气遗憾地告诉她，生意难做，自己关门了。

　　不知真相的徐雅忍不住心底一阵臭骂，也恨自己运气太差，简直就是掉进猪圈，老是碰猪一样的队友？为何别人类似的生意都做得风生水起，她们的却关门收场。到后来发现，那不过是对方敷衍之词，人家的生意蒸蒸日上虽没有日进斗金，但绝对脱贫致富，徐雅更是气结在心，原来自己又做了一把农夫与蛇的故事主角，傻不愣登之间也不知给谁在何处卖了。让徐雅对这些都虚怀若谷，大肚容下那自然绝无可能，几次愤懑发泄的结果是，仅有的朋友劳燕分飞，对徐雅避之不及。

　　生意上被人拒而远之，徐雅的愤愤不平与日俱增，在反复叙述和声讨下，徐雅也不是一无所获，对方的作为值得商榷，贬低和不耻别人的同时，徐雅的形象在她描绘下也越发地高大上，简直就是远古时代的雷锋，焦裕禄等光辉人物的化身，和女神是一个级别的，毫不利己，专门利人，用自己的身躯做肥料让别人的种子生长开出异常鲜艳的花……

第三十二章

痛定思痛，徐雅决定反其道而行之，不是说条条大道通罗马？从中国运些小商品到美国来卖也可以，要说中国某些商品的价钱确实很实惠，如果不介意等得伤筋动骨花儿也谢了话，海运运费十分低廉。只是拓广市场是个大的难题，开实体店，租金人工费也是一笔很大的开销，而且铺头一签一年以上合约，投资大回收期长风险也极大。思虑再三，徐雅还是决定放弃，向周围的人兜售，这和街边小贩吆喝买卖没什么区别，徐雅自尊自信都受到极大的挑战，尤其是人们疑惑的目光，欲言又止地询问："徐雅不是做大买卖的吗，怎么销售起袜子和手绢？"徐雅好一番明示暗示：英雄莫问出处。但是一点掩饰作用也没有，不论生活在世界哪个地方，人们的好奇心都是一样。再到网上销售，成本是几乎没有，但是生意和成本也搭成正比。加上利润换成美金，就少得让人心悸。一段时间，除了邮局的邮递服务热闹了，家里多几个堆放存货的纸箱，在徐雅手上买过东西的顾客屈指可数，网上的商店更是冷冷清清，客人寥寥无几。国内仅剩朋友还取笑："徐雅，你那算什么生意？赚得到钱吗？赶紧回国和我们一起赚大钱吧！"

　　徐雅的心在这些失利和取笑中坚定下来，回国或许是光明正途。那时的美国因为次贷危机，房价大跌，很多中国人都借机会收纳房子，陈肃强蠢蠢欲动，几次三番提醒徐雅是买房的时候，不然过了村就没有店。徐雅曾经扬言房子非三千尺（二百五十平方米左右）以上的不看不买，陈肃强气结得要死，那么好高骛远干吗？家里总共才两个半人，要那么大的房子干吗？为了不把没有见识的陈肃强吓出心脏病，徐雅还没有放出自己的另一个雄心伟志，那就是要把房款一次性付清。但后来股市的藤萝跌宕，买房子的首期被冲洗得一干二净，徐雅为了堵住陈肃强的悠悠之口，便把这个理由抛出去。陈肃强听得浑身冷汗，把燕雀难知鸿鹄之志的感叹换了个主角，也知道自己在家里终究是不可能翻身有话事权，便由得徐雅折腾做梦去。徐雅稳住了陈肃强，可这千载难逢的买房好机会，是绝对不可以错过的。尤其纽约地区，房价涨得快跌得也多，错过了可是千载再难逢。

　　囊中空空的徐雅记得出国前，有个客户为了拿到贷款，曾经偷偷介绍给她买了个极其优惠的小产权房，当时花了六万人民币不到，现在估计翻二十倍不止，要是可以顺利脱手的话，这边房子的首期应该解决。当时徐雅很懂得运用鸡蛋不要放在一个篮子的理论，她积极地各方投资，尤其那时她的表兄弟们，开始进行的是跨国业务，什么香港房地产，伊拉克石油，说得天花乱坠，难分真假，徐雅觉得加入这些生意，虽然轮不上自己操刀，但形象立马不同，多么显赫的人物，生意都不是一般的凡响，这些年来，表兄弟们倒是没有辜负她的期望，每次和她聊到投资，都感觉是千万倍的涨势，徐雅投资不多，但按这说法打了五折去，用收回的投资一次性付清房款也不是梦想。

何况徐雅的心中，还有另外一个辉煌蓝图。当年徐雅帮着后妈拿到一套三室两厅的好地段房子，以低廉价格买下，如今这价格买房子的洗手间都不够。徐雅算是帮了后妈一个巨忙，但徐雅没有想过要白帮这个忙，这些年房子一直出租，后妈租金也应该收够了。如今中国的房价也差不多是巅峰时代，徐雅想着赶紧出手套现拿回自己的一半是正事。

徐雅回国时，没和陈肃强说这么多，从来男人在她眼里就上不了台面，成事不足，败事有余。她只是说要带孩子回去走走，住上几个月。陈肃强虽然觉得这趟远行师出无名，但是徐雅的性格是凡反对都无效，还不如顺水人情投赞成票。家里一刹时被稳定和谐的气氛所笼罩，老大不小的夫妻也因即将产生的距离依依惜别。

刚回国似乎挺顺的，那套小产权房子经了点波折，终于脱手，扣掉一些打点费，狠狠地大赚了一笔。这边陈肃强也租到阿玲那里便宜方便的房子。徐雅不经喜上眉梢，看来回国这步棋是下对了。去回收投资的时候，徐雅的精心算盘就难敌这天灾人祸。她还不知道国内风水早就轮流转，如今欠钱的是爹是爷，要钱的没有那几把金刚钻子就找地哭去！

　　表兄弟们对徐雅撤资，先是好一番摆事实说道理的劝说，期望她收回这么目光短浅的决定，无效之后，开始玩失踪，徐雅心急火燎地一番狂追，得到的结果不过是几顿饭。逼急了表兄弟们据实相告："那些投资项目不过是美好想法，具体实行日子还有待考究。"如今此刻，要钱的话肯定是没有，要命的话有，他们建议：留得青山在，不怕没柴烧。

　　徐雅给气得七窍生烟，看来追回投资变成了论持久战，徐雅想着大家一起耗好了，就是去吃饭也要把这些投资吃回来。但是饭要一口一口吃的，徐雅这边只好着手开始为后妈的房子打算。经由十几年的光阴，后妈由中年步入老年，越发没有安全感。鉴于上次婚姻留下的血泪教训，除了钱后妈是什么都不相信，对于这个提议，虽然徐雅说时戴着光环，后妈却想也没想就全盘否定："那是我的房子，房产证只有我的名字，卖和不卖都是我的，我死了就是我儿子的……"徐雅听得牙根恨得直痒痒："后妈你可别让我初一十五都做了，成也萧何，败也萧何的典故你不知道？我既然可以让我爸娶你，难道我不可以让他赶你出门？"

第三十三章

　　徐雅父亲和后妈成婚以来，二老在外形上虽不般配，感情上却很琴瑟和谐。后妈对徐雅老父日常生活照顾得无微不至，也从不抱怨钱多钱少，反正家里开销人来客往全部老父负担，后妈绝不中饱私囊，同时也不掏出自己的一分一毫。老父知道后妈在前段婚姻受伤甚深，自然不做计较。更何况，嫁汉嫁汉穿衣吃饭乃人间常理。他们这老来伴的夫妻还情深似海过少年夫妻。

　　徐雅想要后妈房子的一半，她自己觉得理所应当，后妈却门缝都没有给留，拒绝得直截了当。这让徐雅不仅是受伤的问题。记得当年，为了将后妈娶进门，徐雅尽心尽力好一番折腾。看到老父的幸福生活，徐雅还感叹自己行动正确，要知后妈如此不识好歹，不晓得知恩图报，徐雅后悔自己眼光不行，当初就该另选她人。

　　徐雅回转身到老父那里，一通委屈带泪控诉，按照以往经验，老父肯定亲自出马，提着徐雅的心愿再来安抚。世事都会时过境迁，很多的感情也有保质期。徐雅虽然还是父亲的掌上明珠，但是效力和当年早已不可同日而语。

老父默不作声半晌："那是你阿姨的房子，一点没错，怎么算你也不会有一半！"

徐雅蹦得三丈高："不是我帮忙，她哪里可以得到这套房子？老爸你跟着别人一起过河拆桥！"

老父摆摆手："阿雅你急也没有用，你是帮过忙，但是不能要求人家用房子做报偿，要说房子，论理有你一半的只有我住的这套。"说完老父就拉着后妈去买菜散步。

徐雅独自一人气得肚子都要炸。什么时候开始，她不再是亲爱的老父贴心小棉袄，老父也不再是处处以她的利益为出发点。她错在了轻易让出阵营，但如今既然回了，那就让战事重新燃起，鹿死谁手重做定论。

徐雅千方百计给老两口制造罅隙，日常生活里，相隔这么久的两代人不用刻意，摩擦在所难免。徐雅不怎么费力，家里就开始争执不断。徐雅乐观其成，后妈是她亲自挑选来照顾老父的，可以做好这项工作的人选大把，替换应该轻而易举。但这回老父不再和徐雅同声共气，十几年相依为命的日子，让老父对后妈有着深深的依恋，老父人老心明白，女儿自有女儿的生活，自己将来的日子有望老伴的陪伴和照顾。

家里的战火没有影响老两口的感情，倒让老两口觉得他们有一致对外的必要，是徐雅回来引起混乱局面。这个信息转达到徐雅那里，她也把心一横，在这个老父说有自己一半的房子里，她就要长久地住下来，看看到底谁是外人？

远在美国的老哥和徐雅一番兄妹情分，却从来没有闹懂过妹妹的心思，被波及得两边听投诉的他好生奇怪："你好好的自己日子不过，把肃强一个人扔在美国，又把老爸他们弄得鸡飞狗跳，你是不是吃饱了撑的？"

哥哥的话对徐雅而言无异于火上浇油，徐雅真成了"我欲将心托明月，奈何明月照沟渠"的写实版。随着哥哥加入，徐雅想到事情的另一个解决方案，老父的房子既然是自己和哥哥一人一半，那么让老父后妈搬去后妈的房子，卖掉老父房子，问题也是迎刃而解，自己也可以拿到钱，父亲这套房子的钱应该还会更多。为了不让自己计划夭折，徐雅开始拉哥哥当同盟，信誓旦旦，钱一拿到，即刻回美国，不再干扰老父后妈的幸福生活。

哥哥被徐雅的理论弄得一头雾水："房子不是应该等老爸百年之后再处理的问题吗？你要谈自己搞定，恕在下不奉陪！"徐雅一番有劲无处使，她奇怪哥哥从国内搬运了小媳妇，难道不是对没有钱万万不能深有体会吗？还想进一步说服教育，哥哥摆出一副君子爱钱，取之有道的高风亮节。徐雅只有放慢步伐，以蚕侵式站领高地。

这场缓慢没有硝烟的战争耗去徐雅两年光阴，事情依然没有任何实质进展。老父不愿搬出老房子，邻居和环境都是熟悉的，后妈也不

愿意，那样就损失每月几千大洋租金。徐雅更觉此时后退更不甘心，
大家都在磨叽着，看谁会是笑到最后的。陈肃强却不识时务地突然传
来后院起火消息。徐雅着急慌慌赶回美国，也顾不上这些进行半路的
美好计划。

　　等和陈肃强的分居协议一签，徐雅的愤懑反而更加高涨，怪陈肃
强为何不早点透露他的外心，要是早知，自己在国内时就另谋出路，
也不至于闹到现在这般狼狈。如今，在美国又如蛟龙困浅海一般。

　　思前想后，目前也只有和王真争取更紧密的联系，那样自己或
者守得云开见明月。至于陈肃强是否会回头，已经不是徐雅考虑的范
围。更何况，她在这件事上的认知和男人是大相径庭。徐雅的分析
下，陈肃强不过是受不住寂寞，一下子糊涂犯了天下男人都会犯的
错，陷入温柔乡，后悔是迟早的事情，只是自己给不给他机会而已。

　　徐雅不知道，陈肃强最终坚定不移地尾随阿玲走，是和阿玲的
个性有关。在和徐雅的吵吵闹闹里，陈肃强很郁闷，他以为天下婚姻
一般黑，不然何以被冠上坟墓的名字。但是和阿玲一个屋檐下朝夕相
处，陈肃强看到完全不同的景象，原来女人并不都和徐雅一个德行，
婚姻里大有和谐和幸福。虽然有些错过花期，但是，因为错过发现从
而可以追回时，也会给人更多的期待、动力，以及倍加珍惜……

第三十四章

　　赵力给王真发邮件，说他即将回国和父母面谈他的问题，希望这样可以减轻点对王真的伤害，等他再回美国就办离婚手续。请王真发一些小乖近期照片，他的父母实在是想小乖想得太厉害。为了加重语气或者让王真相信，这句后面有个备注，"我妈这两年身体不好大家都知道"。王真飞速地回信，祝赵力一切顺利！也精心选了一堆小乖各式的照片还有录像。

　　赵力的信其实写得很平淡，就和他这一路对王真的态度一样，但是王真看后却止不住悲伤。王真曾经很恨赵力，他辜负自己的感情，耽误自己的青春。也对赵力说过今生都不要再见的狠话，可是随着时间的推移，恨没有累积反倒在日渐消逝。这两年赵力都很尊重她的坚持，没有踏入她的生活。王真和小乖孤单而又平静，这些平静的后面让王真对过去开始了一遍又一遍的思考。

　　赵力没有爱过她不错，可是他们却拥有过一个共同的家，而那个家还不乏温馨，不只是遮风挡雨的地方。他们可能没有别的夫妻那么多肌肤之爱，可家里也是充满爱。可爱的儿子和慈祥的爷爷奶奶是家里必不可少的成员，曾经一派其乐融融。

好长时间王真过不了自己心里的坎，也不知如何面对赵力父母，所以基本也不和他们联系。公婆的主动联系，王真尽力躲闪。赵力信里那句父母实在太想小乖，不禁让王真泪流满面，遐想万千，和公婆之间种种往事涌上心头，她顿起难言愧疚。

赵力父母待王真的好有目共睹，国内那些年不消细说，她们婆媳之间从未有过矛盾，人前、人后都没有说出过闲话。大家都说高干家的媳妇难当，王真却从来没这感觉，王真妈曾开玩笑说王真是掉蜜罐里。王真依然清晰记得结婚时，婆家没有在意自己嫁妆微薄，一手包揽了全部开销，家里很多的饰品是婆婆陪着她一道去挑选的。每到周末回去看望公婆，婆婆都会让小保姆烧好他们喜欢的菜式，临走还要打包一大堆。对王真的父母家，公婆也极其尊重，每年固定的时间请亲家吃饭，这个习惯在王真他们出国后依然未变，这两年还是如此。那些日常的小物品互赠，两家真的是为繁荣当地的市场经济做了不小的贡献。王真挑剔不得公婆，只有感恩。

后来移民加拿大，公婆对他们更是关心，国内大包小包从被子到袜子，吃的用的只要他们想得到的全都寄过来。唯恐他们受委屈，公公总是不厌其烦地重复："国外不好就回来，家里大门始终为你们开，千万别要有压力！"听着仿佛公公在慰问灾区群众讲演，但这后面，王真确深深体会了公婆的爱心。

公婆一直希望抱孙子，也从没有正面给过王真任何压力。王真得知赵力的性取向之后，也曾怀疑这些是公婆为了掩饰和稳住她做的表面工作。但是王真怀孕后，公婆坚持来照顾她。所有一切是没有办法抹杀的。公婆当时说要来，都让王真家里难以置信，王真也吓了一跳，还专门让妈妈去劝婆婆，多伦多不仅生活条件不能和国内比，什么都要自己动手，而且气候也非常不好，冬天出行二老不会开车是个巨大问题。公婆却笑着调侃还能苦过当年上山下乡，困难都是纸老虎，来了之后任劳任怨。不是太会做家务的婆婆从头学起，接手之后，就再不让王真插手，公公虽然不参与家务事，可是言行上点点滴滴都是对王真的爱护。连王真睡个午觉，公婆讲话基本用耳语，走路都是踮起脚。

小乖出生时是冰天雪地的冬天，他们住在大多伦多的士嘉堡区，一直也是在那个区看医生，确定在那个区医院生产。结果意外连连，王真破水的那天晚上，他们手忙脚乱赶到区医院，却被告知这边医院已经满了，让他们去隔壁约克区。他们又风雪兼程地赶去，医生担心破水时间太长，小乖缺氧，对王真实行了剖腹产手术。王真术后低烧不断，在医院呆了整整一星期。而这个星期最受折腾的便是公公。小乖差不多提前一个月来到，赵力那段正忙，公婆也不支持他请假，把干中国革命工作的一套移到这里。每天给王真送饭菜的任务就落在公公身上，事后王真提到就忍不住落泪，漫天风雪的，公公要倒两趟公共汽车，而且都是陌生的路，一天来回四趟奔波在路上就是为了王真可以喝上家里的鸡汤吃上家里的饭菜。看到公公风尘仆仆的辛苦样，王真于心不忍，一再申明医院管吃的，还是营养餐，实在要送一天一次就好。但是二老一个坚持做，一个坚持送，确保王真那段时间没有沾医院的一点土豆泥，吃的全是婆婆早就安排设计好的正宗月子餐。

出院后更甚，除了给孩子喂奶，公公婆婆都严令王真不许乱下床，唯恐她休息不好，整整两个月，王真连家里的楼梯都没有下过。小乖晚上吵闹时，公婆轮着起来抱孩子，要是王真起来帮忙都会被喝令回去睡觉。这些很多公婆都难以做到的，王真的公婆却做得还似乎乐在其中，签证续了两次，到小乖一岁多，二老才恋恋不舍地回国。

要不是赵力后来心有旁骛，王真是一直想把公婆再接过来，好好享享福。公婆也是一心期望可以再来和他们团聚。可是这最终也成奢望，到后来连和孙子视频说说话的机会越来越少，几近于无，王真想自己这两年来的所作所为虽然说情有可原，但也实在太伤老人的心！王真有些后悔逼赵力去向公婆坦白。公婆没法接受怎么办？公婆因为此事生出个三长两短怎么办？王真越想越后怕，寝食难安，扳着手指算着赵力到达的日子，以及事情可能发展的趋势。她没有等太久，赵力回国的第二天电话就过来，语气里全是惊魂未定："我爸脑溢血住院，王真你马上带儿子回来！"

第三十五章

　　王真着急慌慌地赶着订机票，办签证，请假，买东西，心里满是不安，归心似箭的她恨不得即刻回到国内，或者公公顷刻间身体奇迹恢复。虽然电话里赵力没有说公公生病起因，王真不可避免地将一切联系在一起。她希望事情可以重来，她要阻止赵力回国。如果正是赵力的坦白，让老式正派的公公不能接受，气急病发，自己就是罪魁祸首。早知道会是这样的后果，王真宁愿选择将这一切终生隐瞒。

　　旅行社迅速地办好签证，王真在庆幸的时候，心情又顿时跌入了深渊。她发现小乖的护照还有五个月就到期，规定护照在半年以内的有效期都是禁止出入境的。唯一的办法是加急补办新护照。电话打到护照更换办公室，工作人员回答："这种情况凭机票是可以办加急，但是办理加拿大籍人士的加急不符合48小时可以拿到那种情况，他们的最快要五个工作日审批。"五个工作日，不仅意味机票得改签，也意味着王真和小乖回国至少是一周后的事情。

　　赵力一听就急："王真，你故意刁难我？你是不想带小乖回国？还是想要我爸死不瞑目？千错万错都是我，你怎么责罚我都可以，你不能怪我爸！我爸怎么着也没有对不起你！我求你了，王真，带儿子快点回来，我给你跪下，行吗……"

　　王真的泪随着赵力语无伦次颠三倒四的一番话无声地流，自己在赵力心目中是那么不知轻重、不讲道理和情意的人，赵力居然会认为是自己扣着小乖故意拖延着不回去来惩罚他，王真很无语，她也不想替自己辩解，这个时候的辩解无异于雪上加霜，赵力的那句死不瞑目让王真撕心裂肺地痛，她的公公，待她如父亲一样的公公，难道真的要永远地离开了？

　　王真的父母也耐不住，连连地催："真真，我们去医院看过你公公，情况真的很紧急，你一定要带小乖快点回来！"

　　家里人也是这般误解，王真的心更受伤："你们怎么不明白？不是我的问题，是小乖的护照快到期！"

　　"是快到期，不是还没到期吗？不是说外国人都很人情化的吗？你过关时和他们解释一下，说小乖的爷爷真的很不好……"

　　是命运故意这样安排？王真不知道该找谁追问，她从没有刻意伤害任何人，落入进退两难都不由自己做主被人误解的境地，为什么没有人来体谅一下她！赵力的催促每天都来，一天比一天紧迫，一次比一次更慌乱，看着曾经心爱的人如此的失态，王真备受折磨，却无法改变事情的丝毫，她所做的也只有按程序办事，不然堵在机场不让出去，事情不是更加糟糕？

赵力在上海机场接到他们，马不停蹄地坐高铁回家乡。一路上赵力没有和王真说一句话，王真很多次想打破沉默，即便是问公公病情，赵力的回答还是一脸铁青。等他们一家三口赶到医院，公公已是弥留之际。病房内外，挤得满满都是焦急但无声的亲友，见到他们，自动让出一条路。婆婆感觉到动静，回头一把拉过小乖，把小乖的手放在公公的手上："老赵，小乖来了，我们的孙子小乖来了！"公公没有任何反应，婆婆看了一眼王真，也把她拉过去："小真也回来了……"

王真泪流满面，轻声地呼唤："爸，爸……"公公依然没有反应，赵力急促地吩咐小乖："叫爷爷，小乖叫爷爷，爷爷就会醒的……"婆婆抹了一把眼泪，把赵力、王真和小乖的手叠在一起放在公公的手上："老赵，你放心，他们一家三口会好好地，好好地在一起……"老人的胸口突然起伏了一下，泪从眼角流出来。众人急切而又欣喜地叫着医生。

医生还没来得及到，旁边的监视器的心脏跳动曲线已经变成长长的直线，发出刺耳的声音。亲友的哭声顿时涌出来，小乖随着哭嚎惊慌失措。那一刻，王真觉得自己漂浮起来，这些不是电视电影里的景象吗？自己难道真的在经历？公公就此远去不会再回来吗？看着伤心欲绝的婆婆，和天塌了似的赵力，王真只有一个期盼：公公马上坐起来，和他们一如往常地谈笑风生……

　　医护人员拉开他们，看看是否还可以做最后的努力。王真的头一阵眩晕，眼前的景象越来越模糊和虚幻，她反倒清晰地看见公公，身强体壮的公公慈爱地看着他们："小力和小真都是好孩子，祝他们恩恩爱爱，白头偕老！"那是公公在赵力和王真婚礼上的祝词。又看见公公在嘱咐她："小真，你一定要多吃多喝好好休息，身体是革命的本钱。"那是公公在她产后的语重心长……

　　王真醒来时躺在医院，妈妈和姐姐在旁守候。妈妈看她醒来，一个劲谢天谢地："阿弥陀佛，你总算醒了，可吓死妈了，你这孩子几年不见，一见面就吓我……"

　　姐姐在一旁忍不住打断："妈你有完没完？医生不是说了劳累体虚，悲伤过度，没什么大事吗！"

　　王真茫然地看了她们几眼，依然有些反应不过来自己身在何处："小乖在哪里？"

　　"赵力带回去了，他们刚来看过你，又忙着赶回去，你公公的丧事也是要办的。"

　　丧事？对，公公的丧事，记忆在一点一点恢复，点点滴滴都是痛，王真拔掉手上的输液管，挣扎着要爬起来，把她妈和姐姐吓了一跳，一齐按住她："你这是要干什么？赶快躺下！"

　　王真泪如雨下："你们放开我，让我起来，公公生前我没有尽孝心，这最后一程我一定要送送他老人家！"

第三十六章

这个生死轮回永不停息的世界里，对于死亡，王真一点也不陌生，虽然称不上经常，也是夹杂在日常消息中不可缺少的一部分，就仿佛那些政界要人的政见，一直在新闻里聒噪不停，离自己的真实生活还有一些距离。公公的离去，伸手可触，王真有了前所未有的恐慌。生命是如此脆弱，如此不堪一击，就像风中的落叶，只有随风而去听任主宰。公公那么雷厉风行强悍的人，在疾病和死亡面前也没有任何优势。原来真正的平等是实现在死亡面前，再强有力的生命也有可能消逝在瞬间。

这种认知给王真带来的不仅是无奈，更多的是失落和绝望。更何况她对公公的离去有挥之不去的罪恶感。曾经还以为有大把机会对公公述说自己的委屈，也可以请公公主持公道，大家都有的是来日方长处理这些恩怨是非。但事情的戏剧性发展却把王真摆在帮凶的位置，她希望死后真的有天堂，那么她还有机会可以和公公重新相见，说一千道一万个对不起让公公亲耳听见。

　　公公临终前，婆婆刻意把他们一家三口的手放在一起的举动和话语让王真明白二老还是希望她和赵力一起生活，虽然以前王真也这样猜想过，如今，算是老人的遗愿，意义和感受还有分量自然又是不同。如今，似乎连拒绝都无处安放，更别说细细地理论，压力却是成倍地增长。仿佛要是没有做到和赵力好好在一起，那凭空的罪孽又增重好多。之后的日子，婆婆待王真就像以前一样，赵力什么都没有和他们倾诉过。这其实更让王真难受，或许大家摊开来谈的话会轻松很多，只是这样的氛围下，她自然不敢再轻举妄动。除了沉默，她可以做的并不多。

　　王真姐姐非常愤愤不平，几次三番劝王真回美国后赶紧把婚离了，再找个男人过自己的日子。青春已经耽误了一半多，可别再耗了！说得王真涕泪长流，婚姻又不是玩游戏，哪有那么容易马上分，马上找，还有小乖……

　　姐姐说："如果你这样瞻前顾后，那就别离，人家死了男人也不是有大把不嫁的！"

　　王真气得冒火："姐你怎么这样胡说八道！"

　　姐姐也是真伤心："我是心疼你被人家欺负成这样，还对人家感恩戴德，唉，话我都说到这份上，你自己的命你自己去决定！"

　　王真的父亲自始至终除了叹气，没有一丝言语，母亲专门和王真找机会谈了，但基本是两个世界的物种，沟通的结果是彼此知道了彼此的存在，可以遥遥相望是最好的境界，要相互理解，估计还要等最新语种发明。母亲苦口婆心："真真，赵力在外面又不是乱玩女人，男人和男人能干啥，你就不要管那么多，夫妻之间就是睁眼闭眼，这人一眨眼就一生。"

王真知道没有办法和老妈解释得清楚同性恋和异性恋，就如老妈的眼里比萨和卷饼没啥区别，都是面和一些菜混在一起，只是吃的人不同才有了不同的名字。但是老妈的睁眼闭眼论却很震撼。谁也无法预知自己的明天有多少，谁也无法操纵生命离去的轨迹。她和赵力都是人到中年，他们又还经得起多少折腾。像公公这样的离去让人伤筋动骨的痛能承受几回？只是睁眼也好闭眼也罢，再到眨眼都不由王真来操纵，她不过是个配合做一个演出者。

赵力怎样想，王真是越来越没有把握。事实上和赵力分开的这两年，虽然没有见面，反倒是赵力对王真最好的两年，各个节日和生日，都会有赵力精心挑选的礼物快递过来，赵力似乎很努力赎罪。可是现在因为公公的离去，形势又逆转过来，赵力仿佛多看王真一眼都不愿意。这些天人前人后除必要的话，连一个字都不和王真说。王真也尽量去体谅，毕竟艰难时期，却还是无法避免觉得自己只不过是个道具。如果按赵力本意，他根本不需要这个道具，王真的存在，给死去的公公一个面子而已。

葬礼结束后，王真带着小乖回娘家住了几天，就到了要回美国的日子，去和婆婆道别时，婆婆抱着小乖舍不得撒手，赵力一旁说："就几天而已，马上就见面的。"赵力要办婆婆来美国吗？王真用问询的目光看着赵力，赵力故意冷冷地避开。

　　赵力送王真母子去上海浦东机场，一如来接，还是一声不吭。办好了登机手续，托运了行李，赵力俯身抱着小乖："跟爸爸说再见！到了美国给爸爸打电话！"放下小乖，看都没看王真一眼，转身就走，王真强忍住委屈的泪："赵力，你等一下！我有话要说，在爸的事情上如果你一定要怪罪于我，我无话可说，但这真不是我希望发生的，如果可以重来，我一定不会让你告诉他老人家……"

　　赵力听见王真叫他，停住了脚步，静静地听王真说完，深深叹了一口气，他想敷衍着对王真说："不关你事的，你想太多了。"等他沉淀好表情回转身，却没看见王真，王真和小乖的背影早已消失在熙熙攘攘的机场大厅人群里。

　　赵力有些发愣，一股巨大的悲怆弥漫了他的心头，他忽然有难言的恐惧和慌乱感，从他们相识以来，王真对他的感情从不掩饰，眼角眉梢都狂热地写着，赵力对这从来都是那么有把握，还记得婚礼上朋友逗乐用筷子敲了两下赵力的头，还穿着婚纱的王真即刻不顾形象地跳起身掩护，比起若干年后的邓文迪救默克多还要英勇得多。亲友们善意的笑声当时让赵力还有些恼怒，他觉得王真太不矜持。

　　这一路婚姻走来，世事千变万化，但王真一直都在那里，即便是和王真分居，他知道王真是因为爱得太深才受伤太重。是他无法逾越自己的心坎，他们之间沟壑也好，距离也罢，他都是操作人。他是想逃离而不知该如何逃得合适和彻底，生平第一次，他觉得弄丢了王真，还不知该如何找回……

第三十七章

　　陈肃强想起再过几天就是阿玲小女儿的生日。据目前阿玲对自己的态度，被主动邀请的可能性不大，但是他也不想错过这个机会。抛开给阿玲献殷勤不说，对于阿玲的两个女儿，两年的朝夕相处，他们之间的亲密都已赶超和立山的感情，她们的生日他不愿缺席任何一次祝福。思前想后一番，陈肃强买了芭比娃娃和卡通造型的生日蛋糕。如果阿玲要是当面拒绝，孩子也会难堪，还是瞅她们不在家时送过去，这样万事都有商量的余地。

　　陈肃强拎着蛋糕走到阿玲家门口，仿佛回到年少时代，蠢蠢欲动的心，患得患失的情。他轻轻地放下蛋糕，看了一眼紧闭的大门，脑海里浮现好多年前读过的不知名诗句：

　　我找你

　　你不在

　　于是我等你

只是为了和你说再见

　　陈肃强不禁哑然失笑，心底对阿玲说：我等你绝对不是为了和你说再见，是为了我们一定要再相见！他伸出手按了几下门铃，打算郑重其事地站一分钟，再绅士般优雅地转身离去。门就在他即将转身的那一刻开了，一身湿漉漉的阿玲无比震惊地看着他。这回轮到男人不知所措，他拎起放在地上的蛋糕和礼物，结结巴巴："我提前买了蛋糕，我其实只是想说生日快乐……"

　　阿玲低下头，没有接话，脸经不住阵阵泛红，想着几分钟之前自己还说要永远和这个男人一起，也不晓得他是否听到？阿玲的小女儿在里屋听到早已按耐不住，冲出来兴奋地直喊："强叔叔，强叔叔，你真的来看我们了，我好想你！"

　　陈肃强又是一愣："你怎么也在家，不是生病了吧？"阿玲看了几眼激动中的两人，赶紧上楼换了衣服，吹干了头发，看着镜子中双颊绯红的自己，她其实很幸运，幸福就在身边，唾手可得。

　　等阿玲再下楼，女儿已经抱着礼物乖乖睡了，陈肃强在收拾她买回来的日用品，看着男人娴熟而自然的样子，她突然感慨万千，时光可以在这里停止吗？陈肃强抬眼看到了她："以后孩子生病一定要记得通知我，就算你我之间没有特殊关系，就是普通朋友我也可以帮忙！更何况我也反复地告诉你了，我一定会离婚和你在一起……"

　　阿玲默默地走过来，从身后抱住了男人："你不会嫌我们母女烦？"

这突如其来的幸福让陈肃强一下子北都找不着，他赶紧握住女人的手："怎么会？你不要嫌弃我才好，我这个穷光蛋，一点死工资，离婚之后可能还要花用大半做赡养费……"

阿玲抽出手，捂住男人的嘴："强哥，不许你这么说，只要你真心待我们母女，我心满意足！"

徐雅的日子用百无聊赖形容最合适，图图的学校联系好了，虽然才开始上学，可是过不到一个月就要放假。她整天无所事事，除了等待，那想破了头的婚姻依然没有什么最佳处理方案。她几乎每天都要电话骚扰一通她同学，当然主题都是反反复复的雷同。同学给她闹烦，干脆劝她马上离婚。徐雅有些不太高兴："小姐呀，你一会儿让我拖，一会儿让我离，你把我当猴耍？"

同学啼笑皆非："姑奶奶，我的反话你听不懂？我是建议你拖，可没建议你每天对我汇报进程！我两个半大的孩子，要吃要喝的，你知道我自己还在进修！你有这空，要不每天熬上甲鱼大补汤给陈肃强送去修补你们的婚姻关系，要不自己找点活干还有钱赚不是？"

徐雅虽然听得满腹不愿意，也只有接受的份，可是去拍陈肃强的马屁，徐雅真还没那份闲情，记得台湾作家罗兰说过："男女双方在感情上，如果对方不以相同的情意对待和回报就是蔑视你！"怎么着徐雅也不能让陈肃强来蔑视！而根据来而不往非礼也的古训，徐雅现在应该做的是也找个男性友人给陈肃强一些颜色看看。

　　至于去上班，徐雅有自知之明，英文不好，也干不了啥事，到附近的购物中心做个收银什么倒是可以，但图图一放假，估计赚的钱还不够付他的托儿费。胡思乱想的时候，徐雅就对自己的生活越加不满，别人的日子都是有滋有味的，但是不管什么事情到她这里仿佛就变了的物种，找不到原来的踪迹。

　　寂寞中徐雅异常地思念王真，王真急匆匆地带孩子回国，只是简单地和她打了一声招呼说家里有急事。一点也不体谅徐雅的心比那急事还要着急，又无法得知后续情况，她几乎都开始扳着指头算王真回国的日子。没有了小乖这个玩伴，图图也缠人得厉害。现在天气不错，但是后院是与王真的餐厅相通的，王真他们不在，图图自然也无法去。吵得烦心的徐雅只好把孩子带到前院来玩。

　　初夏的阳光即使是傍晚依然蛮炽热，图图不亦乐乎地拿着玩具枪在花丛埋伏或扫射。徐雅心不在焉地看着，想着晚饭怎样打发才好。当万广明的车在前面路口一出现，徐雅的心就跳到嗓子眼，这辆凯迪拉克她似曾见过。等车拐上车道，她更加兴奋地确认：就是王真的朋友。

　　万广明奇怪地看着笑容满面走过来的徐雅，不知道此刻的徐雅心里都翻过了不知多少不忿，这个男人好儒雅，其貌不扬的王真真是命里桃花！表面却镇定自若："你好！我是徐雅，王真的邻居租客，你是来找王真？她有事回国了！"

万广明有些意外，很礼貌地："谢谢，我不知道她回国，只是顺路过来看看。"

徐雅目不转睛地盯着男人："你真是有心，要不我家喝杯茶吧？"

"不用，不用！"这个邀请太出人意料，万广明边说边往后退。

徐雅暗自冷笑：应该不是在情场跌打滚爬的，年龄不小，人却还很青涩，"好的，没问题，我都还不知道你的尊姓大名，到时王真回来……"

"万广明，谢谢！谢谢！"万广明逃似的开车走了，目光一直追随的徐雅挥手道别，笑容挂在她眼角也挂上她心头，和万广明的相逢应该可以称得上踏破铁鞋无觅处，得来全不费工夫。

第三十八章

　　陈肃强这几天都有醉鬼的那种唯愿常醉千年不醒的渴望，醉鬼大多逃避现实，而他却是因为现实太美好，让他质疑真实性。原以为和阿玲之间经徐雅这一搅和，被迫重新跌回起点，万里长征再次开始，路茫茫兮不知结局。不料阿玲小女儿一场病令他误打误撞及时出现把他的漫漫征途一下子减免，他的待遇不仅官复原职还连升三级，拿到他梦寐以求的阿玲男朋友称号。陈肃强真是乐开花，简直就是期望一片绿叶却收获了整个春天，陈肃强陶醉在无边春色里，幸福得直冒泡。如果按男人需要被崇拜、女人需要被宠爱这个理论延伸了来说，陈肃强和阿玲是最佳搭配，都在彼此那里找到了男人女人最需要的。

　　小女儿生日那天恰逢周末，阿玲请了两家要好的朋友去附近公园野餐，算是安排陈肃强隆重出场。男人带了图图一起，他要的就是正式加入阿玲的生活，和以前徐雅在中国时的躲躲藏藏明显不同，陈肃强理直气壮，谈笑自如，一副男主人姿态自居，甚至连孩子性别都成了洋洋自得的理由，大言不惭"上帝的安排多巧妙，用这种方式让我和阿玲儿女双全"。

阿玲给说得有些不好意思，两家好友都不介意陈肃强的得意忘形，很替她开心："你能修成正果，倒真是大跌我们的眼镜，不过我们也希望有情人终成眷属，你吃了那么多苦，也算是守得云开见月明，应该得到幸福。"朋友的一番肺腑之言，阿玲挺感动也有些羞涩："八字还没一撇呢！"

"你这一撇应该是很快的事情，男人若是不认真绝对不会把自己的孩子牵扯进来。我们就等着喝喜酒。"

阿玲笑意盈盈静静地听着，眼睛一直没离开不远处和女儿们一起玩的图图，图图已经没有了刚认识的拘束，开始和其他孩子有说有笑，虽然离打成一片还有一些距离，但照这样的趋势发展，也是指日可待的事情。记得前段婚姻里，儿子简直就是阿玲头上的紧箍咒，每每被念起，她都心痛不已，曾经以为今生与儿子是无缘的，意料之外命运却有要送她个儿子的趋势。

没有见到图图之前，阿玲反复地要求看图图照片和询问图图的喜好。很多陈肃强自己都不清楚，不过他信誓旦旦："你放心，我喜欢的，我儿子一定喜欢。"阿玲笑笑没有吱声，不过她心底暗暗地希望事实是这样，长相上酷似父亲的图图和她有善缘。不管怎样说，光从男人对自己女儿的态度，阿玲觉得自己一定要对图图视若己出。只是这个视若己出该如何体现需要时间去检验。阿玲有信心也有雄心，未来生活的蓝图里她期待大家相亲相爱。

　　生活总是几家欢喜几家愁，有的欢喜家和愁绪家之间还有着千丝万缕的联系。阿玲看着图图，踌躇满志时，徐雅正一个人倚在窗前，也是满腹心事。陈肃强来接图图时并没有说要去哪里，但徐雅看他那风骚样，用鼻子都闻得出他是去见那个狐狸精。国内有句话形容小三，使唤你老公，狂花你的钱，捆打你孩子。徐雅一直都挺自负，顺着大思路想，陈肃强不过是一时鬼迷心窍，可现在看来，徐雅情愿与不情愿都好，她和陈肃强都走到了尽头。如果这是婚姻结束的必然结果，那徐雅的最后城堡也有被攻陷的势头，让她有些措手不及，徐雅一直认为儿子完全属于自己，如今也要面对被瓜分，徐雅无法想象更无法接受她的孩子有可能还要叫那女人妈。阵阵心痛之后，徐雅想起还有很多的事情要交待图图，以后类似的局面她要提前告诉图图如何表现。

　　车道上出现一辆黄色的出租车，徐雅有些反应不过来：王真的朋友真是三教九流！等她看清楚从车上下来的就是王真本人，她的心潮又开始澎湃：美国还有用自己的钱打的从机场来回的人？大家不都是自己开车或朋友接送？这个女人，绝对不是像她面相那么简简单单。

　　一路颠簸辛苦得不行的王真长舒一口气，终于回到家，因为时差和劳累，小乖在出租车上睡着了。司机帮着把行李搬到了门口，王真把睡眼惺忪的小乖拉下了车。

"你们终于回来了，可想死我们了。"徐雅冲出来，带着夸张的语气和手势，其实她是真心话，只不过那个语调，谁也打动不了，吓一跳才是真！

王真本能地拉着小乖往后退一步，徐雅似乎并没有察觉，眼睛横扫："这些都是你的行李？真多，你们回国买东西买得好爽啊！给我看看你都买了什么！"在行李上来回巡视了几遍，徐雅的目光终于落在王真的身上，发现她胸口别着的黑色金丝绒花，徐雅愣了一下，低头看见小乖那里也有一朵一样。她意识到自己刚才的话很不合适，急忙找台阶下："我来帮你拎，这司机也是，都不帮忙拎进来，不知道我们这样的房子进房间还有好多级楼梯呀！"

王真本来就不是能言善道之人，徐雅一通自编自演，她默不作声满盘接收。等行李全拿进屋，看着一点也不打算离开的徐雅，王真勉强地挤出了一丝笑容："谢谢！我有些累，改天再聊吧！"

徐雅对王真老疑惑夹着新问题：胸口的花是为谁而戴？正想着如何进行深层挖掘，这兜头的冷水泼得有些心凉，她意兴阑珊："那好吧，我先上去。"一转身走没两步又回过身来："对了，有个叫万广明的来找过你！"

"哦，谢谢！"王真依然平静。

徐雅追着问："他是干吗的？开那么好的车！"她有得不到回答不离去的架势。

王真冷冷地说："医生。"几乎是把徐雅半推出去，毫不留情地在徐雅身后关上门。

　　医生！医生！这两个字就仿佛夜空的礼炮，响彻在徐雅的耳边，她的心顿时如烟花一般烂漫，王真的怠慢她很大度地忽略不计，扭着屁股走回自己家时，徐雅觉得自己的脚步好久没有这么轻快……

第三十九章

　　立山最近有点烦，无论是公事还是私事。那些烦心事就仿佛堆积在天空的乌云，虽然没有变成大雨倾盆而下，但却总遮住灿烂的阳光，让人阴郁难受。立山家的两家餐馆好多年了，规模和地理位置都不错，客人川流不息，生意是更加不错，立山一大家吃香的喝辣的全指着。立山妈女汉子一枚，当年也算白手起家，叱咤风云把生意做得有声有色。在城里至少中国人都知道他们家餐馆的大名，老外那边也闻名遐迩。想过再扩大经营，多开分店，奈何儿子立山只比刘阿斗强上一点，立山妈的年势日益增高，精力日渐衰退，便由着雄心壮志雨打风吹去。只盼着守着生意一切照旧，全家安稳度日。

　　人最多可以控制自己一些范围变化，外面的千变万化能够事不关己望洋兴叹已是很好，经常发生的唇亡齿寒，或城门起火，殃及池鱼躲也无处躲。不久前，离立山打理的那家餐馆不远处开了一家类似的餐馆，无论装修还是价格都有那么一点优势，还新旧对比明显，又开发了一些立山餐馆没有的菜式，对立山餐馆的生意影响就变成好几点，生意和利润的大跌，使立山觉得自己的餐馆立马由纯种精品土鸡变成可有可无的鸡肋一块。

立山拉着老妈讨教对策，老妈摇摇头："我老了，如今吃吃喝喝家务事都做不好，这些生意上的大事，你们年轻人自己拿主意！"吃了闭门羹的立山回家再找珍妮商量。珍妮正憋了一肚子的火，钱少怎么花都是不顺畅："关了，关了，又不是什么很有脸面的公司，一天到晚累得跟死狗似的，越是节假日还越人多，周末都从来没有好好陪过我和儿子。赚的钱还紧紧巴巴，我都不好意思跟朋友说。关了正好把资金抽出来，做个高大上的生意，我们要么不做，要做就做一本万利，又清闲，钱还是滚滚而来的那种生意……"

立山听得如痴如醉，口水都差点流了出来，当即对他老婆开始敬佩得五腑投地，就差磕头拜师："老婆，你真了不起，大学生见识就是不一样，我真是，早就该问你的意见，那你觉得我们做什么生意好？"

珍妮还畅游在自己的幻想：赚了大钱，世界各地都要有庄园，什么游艇，飞机，兰博基尼，法拉利统统都买。给立山一问，从云端跌下，好不扫兴："我一个女孩子，能有这样的见解就不错了，剩下的干什么怎么干那不是你应该想和做的？不然要男人干吗？这个世界就是男人赚钱，女人花钱，我把钱漂漂亮亮花出去，就算给你争脸，现在流行那话怎么说的'你负责赚钱养家，我负责貌美如花'。"

立山读书不多，不过也深切体会出什么叫做绣花枕头，中看不中用。再讨论的结果就是珍妮进一步唇枪舌剑，立山体无完肤，落荒而逃。家里已是无处可逃的立山跑到阿玲那里倒苦水。没想比自己多认不了几个字的阿玲还能想出比自己好的主意，立山从来不这样指望，不过是倾诉倾诉使压力缓解一些。

这几年在生意中跌打滚爬的阿玲潜移默化学了不少。立山一说出难题，阿玲想了想，就列出一堆应对措施。第一条路，重新装修店面，调整价格，和对手死扛。但这个办法缺陷是就算暂时有效，对手也会做进一步调整，有可能变成没完没了的争夺战，两败俱伤，谁都没有利益可得。第二，关店，重新找地方再开或是做别的生意。这招明显的不足是做不熟悉的生意风险会比较大，而且新生意万事开头难。关店的话，对另一家店的声誉也会有一定的影响，再找地重开也绝非是一朝一夕的事情。

立山这回又愣愣地无言无语，他奇怪自己莫非三生有德，娶的老婆都是巾帼英雄，每一个都头头是道一套一套。他晃着大脑袋琢磨了半天："你的意思是我无路可走死定了？"

阿玲莞尔一笑："我哪有那么说，不过我觉得目前稳妥最重要，餐馆还在赚钱不是，先把目前的客源稳住，稍稍降点价或是搞些促销的花样，比如六岁以前孩子免费什么的。同时积极筹措资金找新地去开第三家，逐渐把重心移到新店，到旧店没钱可赚时，就关门大吉，那时应该也是不痛不痒！"

"妙，妙，妙！"立山连连称赞，"那我手头没那么多现金，你觉得抵押房子合适还是店面合适？"

阿玲的脸不经意地沉了："我们当初离婚，你们家说一分钱没有，你现在问我这个？"

立山也有些挂不住，唯唯诺诺赶紧换话题，心底说这跟博士学习过就是不一样，伶牙俐齿好多！等后来陆续从女儿嘴里探究得知陈肃强博士对阿玲的言传身教发展到床上男女之情，立山好一番郁闷和愤怒，枉费自己对他那么尊敬和仰望，居然引狼入室，把前妻拱手相送。不过事已至此，阿玲是前妻离了也这么些年，虽然感情上如吞苍蝇般难受，但总不能要求阿玲不再嫁人，就顺水推舟送祝福最好！

再说阿玲若是再嫁能嫁个博士自然百利无一害，女儿肯定会有文化和教养得多，自己脸上也光芒无限，博士和自己的眼光一样，是把自己架高了好几级！这样一想，立山喜笑颜开乌云也全都散了，心想：就按阿玲的办法，先找钱找地开店，树挪死，人挪活，只要肯做哪里都是赚钱地。等有空再找陈博士喝上一杯，为大家共同的喜好，还有催促一下博士赶紧把婚离了，热热闹闹地把阿玲娶进门，要是陈博士有啥歪歪心肠或是敢对不起阿玲，立山我要文化没有，命可是很硬的一条，随时可以拼……

第四十章

　　万太太带女儿回国度假去，老万过起了快乐的单身汉生活。近些年来，老万和太太国内父母的年事已高，他们又都不愿意移民，也怕长时间的飞机旅行，所以基本都是老万和太太回国探望。万太太不上班，时间机动些，回去的时间也长，在照顾老人的同时，也找中医调养一下自己的身体。初初还以为老万会不习惯，后来发现，老万似乎还乐于此道。正好可以吃太太禁止的食品，多参加和举办一些聚会。日子过得比她在时还要滋润。弄得万太太心里不免一番感叹：夫妻关系或者真如放风筝一般，紧紧把线攥在手心时，也要适时放放手。这些年来，老万大都迁就自己，偶尔给他一个自由空间时间也不错。夫妻之间因此还多了离别的牵挂和思念。重逢的喜悦和期待，仿佛是平静的生活里的惊喜浪花，跃起和坠落间都荡漾着温馨。

　　国内的亲友不这样认为，纷纷明示暗示劝谏：老万成熟多金有魅力有市场，现在好多女孩是大叔控，拼了命都要找个有钱有势或是有貌的干爹，怎么还人为制造罅隙让别人乘虚而入？就不怕后院起火，后宫掌权人来个替换？对这些，万太太笑而轻语："我们国外生活久了，跟不上国内的节奏，相对而言，美国的生活单调乏味很多，人际圈子也小，要担心也是老万怕我在国内找小鲜肉！再说试试拧开吻合三十年的螺丝螺帽看看，估计分开都残缺不全了！我们大半生都过去，现在就希望父母们可以健康长寿，女儿早点成家让我们抱孙子！"万太太的言论让亲友们觉得国外沉闷的生活都会让人未老先衰，看看国内的形势，六十岁才称后青年，正是龙精虎猛的好时光，让梦想一一实现，哪里有空去想什么退休和孙子。

　　三十年的光阴回首间是刹那芳华，走起来却是柴米油盐，更何况老万和太太还经历留学、移民的颠沛流离。有的感情是果汁，时间久了会变质变坏。有的感情是糧酒，随着时间的推移，越加芬芳醇厚。万太太觉得他们的就是后面那种，两个人在相濡以沫的岁月里早已走成了一体，血肉相连。他们会实现西式婚礼上的誓言：除了死亡，没有什么可以让我们分开！

　　老万和太太的感觉是相通的，但这并不妨碍他享受独处的时光，晚饭可以任意尝试各式美食，还可以约上朋友打打高尔夫球，父母那边十二万个放心，日子优哉游哉。那日，想着去看王真母子，不料吃个闭门羹。再打电话问她姐姐，才知道王真历经这么大的变故，老万也跟着唏嘘感叹："真是人生无常，那些电影电视中的虐心残酷的剧情居然会在真实生活中一一再现。"

王真姐姐说："我们家真真天生就很善良，从来不为自己着想，这回又是苦果往自己肚子里吞，可怜她一个人在外面连个说知心话的人都没有。"

万广明不知怎么接话合适，心底越发佩服王真，这个看似柔弱普通的女子却有着非一般强大的内心和坚韧。再下个周末正好是他邀请诊所工作人员来家聚会的日子，到时请王真一道过来，或者新认识些朋友，小乖也多点玩伴对他们有好处。

"不用了，万大哥，都是我不认识的人，我们还是不去了！"王真电话里拒绝得很干脆。

老万始料未及，心里一急："有两个护士的孩子和小乖差不多大的，他们可以玩一块，我也要请你的邻居——那个姓徐的，你们一道过来！"

"去老万家聚会？！"徐雅禁不住尖叫，看着王真那有些勉强和无奈的表情，她觉得难以置信。

王真认真地点着头："是的，就是下周末，我开车带你们过去。"

"我们要带什么去？他家是不是豪宅呀？"徐雅一霎时脑袋都不够使。一连串问题全冒出来，"对了，你怎么认识他的？你们认识多久了？他有太太吗？他太太长什么样子？"

王真奇怪地看了徐雅一眼，尽量礼貌回答："他和我姐以前是同事，他太太很漂亮很有风度，我没有去过他家，带什么你自己决定好了。"徐雅简直就是十万个为什么，对任何人的私生活都兴趣浓浓。王真感觉很不好，她从来不希望给任何人带来麻烦，而徐雅本人就是个极大的麻烦。和徐雅打交道，让人浑身都不舒服。可是王真也悲哀地发现现在她是越想避开徐雅却越发避不开。

　　徐雅沉浸在自己的思路里，哪里还有空闲去理王真脑海的三七二十一，消息得到确认之后，她忘乎所以，怎么会有如此从天而降的好事？她反复思量，觉得只有一个可能性，那就是那日匆匆一见，是惊鸿一瞥，老万对自己有超乎寻常的好感。老万在寻找机会和她有进一步发展和相处，这让她心花怒放，她和老万简直就是心意相通，丝丝相扣。

　　徐雅顿觉自己虽然年过不惑，魅力还是无限，只是一直没有遇见像老万这样识宝之人。所以好机遇才是如此的千年等一回，她一定要再接再厉，牢牢抓住和珍惜，前景肯定美好无限。她拉着哥哥陪她专门云纽约附近最大的厂家销售中心逛了N家店，终于买了件价值不菲的礼服裙，裙子颜色和款式都非常的招摇和耀眼，很符合她期待的效果——脱颖而出，同时让老万惊艳。

　　至于带什么礼物去，徐雅想了很久，最终还是回到了鲜花上面，花的拼摆徐雅自然费尽功夫，想着可以得到万太太的赞赏票的同时，也让老万知道自己是有情调之人，和那些只知煮饭带孩子妇女相比还是超过很多。然后聚会当中，一定要找时间跟老万讲清楚自己婚姻状况，顺带了解一下老万的，虽然老万的并不是那么重要，就算他们是二体合一，万太太再美丽动人都不怕，根据对自己的了解，别的倒不是特别擅长，但是制造矛盾以及引起混乱和争吵方面，不谦虚地说，徐雅觉得自己很有些天分并精于此道……

第四十一章

　　立山紧锣密鼓地忙着开新店的事情。他老妈见他这么上进喜上心头，颇有因祸得福之感，人总是要经历事情才会长大变成熟，儿子终于可以放手，开新店她老人家也赞同。其实对于这些，老太太是很想插手，精力不够的确是个原因，最重要的很多大事上她插手的结果总是出现让人啼笑皆非的局面，比如立山的婚姻大事。

　　当年立山看上阿玲，死缠硬磨要老妈帮忙，立山妈不喜欢阿玲家境穷困，更觉得她身子面相都单薄，绝对不是旺夫旺子之命。立山妈心中还有找个接过自己手中大旗的儿媳之愿望。所以偷偷阻挠了很多把，还里里外外地给立山相亲，推荐姑娘，老太太倒是心动了好多回，一根筋的立山纹丝没动，偏往黑胡同里走。老太太只有收回自己失恋般的心思，勉为其难地出马效力，还偏偏遇上见钱眼开、唯财是命的阿玲父母，就一拍即合马到功成，让立山顺利抱得美人归。

　　阿玲做媳妇，事事都做，也很孝顺听话，但是沉默寡言，没有那么乖巧讨喜。老太太不止一次刻薄地形容："这个媳妇，三棍子敲不出个闷屁，撑不了场面。"没给老太太生下孙子是硬伤。再加小孙女体弱的缘故，泛着倔劲不知天高地厚的阿玲居然不打算生养了，算是彻底让老太太寒心。

当珍妮出现时，这个女孩子嘴巴超甜，又和老太太一样属于喜欢热闹型，老太太还真动了收进门的心思，暗地里好一番推波助澜促成好事。虽然对珍妮上门逼宫一举，老太太颇有微词，但是珍妮打的旗号并不是为自己荣华富贵，而是为她孙子的名正言顺。老太太哑口无言，顿时凉风骤起，也有感珍妮恐非等闲之辈，搞不好娶进来鸡飞狗跳不得安宁，只是老太太那时已无力控制局面，阿玲死心要离，珍妮是挺着肚子虎视眈眈地要挟，老太太只有顾全大局。

珍妮娶进门，整一大家都给折腾得乌烟瘴气，面目全非，儿子立山铁铮铮地站在和老妈干仗的媳妇那边，老太太有搬石头砸自己的脚哑巴吃黄连之感。越发怀念起阿玲的贤惠忍让，老太太开始否定自己的眼光，或者憨钝的立山大智若愚，亦或者他傻人有傻福，反正她觉得自己不参与，可能立山的日子会更好。

关于新店的店址，立山和阿玲讨论过多次。阿玲说："这么大的事情得你自己拿主意。不过可以参照你们家以前的两家店的做法。"立山得到启发，便仔细研究那两家店的状况，初初开时也并不是很繁华的地方，所以铺头都是给立山妈豪气地买下，经过这么多年发展，变成闹市区，光铺面的价值都翻了几番。绝对是光荣正确的投资举

动。循着这个例走下去，应该是最稳妥的，新店若是可以买下，有百
利无一患，只是地址的确伤脑筋，那涉及到战略眼光，要有把握地预
见现在的荒凉之地就是明日的闹市之区绝对是技术和能力问题。

　　立山马不停蹄地到处看着，寻找着，一一实地考察着。珍妮早
就按捺不住："还是开餐馆，你就不能做点有品位的生意？"等知道
这烂主意还是从她的前任阿玲那里讨教来，珍妮开始坐立不安。珍妮
从没有把阿玲放在眼里，一杯咖啡就把立山太太的位置拱手相让的窝
囊废，珍妮就是想敬佩都难。立山离婚后，也不是说阿玲她们母女无
声无息，但的确没有给珍妮造成什么麻烦和威胁，只是有些添堵，阿
玲的服装店开得有声有色，小日子过得还挺滋润，这让珍妮的心理有
些不平衡，但是她妈妈郑重提醒："这是好事，要是她们母女没有饭
吃，到时还不是赖上立山？"

　　添堵就这样轻易变成庆幸，这次的事情却大大不同，有鸠占鹊巢
之感，凭什么阿玲一个弃妇还跑回以前的婆家指手画脚，而立山居然
当作皇帝口谕般去执行，自己的意见却被扔进垃圾堆。简直是可忍孰
不可忍？珍妮的妈妈理解女儿的危机感："这个女人，肯定是没安好
心！立山言听计从已经不是什么好迹象，一定要严守防范，搞不好这
女人是想卷土重来！"

　　珍妮听了，片刻都不能等，拉着闺中好友一起探讨，好友纷纷责
怪她，当初怎么心慈手软，斩草没有除根，现在得赶紧亡羊补牢，扭
转乾坤。说得珍妮好不心伤，好好的做生意在她眼里顷刻演变成你死

我活的宫廷感情争夺战。她绝对不能给阿玲死灰复燃的机会。珍妮好一番对立山撒娇献媚，弄得立山有些搞不清状况，自从婚后，这种待遇就几乎没有过。后来知道是为了吃阿玲的醋，心中不免一阵得意："原来老婆还是很在乎我！"为了让娇妻安神，赶紧劝慰和解释，阿玲早就和陈博士搅在一块，双宿双栖。

珍妮听得此话，心稍稍放下，行动上还是不可以轻敌。立山死心塌地要开新餐馆，自己一时半会儿也想不出做什么别的好生意，那就让他开餐馆去。只不过关于选址问题，珍妮决定把权力拿过来，不仅仅是稳固自己地位的问题，而是因为阿玲。立山再到婆婆，他们实在是太鼠目寸光。专找些鸟不拉屎地拣便宜，那样怎么可能有大发展？古语云：一不做，二不休。做生意就是要有魄力，要定目标也得定高些，那个拿破仑不是说不想当将军的士兵不是好士兵？我们就是要找现在的闹市区，铺面买不起可以租，要知道华丽地包装一下，一转身就身价百倍……

珍妮的伟论立山听得心服口服外带佩服，弱弱地追问一句："那老婆的意思是，我们把餐馆开到时代广场去？"

第四十二章

　　徐雅心急如焚地在家里操练，紧张和刻苦程度赶上参加国庆六十周年天安门阅兵式的解放军战士。在镜子前晃来晃去的时光里，她的心底涌起太多的悲哀。无声的岁月悄然流过，留下不可抹杀的痕迹。她都不知道什么时候开始自己脚步不再轻盈，身上的赘肉挥之不去，脸上日渐清晰的菊花却是怎么也掩盖不住。她史无前例地对自己不满，那曾经满满的自信倾塌，掀起尘土飞扬，落下时就成了碎碎的自卑。

　　徐雅觉得造成这一切的原因就是因为来了美国，嫁给陈肃强所致，而这个不知好歹的家伙居然还找小三要和自己离婚，实在是抽筋扒皮都不解恨。这恨她决定先小心收藏，待到时机成熟加倍奉还，现在还是要收拾收拾心情，去收获自己极其灿烂的明天。

　　看到穿着招摇的盛装，精心装扮的徐雅，王真有些无语：这个徐雅太夸张了，中规中矩的言行打扮不可以吗？徐雅用手摸了摸刚做的头发："你觉得我的新发型怎么样，是那个韩国店新来的师傅整的！"

王真挤出了点笑容，敷衍着："不错，不错，我们是不是可以出发了？你来来回回已经好几趟了，再不走人家都要结束了！"

这个提醒很奏效，徐雅终于迈开碎步，钻进了王真的二手宏大小车。她心里却不免又是委屈，这车和自己的打扮实在是太不般配，老万的凯迪拉克还差不多，一想到这，徐雅顿时心花怒放，精神百倍。

诊所的员工每年在老万家聚会是惯例，十之八九万太太不出席，大家都习以为常，也知道万太太神经衰弱得厉害，要是这一闹腾，十天半月都睡不好觉。万太太不出席，并不代表人家不参与，在哪里订餐，品种和花样，饮料和零食，甚至打扫卫生的钟点工，都由万太太提早约好。老万做的不过是照着贴在冰箱上的电话号码打一通，便一应俱全。可这些在徐雅眼里却截然不同，全是不可思议，背后全都隐藏着巨多不可告人的秘密，等着她一一去发掘。

老万的房子的确属于豪宅区，从外面就体现出来，和邻居之间若是靠喊几乎通不了信息，每一户之间的距离够走上好几分钟。再到里面，徐雅顿时觉得自己曾经的买三千尺房子的伟大志向简直弱爆，她有些目不暇接，那些不知是红木还是花梨木，反正厚重得一塌糊涂的家具，她有忍不住都去摸一摸的冲动——这才是自己期待的生活，老万这里的一切就是真实的模板。等她搞清楚女主人老万太太并不在家时，巨大的喜悦几乎让徐雅眩晕过去：他们夫妻关系一定不正常的，他们一定是有很多问题！

但事情的发展却偏离轨道，让徐雅受伤，老万对她并没有她期盼中的热情有加，或是情有独钟，只是淡淡的一个招呼。反而对王真倒是小心翼翼，话里话外都是怜惜关心。徐雅很失落，几次插话打断，想提醒宣告自己的存在，却发现她的努力就如释放在空气中的空气，不仅没有反应，看也看不见。

"难道老万感兴趣的是王真，自己是被拿来当挡箭牌的？"这个念头一冒出，徐雅的心就开始痛得不行。联想起王真的婚姻状况，和老万上次去找王真，徐雅觉得自己的猜测是八九不离十，这让她对王真妒火高燃，她都有绝不做陪衬，即刻回家的念头。

老万家的后院很大，房子买的时候还有游泳池，后来万太太觉得不实用就填了，在原地修了个带烧烤的亭子。诊所员工的孩子熟门熟路，一窝蜂地跑去烤棉花糖。当然也捎带新朋友图图和小乖。大人们拿着吃的喝的，在院子里面，三三两两聊着天。只有徐雅孤独地站在几乎空荡的大厅里，情绪高昂且莫名地激动着。她不停地吸气吐气，希望可以让自己从这当头一棒中平静下来。

徐雅随手拿起一杯饮料，一仰头稀里糊涂地就灌了下去，等火辣辣的感觉从咽喉冒起，她才明白拿的应该是酒，她把杯子重重地放回吧台，清脆的玻璃撞击声吓了她一大跳，也同时让她清醒：自己这是怎么了？事情是意料之外，可也有情理中的部分！不过，可能是难度大一些而已，不是早就做好了逢山开辟、遇水过河的打算吗？在这个千变万化的时代，男女主角时时刻刻都有可能被更换和替代。古话都说：世事如棋局局新，自己不过要运筹帷幄地好好下盘棋。

终于冷静下来的徐雅看了一眼窗外后院热闹着的人们，想着还是按原计划先把房子参观个遍，再决定和谁开始套近乎做切入点。她拎起裙子，踏上螺旋式的楼梯，顿时有灰姑娘进皇宫的感觉，回眸一望，那长长的辉煌的水晶吊灯让她倍感亲切。在二楼走廊厚实的地毯上走了几个来回，发现所有的门都关着，她忍住没去打开，毕竟还是有些不太礼貌和过于唐突。再到三楼的阁楼独自看了一会儿风景，徐雅的肚子开始咕咕叫，她顺着楼梯下来，听见有间房有响动，奇怪，难道有人和她一样捷足先登，犹犹豫豫地抓住了门把手，并没有锁上。等她轻轻推开门时，从天而降的两个黑影朝她张牙舞爪地扑了过来，徐雅吓得魂飞魄散，高声尖叫。

大家闻声冲了上来，徐雅花容失色，不管不顾地就扑进最近的人怀里，等她发现那就是老万，又惊又喜又吓得什么也说不出来。老万倒是淡定得很："别怕，别怕，那是我们家小猫。"同时也委婉地提醒："我家猫儿子只要见美女都会失态的！所以参观需要我陪同！"

徐雅在大家的关注下，脸一阵红一阵白，难堪得也不知该如何让自己下台阶，后院突然传来小乖的高声哭喊，对着大家匆匆下去的背影，徐雅偷偷地长舒了一口气，也随着来到后院，看看给了她救命般解围的小乖到底怎么了？

第四十三章

　　被小乖哭声惊住的不仅有老万的客人，还有王真，小乖一直是很乖巧的，很少哭闹，这也是他名字的由来。可这次小乖似乎真的很伤心，哭得上气不接下气。小乖和护士的孩子一道玩，有个小朋友说放假要去巴尔的摩的水族馆。小乖听得动心，便跑过来说也想去。王真并不以为意，偶尔小乖也有类似的要求，答应和拒绝的区别并不大，巴尔的摩离纽约还有两三个小时的车距，王真一贯惧怕开高速，而且对美国很不熟悉："小乖，我们以后再说……"

　　王真的话音还没有落地，小乖却出人意料，歇斯底里地开始哭："爸爸说带我去迪士尼的，也不去了，你也不带我去水族馆，你们大人说话都不算数……"王真给哭声镇住了，孩子的世界其实也蛮复杂，她急忙拉着小乖安慰："爸爸不是要陪奶奶吗？等爸爸回来就带小乖去迪士尼……"

　　小乖却并不买账，自顾自继续还加高声调哭着。王真急得一头是汗，一下子还真不知拿失常的小乖如何是好。老万走过来解围道："小乖不哭，伯伯带小乖去好吗？"

小乖将信将疑地止住了哭声，生怕老万变卦似的，指了指小朋友："我要和他们一道去！"

王真想要阻止已经来不及，老万很认真地点点头。一直没歇着在了解情况的徐雅不失时机地插话："我家图图也没有去过，万大哥也一道带上我们吧？"

老万深深地看了徐雅一眼，一口应承："好啊，还有想去的没有，一起捎上，我们租辆旅游巴士开过去！"

小乖和图图高兴得直蹦，王真看着喜上眉梢的徐雅反应不过来。自己是越来越跟不上时代，现在的人与人之间早不似以前那么单纯，她一直不想以不好的动机去揣测徐雅的心思。可是徐雅的言行却真的很难让人不误解。王真在心底叹着气，每个人都有选择自己如何生活的自由，别人哪有说三道四的权利，只是有必要提醒徐雅万太太的真实存在。

回来的路上，王真把从姐姐那里得知的老万年轻时的故事复述了一遍。原以为徐雅听到会知难而退，要知道当年的老万那么招蜂引蝶，和太太之间都是固若金汤。徐雅每一个字都听进心里，不过感受却大相径庭，三十年，半辈子的时光，老万和太太应该到了相看两厌的阶段！老万这么洁身自好，真是好男人一个，好男人走过路过绝对不可以错过。徐雅下定决心，下一次的相逢她要给老万带去更多的惊喜。

盼星星盼月亮，终于到了要去水族馆的日子。老万的车在楼下一出现，徐雅就拉着图图如离弦的箭一般冲下来，让谁等也不能让老万等。更何况徐雅还有要霸着前座的小心思。徐雅那身打扮也的确是很吸引眼球，宽边牛仔草帽下面居然梳了两条惹人回忆无限的麻花辫，七分牛仔裤和半高跟短靴把她的身材衬得越发高挑，点睛之笔还有那超短的纯白雪纺上衣，不仅让肚脐眼时隐时现，傲人的双峰更是若隐若现，还有跃跃欲出之势。老万看得眼睛不知放哪里合适，开始望天找阳光，徐雅才心满意足收场谢幕。

王真从没有想过要和徐雅争前面的位置，她还更愿意坐后面，和老万之间虽然共享了她不为人知的秘密，但毕竟不熟。但徐雅那一副当仁不让的架势确实让人很不舒服。徐雅一上车就开始聒噪个不停，还自作主张地换上了她准备的CD碟，从她喜欢的歌手和歌曲开始，再天南地北、无所不谈地和老万聊了个热火朝天。

王真在后座眯着眼睛打瞌睡，迷迷糊糊之间，她感觉老万对徐雅的言语回应也挺热烈的，看来男人对于主动出击的女人都是无法抵挡的。这让她想到赵力，如果赵力碰上徐雅这种类型的，是不是也会溃不成军，缴枪投降？而不再顾左右想其他。

王真母子回美国后，赵力的联系也紧密而至，王真想应该是婆婆的催促所致，但不管什么原因，造成的后果是他们夫妻看似联系频繁，实则和普通的中年夫妻没啥两样，聊孩子，聊老人，关心各自的身体。赵力说婆婆的精神好多了，如果签证顺利，他就带婆婆一道来美国。婆婆直言不讳，等她来美国之后，要在赵力工作的地方买个大房子，大家住一起，免得赵力两边奔波。赵力并没有提出任何异议，或者他心底也想继续这段婚姻，如果真的这样，王真觉得自己还是很有必要配合一下，应该向徐雅多学几招，他们婚姻或能柳暗花明又是春。

"好快呀，仿佛一眨眼就到了，和万大哥聊天真是愉快！"徐雅打开车门下车时不忘回眸一笑，虽然没有百媚生，却把王真和孩子们彻底笑醒，也把老万笑得面红耳赤。

和护士一家汇合后，他们的队伍就自然编成三小组，孩子们和护士的先生一组，王真和护士一组，老万和徐雅一组，前两组的排列有时还会变换，但老万和徐雅这一组就从来没有分开过，只有更加紧密的时候。水族馆挺大，看各式鱼时，走道是旋转上升，并没有路灯，这给徐雅制造了很多便利，经常崴下脚什么的，仿佛没了老万的搀扶寸步难行，但若见到一些新鲜品种的海洋类生物，她又比孩子跳得还高，同时嗲声嗲气："万大哥，你看，你看，这个叫什么，真可爱，我从来没有见过呀！"

老万其实也挺感激那光线不好的参观通道，不然自己浑头是汗的狼狈样要是给护士一渲染，肯定会变成诊所的经典笑话，老万看孩子一般接纳着徐雅的种种表演，他觉得徐雅的心智绝对不会成熟过自己的女儿，能够拒绝长大也不失为一种幸福，尤其这种幸福不是人人都可以享受得到……

第四十四章

　　阿玲和陈肃强的感情如夏日的阳光，热烈地燃烧着。本来女儿们一放假，就是阿玲时间不够和烧钱时候，纽约的夏令营简直就是宰人没商量。白花花的银子叮咚响两下就不见了芳踪。陈肃强二话不说接过挑子，申请在家上班，接送孩子，把阿玲的后顾之忧解决得妥妥当当。除了不住在这个家，事实上陈肃强已经开始履行所有男主人的职责，这个职责其实他已经履行了一段时间，不过现在和以前大不相同的在于戴上了名正言顺这帽子，想到这一点，陈肃强连呼吸都顺畅得要命。

　　这一切顺利美满得让他做梦都会笑醒。虽然老妈那里还是坚决反对，但毕竟鞭长莫及，而且陈肃强极有信心老妈要是见了阿玲真人绝对会双手双脚赞成，老妈一定会感叹他当初为何没有这么好的眼光。倒是图图情绪反反复复，有时似乎是故意捣乱和对抗，对阿玲十分地不尊重不礼貌，好几次阿玲难堪得几乎掉泪。这让陈肃强有些措手不及，应该是徐雅煽风点火的教导所致，想找徐雅谈谈大家如何和平共处共享繁荣。阿玲一把拦住："干吗和孩子一般见识，和孩子计较就更不应该，日久见人心，只要我们真心待图图，他会听话的。"陈肃强想想也是，和徐雅理论，十之八九没有效果，搞不好还是一鼻子灰，事情朝更坏的方向发展。

有这个空干脆多给孩子们些时间相处，他们经常一起策划着五个人的出游计划，而且把图图的愿望摆在最上面，孩子毕竟是孩子，直截了当，几个回合下来，图图更喜欢到爸爸这边来，有玩伴有乐趣，比孤单单对着喜怒无常妈妈快乐多了，只不过图图碍于徐雅的重压之下，从不敢明言而已。

闲暇的时候，陈肃强已经和阿玲开始讨论婚礼的细节，他自己偷偷地看上了一款婚戒，想着就是节衣缩食明年也要把戒指扛回来，给阿玲一个大大的惊喜。阿玲倒不是太注重这些，当年和立山的中式婚礼也算隆重，几十桌，衣服好些套，客人一拨又一拨，祝福一箩筐，还不是没有逃过一拍两散的结局，婚礼就是如童话般美丽又如何，最终还不是柴米油盐过日子。但是她仍旧很喜欢和仰慕西式婚礼。那当着众人面的承诺和誓词没有一点花哨，却字字动人：不管贫穷、疾病、痛苦、健康快乐、幸福，都对他不离不弃，一生一世爱护！

陈肃强取笑她："这有何难？我比这更动人的都说得出，你喜欢我们就办个西式婚礼？"

"可我们不是基督徒，有牧师会愿意来吗？还有我们都是离婚的，我听说《圣经》的教义是不让离婚的……"阿玲诚惶诚恐。

"不要担心那么多，我们真心相爱，会受到神祝福的！你看我们不是从山重水复疑无路中走上了现在的光明大道。"

陈肃强信心蓬蓬的样子激励着阿玲，她仰望着男人，深情无限："只要我们在一起，有没有婚礼都无所谓！"

闻言的男人禁不住搂紧了女人信誓旦旦："我一定要给你一个你喜欢的婚礼，我要让全世界都知道我们的幸福。"

要让心爱的女人幸福，大约男人或多或少都曾有过类似的想法或冲动，但是事情操作起来，就远不如说出来那么便利。立山此刻就是这种体会，珍妮把新店的地址选在了纽约布鲁克林的闹市区，

那昂贵的租金把立山吓得翻了几个跟斗还忍不住打喷嚏："你有没有搞错？老婆，我手头的钱全加在一起，也供不了这个铺面两年，生意初初都是要守的，这玩意要是亏了，可就翻不了身……"

"我说你真是没志气，生意还没开张，你就什么亏不亏的，你怎么不想想生意赚了，我们是不是会盆满钵满，想干吗就干吗……"

"可是，我还是担心，我妈老说做生意一定要稳打稳扎才好……"

"你妈的理论早过时了，什么叫投资你妈懂吗？你妈应该知道舍不得孩子套不着狼的道理吧！"

立山笨嘴拙舌，哪里是珍妮的对手？珍妮三言两语就堵得立山哑口无言，立山无言反驳，心底还是很不踏实，转身又去和阿玲商量。

阿玲也觉得新店的店址选得过于冒险，但这是珍妮的主意，反而不好说什么，拉着陈博士一致对外。

陈博士一番语重心长，也算让立山茅塞顿开："古语云'攘外必先安内'。安内呢就是说你们夫妻首先得取得一致意见，不管是大事还是小事都要齐心合力，这样才能达到家和万事兴的效果……"

开了茅塞的立山捧着箴言，屁颠屁颠地回家，但一回到和珍妮统一意见的问题，事情又跑回最初原点，气得立山在心里骂："什么破博士，文绉绉的，讲了一堆等于啥也没有讲。阿玲也是，如今不再和自己一条心，是别人家的人了。"

立山只好再去找自己的亲妈，立山妈一听，倒吸一口凉气："这个媳妇是要败光家底？难道自己家产业真的气数已尽，无法延续了？"她想起立山幼年曾找高人算过命，高人说立山四十岁必有一大坎，难道就是这个？

立山妈当机立断去就近的佛光寺求了一堆符，把立山和自己房子挂得满满当当，还买了个玉扳指，以求消灾收福。那个结实的玉扳指，立山一戴上就有非同凡响的感觉，手指活动都不利索，一再申请拿下都被他妈严令禁止："你懂什么？要的就是这个效果，也不枉我花了两万大洋！"

立山马上就地趴下，他们家的女人都是叱咤风云有魄力的主，要是生养在唐朝，哪有什么上官婉儿、太平公主的戏份，就是武则天女皇都得小心翼翼地悠着，不然分分钟被打入冷宫，不得翻身，历史全盘改写……

第四十五章

巴尔的摩水族馆最精彩的是海豚表演，孩子们看得兴高采烈，大人们也很想关注海豚的，却禁不住给徐雅转移了注意力。徐雅觉得短短的几个小时，和万大哥的感情简直就是突飞猛进，也让她更加肆无忌惮，她毫不忌讳地紧邻老万而坐，海豚每次跃出水面，她都会挽起老万的胳膊提醒他看，仿佛老万没带眼睛，要是老万没有反应，她就继续拽着胳膊摇，有没有把老万心旌摇动以凡人肉眼还不大看得出，但是摇得坐边上的王真他们不得不注意。护士和她老公面面相觑几次，又把满是疑问的目光转向王真，王真做错事一般脸红到脖子根，因为她清清楚楚地记得老万介绍徐雅说是她邻居，虽然株连都不带这样判刑，王真却还是无法消除自己的犯罪感。她如坐针毡，却不知如何阻止合适，便开始祷告节目快点结束。

回来的路上，不晓得是说累了，还是想呈现给老万看她的另外一面，反正徐雅终于消停，反复看相机里的照片。偶尔发出感叹："这张万大哥好帅！"还算清醒，没有糊涂到请正在开车的老万一起欣赏。王真偷偷地长舒一口气，希望今后再也不要面临类似的局面。

老万提议大家到外面吃完晚饭再回去，还没等徐雅开口，王真一把抢过："万大哥，下次吧，孩子们都累了！"

到家了，孩子们欢蹦乱跳地下车，徐雅却纹丝未动，王真一看这情形，干脆也坐着不动，静候徐雅的出招。徐雅等了半天，见王真还赖着没下车，心里已冒起好多不爽：王真，你到底想干什么？吃饭也给你推了，这会子想单独待两分钟也不给？本来想再耗一下，可是王真没有表情的脸上根本没有退缩谦让之意。

"万大哥，留个邮箱给我吧，我把照片整理一下发过去！"徐雅只好临时把要电话号码的想法按了下去。

"发给我吧，我的相机里也有万大哥的照片，到时我一起发。"王真滴水不漏地接过。

徐雅一巴掌呼死王真的念头都有，但目前情势下也只有挤出笑容，乖乖下车后当然不忘警醒提示："今天真的玩得很开心，下次有这样的机会万大哥可别忘了我！"然后恋恋不舍地说再见，再望夫石般矗立在晚霞中，柔情万种地目送老万的车子远去，心中还老歌新唱一把：挥挥手，我目送你走，可是不见你回头，你消失在眼中，我如何接受……

等徐雅终于过了情感地三重洗礼要回屋，一转身吓了一跳，王真正紧贴着她站着，眼睛牢牢地盯着她："徐雅，我不管你怎么想，但是有必要提醒你，万大哥有太太！"

徐雅对王真的直白恼羞成怒："你什么意思？他有老婆又怎样？"

王真震惊徐雅的回答，不知如何接话，愣了一下："那你就该知道怎么做合适！"

徐雅憋了半天的火蹭地全都烧起来："我怎么做用得着你来指手画脚？你以为你是谁？我妈还是万太太？"

图图和小乖给徐雅的叫声吓住，怯怯地回头看她们。王真无语到顶点，拉着小乖下楼梯回家，任凭徐雅对她的背影张牙舞爪。

老万刚泊好车，王真的电话就打过来，他忍不住笑着问："是不是你们落什么东西在车上？"

"不是的，不是的。"王真连连否认，"我是想说谢谢大哥，以后大哥都不必为我们费心！"后面那句说得断断续续，一字一顿，仿佛在着重强调。

老万一头雾水："怎么了，王真，我是不是有什么不恰当的地方？"

"没有，没有，大哥的心意我领！"王真依然很迟疑，"只是我不希望大哥帮我，到时把自己搭进去！那样不仅大嫂会怪我，我也不会原谅自己！"

老万的脑子转了好几个弯，终于反应过来，他为王真的善良感叹，想起以前曾经困扰的问题：善良究竟是天性还是选择？王真的一定是天性，这个女子想的从来都是不要去伤害别人，他整理一下思绪，很认真地回答："你是说你邻居徐雅吧！她比较孩子气，讲话没有深浅。这是个性问题，不必深究！"

"你要是这样想就好！"王真有巨石安稳落地的感觉。

"你以为我怎样想？我看她就像看我女儿！"老万哈哈大笑起来，"我向你保证，我对她绝无一丝一毫杂念……"

保证二字一出口，老万意识到自己的失言，他向王真保证，这是哪跟哪？希望王真没有细听，老万只好用更加大声笑掩饰自己。

徐雅气呼呼地泡方便面应付晚餐。图图玩累了，洗完澡就呼呼大睡。剩下徐雅睡意全无，依然生着闷气。本来好好的一天，在结尾处给王真损害得有前功尽弃之嫌。而且若是王真存心阻挠，她和老万绝无进一步发展的可能，徐雅十分憋闷。

徐雅打开电脑，期待可以和谁聊聊解除自己纷乱的心绪。QQ上发现一个新的申请人：我是熊春根，请徐雅加我！熊春根？！徐雅一下想起，那是她大学的同学。虽然不记得他确切来自哪里的乡下，徐雅却对他那乡气十足的名字和举止难以忘怀。熊春根一口乡音的普通话经常是大家的笑柄，他也一点没有一般农村汉子的强健体魄，长得像没有发育好的苦菜花，皱巴巴的一团。当年还不知天高地厚地老向徐雅射丘比特的箭，被徐雅一一挡回不说，还直言不讳地取笑他癞蛤蟆想吃天鹅肉。

　　毕业分开后，徐雅从没有想过要和这只癞蛤蟆有任何联系，可现在是癞蛤蟆主动找上门来，真是该来的不来，不该来的却挤破头来，给徐雅平添更多的怒气，她觉得应该是美国的同学告诉熊春根自己QQ号的。"我怎么老碰这么些不识时务的人。"徐雅看都没看时间，她要打电话给同学，告诉她别吃饱撑的狗拿耗子多管闲事！

第四十六章

"怎么了，这么晚有事？"同学睡得迷迷糊糊。

"你干吗把我的QQ号给那只蛤蟆熊？"徐雅气势汹汹单刀直入。

同学给这责怪的口气弄得完全清醒："小姐，就算我给错了也不至于要深更半夜打电话吧？"

"你明知道我讨厌这个人，你故意的？看我现在诸事不顺，雪上加霜地踩上两脚才心里舒坦，对吧？"徐雅没觉得什么不合适，而且不依不饶。

同学听得也来气："我可没你说的那么卑鄙无耻，我还自以为干了件好事，人家熊春根同学现在可是出了名的房地产商，身家过亿，多少人前仆后继地想拉上关系，你爱联系就联系，不爱联系就拉倒，这么兴师动众地问罪至于吗？"

"真的假的？房地产商，不是说他回乡下的小县城？还身家过亿，吹的吧？韩币还是日币？"徐雅想也不想地蹦出一串问题，回答她的是忙音，同学早已径自挂了电话，把徐雅急得直跳，"话才说了一半，就算刚才不是故意的，这回也准是……"

徐雅再刁蛮任性也知不能回拨，不过此刻正是国内的下午时分，叨扰应该不成问题。同学套同学，还真把那一半资料找齐全，熊春根同学现在的确是著名房地产商，和人联手开发了几个有名的小区，身家的话算上拥有的房产过亿也不夸张。徐雅的心咯噔咯噔直往下坠，当年真是有眼不识金镶玉，如此就错过了荣华富贵，她不由得好一阵黯然神伤。不过同学们也提到，每次和熊春根同学有联系时他都会追问徐雅的消息，颇有情深意长初衷不改的恒心。

"还说这些有什么用，想必人家都是娇妻儿女满堂!"徐雅满心头溢出的娇羞出自真情，同时也想顺带了解一下熊春根同学的私人感情状况。

"儿女是肯定双全，老婆第几任了就不知道，反正他发达后身边就没有少过美女。"同学挖空心思爆着料，但是天南地北，具体事宜也不清楚，无非就是个大致的推想。

徐雅被同学据实的回答答得泄了气。国内这些年先富起来的人们很多道德也先败坏起来，二奶小三成风，有些女孩还争先恐后地自甘堕落。那些现实版抢夫抢钱事件比电视剧电影还要精彩一百倍。徐雅就是再没有自知之明，也不会傻到认为自己可以和二十岁的女孩相提并论，人老珠黄的她早已不再适合战场的血腥厮杀，何况她和蛤蟆熊之间不过是没有得到就是最好的原理，是距离产生了美丽和遐想，并没有什么强有力武器在手。

再说国内的事情瞬息万变，今天的亿万富翁，明天的穷光蛋一点也不稀奇。想到蛤蟆熊的苦菜花长相，徐雅更是胃口倒尽。相对而言，徐雅觉得风度翩翩的老万比蛤蟆熊高出几个档次。只是目前形势下和老万之间的进展会是寸步难行。今天对王真实在有些冲动，王真是自己和老万之间的关键人物，绝对不能轻易得罪，一定要找机会把今天的过失弥补。

"多蛤蟆熊这个垫背的也真心不错。"徐雅打着哈欠伸伸懒腰，安心上床睡觉，至于熊春根同学的申请，过几天回复也不迟，要让垫背的知道不经历风雨没法见彩虹。

立山冷眼看他妈求神拜佛的，却还是无可奈何地做配合工作。无可奈何中还夹杂着珍妮的冷嘲热讽："你妈一个扳指就打发你也不嫌寒碜？！"

"两万块美金还寒碜，那要花多少才合适？"立山替老妈抱屈。

"现在国内的行情，哪块好点的玉不是动辄上百万人民币的，我妈说男戴观音女戴佛，让你妈给我们配个对，价钱在五十万人民币以上就可以拿出手！"

立山不想挨老妈的板子，自然不敢把这个信息主动传达，独自一人默默吞下，心底暗暗阿弥陀佛念了无数次。却没想到真的有效，珍妮称不上缴械投降，的确突然改变主意，换个便宜很多店址，让大家的目标距离拉近一大步。这下立山很佩服起他老妈，老妈没费一兵一卒，甚至没动一个指头，就挂了几张黄黄的纸片而已。

珍妮的主意改变也并非事出无因。她的牌友一番好意给她介绍装修公司，牌友把这个装修公司吹得天花乱坠，要是没有用上绝对落伍掉价没颜面。珍妮自然不敢怠慢，这边店铺才刚有意向，她就和装修老板喝上了茶，那天牌友有事没去，那茶喝得和相亲差不离。

珍妮想象中的装修老板是个一身灰白着水泥图案的男性，讲话瓮声瓮气的。这个装修老板不仅年纪轻轻，还是时尚超酷帅哥，也夸夸其谈，尤其是辉煌的历史，如果没有理解偏差，"小装修"潜台词是纽约市政厅他参与了设计，世贸大厦遗址重建正在他的规划蓝图中。珍妮听得眼里不停地冒火花，羡慕几分钟之后开始崇拜、仰慕，一壶茶没喝完，珍妮恨不相逢未嫁时的感觉都体会得真真切切。她马上投之以桃报之以李地把家底一一告知，征求"小装修"的意见。"小装修"很有魅力地浅浅一笑："珍妮姐你算是问对人，我这里有个很好的店址介绍，包姐姐到时财源滚滚，数钱数得手抽筋。"

珍妮一听，看来不枉婆婆的吃斋念经，佛祖这回感动到善心大发。随着"小装修"马上就去实地考察，虽然和想象中有些距离，但是租金相对地方而言却是十分优惠，再加上"小装修"的一番口舌如簧，珍妮也开始相信那就是风水宝地，不久的将来她的生活会因此来个质的飞跃。

　　立山听了珍妮添油加醋的描述，重点在于租金的便宜让成本下降，立山的心安稳多了，本着家和万事兴和老婆至上的理论，立山也主动退一大步，二人终于脚步协调，正式拉开了他们家鸡飞狗跳不得安宁的序幕。

第四十七章

　　赵力给他妈办好美国签证，即刻定了机票。王真接到消息，人仰马翻忙乎一通，心里也是七上八下。王真老妈千叮咛万嘱咐："真真啊，你公公为你们的事情，老命都搭上，你婆婆这么辛苦颠簸地过去也是全心为了你们小两口，你可得好好地配合，再惹出什么事情，我都不帮你！"

　　王真姐姐好生奇怪："老妈你什么时候帮过真真？你们这些人全都打着为真真好的旗号，根本就是从自己的出发点，哪有为真真考虑过？你们想过没有，赵力这毛病不是你们说什么做什么管用的！硬把他们两个拴在一起，是折磨他们。"王真妈气得要扇姐姐耳刮子："你就是站着说话不腰疼，你妹妹都四十岁，还能怎样，你看看周边这些离婚的，有哪个有好日子？难道你妹离婚去找个七老八十的老头来伺候就幸福了？"

　　姐姐对老妈的答话无言以对，的确现在国内的婚恋市场一片畸形，离婚男人的眼睛全都瞄向下一代。有些还离谱地抱回孙一代。但老妈的观点还是要批判，人不能因噎废食。姐姐背后对王真一番推心置腹："真真，我觉得你们还是要赶紧离，老妈老说一辈子晃晃就过了，所以凡事不要太计较，正因为这样，人才要计较，你还年轻，一切还来得及，不能给赵力耽误一生，的确很多男人找年轻的，可不还是有男人在找同龄人。更何况你在美国，嫁个洋鬼子也可以，说不定你还吊上了金龟婿，谁知道呢？你不一直是中奖命，赵力这小概率事件都给你碰个正着……"

姐姐的话很打动王真，或许一切还来得及，自己还有机会去收获爱情，但这些始终是臆想中的海市蜃楼，终究敌不过王真和婆家感情的累积，连静观其变她都无法做到，她不由自主地顺着婆婆的意思去推波助澜，只是在心底她已经做好最坏的打算，夫妻一场，王真不会残忍到要给赵力雪上加霜，好聚好散是最后底线。在安排住宿上面，王真花尽心思，最后在小乖的卧室里添一张床给婆婆，在自己的卧室添个睡袋，当然是悄悄地藏在壁橱，那是以备万一的，最好用不着。

王真婆婆年轻时就是大美人，这些年保养得也好，一直看上去都比实际年龄要年轻十几岁。公公事情的变故，令婆婆的衰老仿佛是一夜间降临，虽然风度气质还在，但是面容和实际年龄也相符了。王真看在眼里，不由得一阵心酸。好在婆婆见到小乖倒是满心欢喜，拉着小乖的手长长短短问个不停。

婆婆参观了一下房子，知道楼上还租给了别人时，忍不住感叹：

"这几年真是委屈你了，小真。"

王真顿时倒了五味瓶，婆婆自顾自还在说："等你们买了大房子，也要接你父母过来玩玩，你父母年纪也不轻了，这老人家的事，就是说不准的，看看你们爸爸！"

婆婆的眼泪汹涌而出，王真手足无措，不知怎么安慰合适，心里暗自感伤：一贯冷静的婆婆怎么突然这么情绪化，看来公公的事对婆婆打击太大。

赵力一旁赶紧接话："妈，您这不是好好说着买大房子，还有接王真爸妈来玩的事？又扯哪去了？"

婆婆拭去眼角的泪，定了定神："是啊，我这是怎么了？这房子是太小，我们买个大些的，至少要有三个卧室的，我把你们的婚房卖了，到时让妹妹把钱打过来。"

婚房卖了？！王真的心倏地一沉，那房子虽然是赵力父母给他们准备的，可也是他们夫妻最初开始共同生活的地方，对王真而言，还是有很多美好记忆，要卖为什么连个招呼都不打？只是此时的情形去计较这些实在不合适，更何况婆婆提到赵力的妹妹也让王真一惊。赵力唯一的妹妹并不在公婆身边长大，所以妹妹和公婆之间有着千丝万缕理不清的恩怨是非，王真过门后，听得妹妹最多的抱怨就是父母偏心，重男轻女，最有力一条就是给赵力婚房，而她没有。王真也不止一次劝慰："只是给我们住而已，房产证都不是我们的名字。"现在这房子卖了，婆婆把这钱用于买他们的房子，妹妹能愿意吗？

王真犹豫了一会，终于还是开了口，她不想因为这些身外的东西让家庭矛盾更加深入："妈，那卖房的钱您要记得给妹妹留下一半，现在国内房子涨得厉害，我们这边有一半就可以买好的房子！"

婆婆听得一愣："你这孩子，真是心善得让人心疼！小力呀，你是三生有幸才娶到这么好的老婆，还不好好珍惜！"王真看婆婆似乎真的又动怒，急忙岔开话题："妈，你刚才没注意吧，我在后院开了个小菜地，结了好多小西红柿，我们去看看，说不定可以摘些晚上炒鸡蛋吃！"

傍晚时分，婆婆喝了点粥，因为时差就忍不住去睡了，剩下他们悄无声息的，他们一家三口温馨地在一起的局面仿佛遥远得是上辈子的事。王真偷偷地看了赵力一眼，坐在沙发上的赵力从婆婆进屋开始就忙着玩手机，看赵力那专注的表情，时不时露出的微笑，王真的心也随之深深地坠下，那么迫不及待，那么全神贯注都忘记了周围，忘记了他们母子的存在，王真知道赵力是在和谁联系，也知道他们夫妻不会再有未来。

赵力洗完澡进卧室，看见地上的睡袋愣了一下。王真已经睡下，被子遮住大半的脸，赵力不知道她是否睡着，张了张嘴，终于还是什么也没有说，关灯，钻进睡袋睡了。几分钟之后就发出了匀称的鼾声，随着那鼾声，王真眼泪止不住地流，把枕头湿了一大片……

第四十八章

　　徐雅这几天忙得昏天黑地，她嫂子再次怀孕，又不小心摔一跤，一下就给摔到医院住院保胎去。徐雅心里是好一番埋怨，都是第二次生孩子了，要说也算熟门熟路的业务水平，怎么还这样不小心？自己不小心倒也罢了，那是私事别人管不着，问题是这事情带来的一系列后果严重影响别人的生活知不知道？但是抱怨只有低声对哥哥嘀咕，徐雅还是跑去哥哥家帮忙，照顾小侄女的起居饮食。虽然照顾得不咋样，但是哥哥嫂子千恩万谢，弄得徐雅有些不好意思，嫂子出院后，她主动申请多呆一天才人困马乏地离开，离开前对着嫂子诸多祝福，最发自内心的祝福莫过于企希哥嫂全家康健，关键是她觉得自己没有这么多的闲暇时光来当免费保姆。

　　回到了小别的家，家里给她日新月异一般的感受。几天没来得及去碰触的QQ是留言满地。虽然大部分来自蛤蟆熊，被人呼唤和找寻真是一种幸福，尤其这种幸福是以惊喜的形式出现。徐雅不记得哪天同意接受了蛤蟆熊做好友的申请，她想着隔了这么多年，虽然没到生死两茫茫境界，但绝对相顾无言，这点毋庸置疑，他们当年就没有共同语言。她初初还有点担心蛤蟆熊是想看她笑话，毕竟，自己虽然在美国但还是过着紧紧巴巴下层人民的生活，这也是她几乎不和同学联系的原因，特别是如今还闹到要离婚的地步，生生增添几分让徐雅情何以堪的无奈。蛤蟆熊和她跟以前都不可同日而语，二人的位置来了个乾坤大扭转！徐雅曾经的自信在确认蛤蟆熊消息的那一刻灰飞烟灭。

因为在哥哥家的忙碌，徐雅没空上网，因祸得福自然而然地避开了歌曲过门那段，直接就开唱，徐雅盯着蛤蟆熊发过来的每一句话，句句打动人心，字字扣人心弦。激动得就要热泪盈眶，虽然别人看来都是极其普通的字眼。当蛤蟆熊开始尝试和徐雅套近乎，徐雅半天没有回复，蛤蟆熊有些奇怪，既然是QQ好友，为何又不回复，就追加了几句问候：你很忙吗？是不是没空？你好吗？这些年过得怎样？之类稀疏平常的一般人都不愿回答，掉地上也没有人捡的简单问候，真是难为徐雅这些都可以看成字字珠玑，句句情长，还面红心跳的，那得多好的眼神，多么丰富的想象力！

徐雅一遍又一遍地读着，直读得拔了插头的电脑要重新充电，那些话她倒过来顺过去都可以一字不差地背出来，才恋恋不舍地把电脑放到桌子上去，一个人又窝回沙发发呆，太平洋的距离再添上想象的空间，徐雅都暂时忘记蛤蟆熊身上她一直深恶痛绝的种种，再用美颜和PS的效果重塑了一下蛤蟆熊的光辉形象，这让她对他们的未来有诗画一般的美丽畅想。只不过，她很清楚地提醒自己，淡定，淡定，此事此时绝对不可以操之过急，每一步都要走稳走好！

等徐雅从和蛤蟆熊的种种美好设想中抽出身，却发现自己错过王真家好戏。不晓得什么时候王真老公回来了，还多个气质高贵的老妇人。徐雅有点应接不暇，细细一想，再从长相上判断那妇人应该是王真的婆婆，王真不用离婚？她婆婆怎么会来？他们夫妻就此和好？那王真继续是市长家儿媳，真的是太让人羡慕嫉妒恨！

徐雅简直给这些问题折磨得夜不能寐，试了几次找各种理由主动出击去敲门，结果都以闭门羹收场，人家根本不在家。后来经过徐雅的观察加判断，王真的老公赵力离开了，他们的生活也应该规律起来，徐雅觉得可以放心大胆地去探寻，不曾想王真婆婆不知道是否倒时差，反正敲门也没有反应。让徐雅一个人兀自地怅然叹息好久。

终于有天徐雅看到王真婆婆带小乖在后院玩，徐雅在楼上急不可待扯开嗓子喊。功夫不负有心人，经过徐雅一番努力，徐雅和王真婆婆的感情狂升到沸点，基本王真上班时，徐雅就陪着老人到处逛，带着老人坐地铁看纽约各处风景。徐雅对老人也是恭敬照顾之至，别人还以为她们是母女！婆婆三下五除二就给徐雅收买过去，直夸王真有眼光找到了好租客。说得王真都不自在，一再申明租房时她只见过徐雅哥哥，同时也不晓得如何去提醒婆婆要小心提防徐雅。

不过王真在这方面的担心简直多此一举，她婆婆好歹也是国家高级干部出身，对徐雅这类趋炎附势的见得多了，不过是说说笑笑让大家开心而已，至于玩心眼，徐雅徒子辈都排不上，徒孙辈挤挤可能还有份。该和徐雅说的，老人也没留着，一一抖漏，觉得徐雅不该知道的，连缝都没给徐雅留。徐雅忙乎半天，也就知道王真公公过世了，婆婆过来散散心，连王真公婆的姓名全称都没探听出来，徐雅是好不丧气，几乎都没有了追踪下去的动力。

赵力一连走了两周，每次周末都以加班为由没有回来，王真心知肚明怎么回事，也懒得去戳破他，只要婆婆不计较就好。婆婆倒是怀着为国家多做贡献的心肠，在哪个岗位都要敬忠职守，还积极投着支持票。王真乐得婆婆这么想，至少这样现世安稳，岁月静好！

可邻居徐雅根本看不下去，她很义愤填膺地打报不平，对老人说："阿姨，那个小三实在是太猖狂，她要抢王真的位置无可厚非，但是让赵力这样对待远道而来的您，太过分，不收拾收拾就会越发无法无天……"

第四十九章

　　王真一回家就发现不对，冰冷的灶台，婆婆铁青着脸坐那里发呆："妈，你哪里不舒服？"

　　婆婆半天回过神："小真，我没有不舒服，我想你打电话给小力，告诉他，如果他没空回来，我们就过去。"

　　王真一愣，婆婆什么时候改变想法："妈，他加班，我们去不是添乱？还有我们过去干什么？"

　　"添乱？我就是要去收拾乱摊子。"婆婆长叹了一口气，"小真，人不可以太善良和被动，有的时候的确就是要用上'人不犯我，我不犯人，人若犯我，我必犯人'这一招。"

　　王真有些疑惑地看婆婆一眼，虽然不知婆婆此意因何而起，但知道婆婆是很认真的："妈，你这话怎么说的？谁冒犯我了？"

　　"家都要被人拆了，你呀，真还坐得住？邻居都看不过眼，提醒我们要小心提防。"

　　王真一听明白："妈，你别听徐雅乱说，我们家的事情她一知半解，怎么可能给得了好主意？"

　　"国内现在有句话说'保家卫国，防火防盗防小三'，听之任之的后果就会越来越严重！"

　　王真也不知怎么跟婆婆解释："妈，这些都不适用我们，你就别忙乎！"

　　"没试，你怎么知道没用？男的也好，女的也罢，不就是想和小力在一起，我们不给他们机会，时间长了就散了！"

　　"妈，真不是那回事！"

　　"我管你哪回事，你不打电话我来打，我做妈的想去看儿子还不可以？"通情达理的婆婆也有蛮干的时候。

　　王真无可奈何地拨通电话，表达清楚婆婆的意愿。赵力沉默了一会："王真，你想办法让妈暂时不要过来，我这边有些情况，不是太好处理！"

　　王真想了想："赵力，我觉得你还是顺从妈的意思，不然事情应该更不好处理！"

　　"你不敢开高速，我又没空，你们怎么来？"赵力觉得王真故意如此，便似乎有赌气的成分。

　　"这些我都和妈说过，她说就是坐巴士或是打的都要去的。"王真依然平静，如实相告。

　　"那等周末再说，我想办法！"赵力无可奈何地败下阵。

周末的时候，赵力没有亲自来，但是请朋友帮忙来接。婆婆挺满意的，拉着朋友好一番感谢，可惜对方也听不懂她说什么。婆婆说："国内老说人家洋人冷漠，你看人家也挺爱帮忙！"

王真挤出一丝笑容做回应，却是万般滋味涌上心头，这位朋友的脸王真只看过一次，但今生肯定是无法忘记。这张脸相对于两年多前不仅消瘦而且苍老许多，虽然还一如从前的英俊，看王真的目光却十分复杂，多了一份躲闪，蓝色眼睛里更多的是忧郁。这忧郁应该很打动赵力，只是对王真实在没有一毫影响。

王真不知道这是赵力的刻意安排，还是这位朋友的意思，虽然事情的本质没有分别。他们这是在宣告？他们绝不会退缩？还是就此把事情摊开，正式走入彼此的大家庭。他们怎么选择王真无法左右也可以理解，可是把王真硬拖在身边，这么大张旗鼓的又不向老人明说身份，实在是有些欺人太甚。

王真觉得其实没有必要，她早就决定拱手相让。为什么一定要大家这么难堪呢！她忍不住轻声地用英文说了一句："你们这样很过分！"

男人目无表情地答："这并不是我希望发生的！"

"难道你希望我们全家热烈地欢迎你？"王真忍无可忍。

男人的脸色闪出些尴尬，但是没有接话。

婆婆奇怪地看着他们："王真，你和他说什么？"

王真咬了咬嘴唇："妈，没什么，我说谢谢他！"

好在婆婆不知情也不懂英文，婆婆尝试让王真再问一些问题，被王真以洋人很注重隐私为由全挡回去。一路上沉默得可怕，小乖偶尔蹦出来的话解了一些尴尬。可也更深地刺痛王真的心，她从没有想过会以这种方式让自己的孩子和婆婆跟这个人见面，而自己还什么都不能明说。

朋友把他们送到酒店，这让婆婆很是奇怪："为什么不去小力的住处？"

"妈，这个问题得问赵力，我们先住进去再说。"王真拿起行李，头也不回地往酒店大门走，她希望今生再也不要和这个人有相逢。

赵力下班赶过来看他们，婆婆有些兴奋，说让他好好地谢朋友。赵力似乎也很高兴，哼哼哈哈地答应。王真的心彻底冰凉，赵力究竟想干什么？

赵力解释说他住的地方太小，所以他过来和大家一起住酒店。婆婆也没有深究，王真越发糊涂，赵力葫芦里到底卖的是什么药。赵力早就约好华人地产经纪，所以他上班时，婆婆和王真就忙着看房子，虽然有些辛苦，但是很有斩获，婆婆挑了一栋三千尺的独立屋，离赵力单位十分钟的路，学区也很不错，婆婆特别喜欢那房子一楼有间挺大的卧室："这个最好，我现在最怕爬楼梯，小真啊，你父母肯定也是这样的。我们就定下要这房子。"

王真思忖着：自己真要辞职搬这里来，那要面对的是什么样的生活?

　　赵力的表情看不出任何异样:"好,我让经纪去谈价钱下单。"
王真心底有些急:这算什么?难道赵力期望大家共同存在且和平相处
吗?可她似乎还找不到合适的机会跟赵力谈论此事。

　　婆婆决定打道回府,赵力却说反正又周末,这周末他不加班陪他
们到处逛逛玩玩,婆婆说:"不要玩了,等房子买好后,搬过来再好
好地玩。小力,走之前我们去看看你住的地方吧!"

　　就那一刻,赵力毫无征兆地突然爆发:"你到底想怎样,不是都
顺着你的意思?来玩,买房子,为什么一点时间也不给我?一定要
逼得我无路可走?"

　　婆婆,王真,还有小乖全都吓傻,空气中是死一般的寂静……

第五十章

　　徐雅和蛤蟆熊的感情一下子就白热化，纸上谈兵，网上乱吹都是极其容易沉醉上瘾之事。更何况他们二人还拥有良好的革命基础。蛤蟆熊对徐雅体贴之至，都是找徐雅的大下午时间热聊，虽然真实原因是只有那个时刻他才空闲下来，有心情和过去的人和事来个擦肩、握手或拥抱！

　　在蛤蟆熊的形容下，他是个不折不扣的白手起家、自强不息、善于发现和创造机会的从农村走向城市的成功企业家。那些不择手段、盘拉关系、见利忘义等诸多色彩暗淡不好的一面他都选择了省略。距离其实是个很好的利器，就看使用者如何利用罢了，用不好就是赔了夫人又折兵，善用的结果不仅可以避重就轻，选择性地表现，还把本来就模糊不清的真相镶上绚丽的光环，光环中的人物自然而然光辉得一塌糊涂。

　　徐雅面对网络那边的蛤蟆熊佩服得无以言表，有眼不识泰山啊！

其实蛤蟆熊自己也不认识光环中的那个高大上的自己，只不过既然是皆大欢喜的局面，为何不锦上添花？普天同庆多好，谁愿意错过在自己曾经喜欢过的女人心中当英雄的机会，尤其这英雄是蛤蟆熊经过多年磨难才获得的华丽转身。蛤蟆熊还添油加醋地描绘一些成功路上的磕磕绊绊，低谷艰辛却百折不挠的励志鸡汤故事，徐雅是更加五体投地，真是错过了虚怀若谷、目光远大的英雄！也深深地被英雄折服，一份儿女情长，二十年痴心不改，千载难寻！

轮到徐雅述说的时候，她口未开，泪先行，一把辛酸从头来，也细细地跟蛤蟆熊说清楚了，自己当年如何少不更事，误入歧途，给陈肃强诱骗到美国的乡下做牛做马，辛苦异常，却落得几近扫地出门的命运。让蛤蟆熊为她深深地叹息：原来自古红颜多薄命是真理！

等这些过去，二人惺惺相惜之情更甚，暧昧的字眼开始狂飙，什么想念、思念、牵肠挂肚之类的满电脑飞。徐雅看得喜在心头，可是关上电脑之后又是满满的失落，这些滚烫的言词既不可以吃，也不可以喝，就是装点门面都不行，总不能对别人吹嘘有某个已婚有钱人在和我谈情说爱，几房妻妾之后仍对我忠贞不渝？

这不是凑上前努力去当别人的笑话？徐雅不免想得有些意兴阑珊，情绪左右令她也忍不住抱怨，言语难免开始一些试探，虚的花枪别要，来点实际的好处吧："听说你有好多套房子，留套给我好吗？"

"没问题，你回国想住哪套都行！"蛤蟆熊的回答很有分寸，徐雅却听得却很不是滋味。

"回国，我回国干吗？放着美国人不做？你要是有这份心，帮我到美国买套房！"情绪过于激动就容易丧失理智，这个要求从电脑屏幕发了过去，就消失得无影无踪，就像回不去的时光。令徐雅没有想到的，伴随着消失的还有蛤蟆熊，徐雅是好一番彻骨心寒，不过是口头说说而已罢了，动真格的比贼溜得还快！

蛤蟆熊两天之后才有信息，说手机坏了，换了一个。一切如常，仿佛没有接到那个买房申请。

徐雅的牙气得咬碎：好你个蛤蟆熊，啥时候变狐狸了，狡猾成这样？但也不敢轻易造次地再提，鸡飞蛋打毕竟不是她期望的结局。这场徐雅期望的华丽大戏就像卡壳了一般，停滞在半中央……

王真婆婆回来之后，性情大变，越发不爱言语，连能言善道的徐雅都几乎逗不了老人一笑。王真看在眼里，虽然也很着急，却也没有实际的解决办法，这世间，再好的情意也不能代替彼此去生活，创伤恢复需要时间。赵力自知闯祸，却不知或不愿去补祸，反正上班时间总是离得远远的。

赵力妹妹打钱时遇到些麻烦，国家外汇有规定，每人每次只能汇五万美金。婆婆也不着急："那你慢慢汇，反正全汇到你嫂子名下就行。"

王真吓一跳："妈，钱汇我这干吗？不是说买房子？放赵力那用起来方便！"

婆婆叹着气："房子的事慢慢再说！你要牢牢地把钱抓在手里。看来我是过高地估计自己的影响力，你这个婚姻保卫战要打也不是一时半会的事情！"

赵力周末准时回来，大家如履薄冰的感觉更甚，小心翼翼地说着每句话，唯恐不当会引起炸雷。赵力特意买了婆婆爱吃的板鸭。婆婆并未多看一眼，赵力也不计较，急急忙忙地下厨，蒸板鸭的香味全屋子飘着，却飘不去各自的心事重重。

晚上睡觉时，王真想和赵力谈谈，事情总不能这样莫名其妙地往下拖着走，可是看见赵力一声不吭地从壁橱拿出睡袋自顾自地铺好，王真心里的怨气也是蹭得老高。她把想说的话重新埋回心底，赵力其实真的很自私，自私到可以忽略他的感情是建立在周围亲人血淋淋的心上，或者他是身不由己，情不自禁，王真自我安慰着，就顺着他演完吧，应该也没有几场了。

第二天早上，王真听见婆婆他们在客厅说话的声音，正想着要起来做早餐，小乖突然进了他们的卧室："妈妈，我的小恐龙你放哪里了？"

尾随其后的婆婆一把拉住小乖："让爸爸妈妈多睡会儿，奶奶帮你找！"可是老人拉住的是小乖的左手，他的右手已经打开了房门。婆婆的话音没有落地，大家都是一愣，睡袋里的赵力更是一惊，急忙坐起来。大家面面相觑，小乖没有得到回答还在问他的恐龙。王真看到婆婆开始摇晃的身躯吓坏了，冲下床去搀扶。

婆婆摆摆手，回转身去往外面走，绝望的声音不大，却字字敲在赵力心头："时间，这就是你要的时间？算了，算了，帮我改签机票，我要马上回国，这里我一刻也呆不下去，老赵，你为什么不带我一起走……"

第五十一章

立山家的新餐馆顺利地签订好合同，大张旗鼓地开始装修。这些事情都是珍妮在忙，不是立山不想插手，而是珍妮不愿他插手。珍妮的规划里，除了出钱，压根就没立山什么事，连原本天地自助餐的名字她都不打算用。那土得掉渣的名字不用也罢，一听就是没文化的，叫珍珍餐馆多好，寓爱意深藏，不仅会吸引年轻的客人，自己也很有面子。

没有见识的立山一听，脸都吓变了色，好一番晓之以理，动之以情，再连带恐吓地游说，说什么若是不用连锁名字，老客人根本不知，等于白手起家。珍妮只好勉强同意，但是装修的风格这回她要彻彻底底换个样。装修的效果图立山一直也没有看到，但已经被珍妮夸张的描述吓得心律不齐。这是开餐馆吗？怎么听着像高新科技展览中心，和老妈一嘀咕，老妈说："你大男人管点大事好不好，她还能把餐馆整成白宫？如今她也算有出息了，你就省省心吧！"

立山初初很不习惯，后来转而一想倒是开心很多，珍妮帮着打理家里生意，总比出去玩麻将送钱给人好，好歹珍妮是有学问的，出来支撑门面最好不过。自己应该乐得清闲，没事去找陈博士泡茶喝酒，但陈博士已不住阿玲那里，与人合租的小房子还十分不方便。这个分居在立山看来简直多此一举还浪费钱。当他得知是陈博士那位即将成为过去式的太太的逼迫要求，立山顿时有中乐透头奖一般的畅快，看来自己的命还是不错，娶过的女人虽称不上知书达理，但相对于这位陈太太而言，倒也算通情达理。也因为此，读书无用论在立山的心里高度膨胀，陈博士读了那么多的书，连自己的老婆都驯服不了，左右倒让立山来看笑话。

立山没事干就更将所有心思泼在了打理旧餐馆生意上，如今夏天天黑得晚，便延长了半小时营业时间，这半小时没给成本增加多少，但效益立竿见影，人们似乎本能想着时间长就可以多吃一些，其实晚上呆时间长会增多酒水类会消费是真，而酒水类也是利润最大的部分。立山得意于自己的妙招，深更半夜回家都忍不住哼着小曲，也有急切炫耀的意思。但珍妮似乎越回越晚。立山到家十之八九珍妮还没有回来 。以前珍妮因为玩牌，不能说经常，每周一次还是有的，像这样连续迟归的事几乎没有。立山尝试跟珍妮抱怨，他的话还没有说完，珍妮已经打断他："我还不是忙装修的事情！我也想躺在家里当少奶奶呀！"

立山给噎得无言以对，蛮奇怪："你们这装修不分日夜？"

　　珍妮没好气地白他一眼："你自己还不是延长开门时间。"立山一听也对，反倒觉得老婆辛苦，还提醒保姆要多熬些汤水给珍妮补身子。

　　这天关门一结账，生意额比平时多两千多美金，立山那个开心就别提，自从对面那家餐馆开业以来，还没有如此扬眉吐气过，忍不住打电话给珍妮为自己表一下功。手机关机，再打到家里，保姆说珍妮还没回！

　　立山的心无来由一沉，他决定去新餐馆看看，到底什么样的装修工程让珍妮忙如此地脚不沾地。等他来到新餐馆地址，他确认好久，一度怀疑自己走错，那里不仅没有灯火辉煌热火朝天，反而是漆黑一片。难道珍妮又去打麻将了？立山心底叹口气：这女人实在是爱玩，儿子这么小都收不住心。等他走近，拿着打火机想看清楚玻璃门后面装修的进度如何时，大惊失色，餐馆，和他两月前来看时，没有一丝一毫变化。

　　认识"小装修"以来，是珍妮最开心的日子。珍妮一直觉得自己是背负着难以承受的重担在人生的路上前行，从小父母就对她期望甚高，认为她是可以带领全家脱贫致富迈入天堂的救星，在给她万般宠爱的同时也对她有着无限的期盼，珍妮一路以来只有一个感觉——不堪重负。到后来父母砸锅卖铁把她送到美国读书，她父母就期待自己可以像奥巴马的岳父母一样有朝一日入主白宫，殊不知珍妮可不是读书的料，磕磕绊绊差点毕不了业，周边更没有什么高富帅，至于贵族和上层人物也只在影片里认识。

要不是及时地抓住了立山这曲线救国的藤条，估计美国梦都遥遥无期，名副其实的归国干海带一条。珍妮也知自己没有达标，奈何这个世界拔高眼光看待别人是件易事，要拨高自己就没有那么轻而易举。珍妮唯一的出路就是——守着立山过日子。

藤条的作用一过，立山就变成鸡肋，立山没有生活情调，抠门，不浪漫，土气十足等等等，但是不管珍妮对立山有多少不满，在没有找到下一个买家之前，她绝对不敢轻易放手，就像人们对一份刚够养家糊口的低薪水工作，积怨都堆到喉咙口，但绝对不敢轻举妄动辞职，还要埋头苦干。随着孩子出生，年龄增大，对世事了解越多，珍妮也越来越清楚地认识到，有个好的下家可能不过是镜中月，水中花。

"小装修"的出现，把珍妮的阴霾一扫而空，小装修年龄和珍妮相仿，长得还挺帅气，脾气又对类，珍妮开始还真以为他是大老板，想解放自己，说离婚都几乎要付诸行动，后才发现小装修其实啥钱啥本事没有，纯粹混混一个。虽然对白马王子跑了一圈回来瞬间变成黑驴子，珍妮的心忍不住地失落。但是满心空空又寂寞的珍妮如何抵挡得住"小装修"的花言巧语，外加"小装修"以一番实际行动教珍妮如何享受生活，开辟出来的新天地，让珍妮觉得花着老公的钱和"小装修"花天酒地是人生的大幸事。

　　在"小装修"带着珍妮去大西洋城的赌场真正当一把皇后回来后，虽然囊中抽水一大把，珍妮受刺激的神经还是很兴奋，劲头十足地盘算着过几天再去。再去要玩哪一类，甚至种种结果她都设想到，只是没有想到此时此刻，她的老公立山正坐在家里的客厅，怒气冲冲地等她回家……

第五十二章

　　赵力站在情绪还是很激动的婆婆身边，手足无措，低声地劝解着："妈，妈，您别哭了！行吗？我错了，我错了……"

　　"你口口声声承认你错了？可你为什么知错不改，你爸已经走了，小力呀，要怎样的家破人亡你才肯善罢甘休？"

　　"妈，这些都不是我想要的，真的，妈，没有我他也是活不下去的！"赵力的答话让婆婆和王真都是一愣，这是赵力第一次提及第三者。

　　婆婆止住了哭声，盯着赵力，突然一扬手，耳光甩了出去，狠狠地打在赵力脸上："我们的死活你都不管？你却顾及这跟我们不相干的人……"

　　赵力用手摸着热辣辣的脸，扑通一下，跪在婆婆面前："妈，他不是不相干的人，他是我的爱人！"

　　赵力的这一跪让大家措不及防，小乖被奶奶和爸爸的异常反应吓得哇哇大哭，婆婆更是气急攻心，指着赵力，半天说不出完整的话："爱人，你们算哪门子的爱人？"

王真赶紧抱住小乖，上前对赵力说："你起来吧，孩子都吓着了，有话好好说不行吗？"

赵力却并不理会王真："妈，不管您怎么想，我们都相亲相爱四年了，只希望今后的日子也可以这样过下去，求您了，放过我们吧，您让我做牛做马都好！"

"还做牛做马？我就是让你好好做人你都不肯？"婆婆拭去眼泪，顿了顿，冷冰冰地接着说，"你爱干什么就干什么去吧！给我改签机票，我要带小乖一道回国！"

正抱着小乖回房的王真一听，吓了一大跳，回头疑惑地看着婆婆，希望是自己听错，或者婆婆气糊涂了。

婆婆却一脸平静："小真，过完暑假，我就会把小乖送回来，我只是想和小乖多呆些时间，我不要和老赵一样，死不瞑目……"

王真无言以对，从出生就从未离开自己半步的小乖，放手到国内去，她真的不放心，而且是这种情况下，万一婆婆到时反悔，不送小乖回来怎么办？可是婆婆有意无意地提到公公，又让王真找不到阻扰的理由。她看了赵力一眼，希望他可以站出来像刚才那般英勇地保护她们母子。

赵力面无表情，站起身："好，我这就去订机票，但妈你一定要记得把小乖送回来！"

"小乖小真我们是一家人，我们自然会相互体谅，用不着你操心，你管好你的爱人和自己就好！"婆婆不无讽刺地接话。

王真收回了心底的叹息，这些不会以她的意志为决定和转移，她顺着走就好，她不过是个无足轻重的配角，终于快落幕了，她不晓得该不该庆幸。这耗尽她青春和感情的婚姻最终还是走成常人眼里的悲剧，问谁可以拿到公平？

婆婆和小乖的机票订在一周后。今天，王真和赵力都休假，但一屋人依然没有生气，婆婆懒懒的，王真想尽办法拉老人家出去："妈，你不是要买些礼物带回去吗？"

"不买了，没意思！"

"那，你陪我去吧，我爸妈还想要带些东西回去呢？"

婆婆将信将疑地看了王真一眼，突然明白，又悲从心来："小真，你真是善解人意，我们家对不起你，我们也太没福分！"

王真默默地拉过婆婆的手："妈，您别这么说，不管赵力和我之间怎样，但是可以做你们的儿媳妇，是我三生有幸。"王真说得情真意切。

婆婆热泪盈眶："真的吗？小真，你爸要是听见这句话死也瞑目！"

"真的，妈！"想到公公，王真也是不住地感伤，希望公公可以听见，希望公公能够知道。

剩下的几天，气氛依然有些压抑，但是王真很坦然，既然无力挽回，那么顺其自然也是一种解决办法。婆婆仿佛也在慢慢接受，虽然还不理赵力，但情绪却已平复。反倒是赵力的心思越发沉重，他很少说话也不怎么去碰手机，这让王真有些意外。

婆婆和小乖离去的前一天晚上，王真去拉卧室窗帘，看见赵力在后院用力垂打着树。王真的心一下子纠结到顶点：赵力心中应该是有很多无法排解的痛！和他夫妻多年却无法分担他的这种苦痛，王真有要抱住他好好哭一场的冲动。可是等她路过婆婆卧室，那透出来的灯光犹如一盆兜头的冷水，浇得她的身心凉透。她不相信赵力看不到那灯光，灯光下婆婆的伤心显而易见，就如王真卧室的黑一样，还有她那埋没在漆黑下破碎的心，赵力都可以无视和忽略，她又何苦自作多情地去安慰，赵力最需要的不是安慰是支持，在支持这点上，她一直投的都是赞成票。这夫妻一场，有怨有悔有恨，但王真没有遗憾。

大人们的心思孩子不懂，小乖对于再次回国，还挺激动和向往的，王真依依不舍，千叮万嘱他注意安全。婆婆和赵力一语不发，到最后分别时，婆婆抱了抱王真："你多保重！"拉着小乖转身就走，不看赵力一眼。

赵力无力地喊了声："妈，您一定要保重自己的身体！"婆婆听了，却并未止住脚步依然前行，王真都可以想象出婆婆一定泪流满面。赵力木然地看着婆婆和小乖的背影消失得无影无踪。

从机场回去路上，王真和赵力还是没有一句交谈，赵力的脸一直阴沉着，王真虽然没有说话，心却安定。累了这么些天，终于可以歇歇。天空没有雨，但是黑得可怕，有山雨欲来风满楼之势，赵力把CD的声音调到了最大，小小的车厢里飘荡着不知名的忧伤英文歌曲。

车到家门口，赵力说："我不下去了，先回公司上班！"

王真偏头认真地看了他一眼："我们尽快把手续办了！"

赵力似乎没想到王真会在这个时候突然触及此话题，愣了一下："办和不办还有区别吗？"

王真缓缓地把目光投向车窗外："我只是觉得这么多的努力、这么多的牺牲不能白费，至少也要对得住你们的真情，眼泪和痛苦总要换一些幸福！"说完，王真头也不回下车朝屋里走去，任身后赵力撕心裂肺般的哭声响彻着……

第五十三章

陈肃强来接图图，两人都兴高采烈，每次看他们父子连蹦带跳的欢快背影，再想阿玲还在那里兴奋地等待着，徐雅总是很惆怅，嫉恨之情更是难以言表。那些曾经的不屑瞬间都变得珍贵，仿佛是被当垃圾扔掉的古董文物，后发现其实价值连城，但又追讨不到。

婆婆偶尔也有电话过来，对她和图图嘘寒问暖，关心备至，但是绝口不再提陈肃强，徐雅也明白这个不再提里面有着婆婆太多的无能为力和无可奈何。可是心里还是不由自主地怨恨婆婆的劝谏和措施不够给力。

徐雅的老父和继母得知真相，好一番长吁短叹，继母着急慌慌地言传身教：可别像她一样，为了不值得的人耽误青春和幸福，什么好花不常开，好景不常在，有花堪折直须折，莫待无花空折枝，人要学会放手往前看，反正粘得上、粘不上的理论和实例罗列一堆，让徐雅引以为戒，好自为之。

　　徐雅听得是火气更甚，论道理她能说出的比这还多几倍，这些人都是打着关心的旗号，装模作样地表现一番虚情假意，自己真正的苦和痛却分不出去一丝一毫。老父居然说要到美国来看她。徐雅觉得那不过是个幌子，来看媳妇是真，因为媳妇又快生了；来看孙子是真，因为B超多次显示是如假包换的真太子。可她又无法阻止老父的步伐，因为给他们办签证的是哥哥。徐雅觉得老父的到来无非是添乱，对事情一点实质帮助都没有。自己却变成闹剧的主角供大家观赏。

　　徐雅好像一座积聚众多力量的火山，却无法找到喷发的地方和时间。回到蛤蟆熊这边，也是让她失望多过希望。买房事件虽然只是一句轻飘飘的话，蛤蟆熊却忽悠而过，无影无痕，对徐雅却是插进肉里的刺，怎么弄都是痛。不晓得是装得像还是真的没有收到，反正蛤蟆熊对徐雅按部就班全照自己的方式步骤来，徐雅左思右想也搞不清楚蛤蟆熊的心思，只可以感叹：士别三日，当刮目相看！生活对蛤蟆熊的磨炼绝对没有白费，道行是越来越深！

　　蛤蟆熊把他珍藏的他们大学毕业时全班合影给徐雅发过来，看到年少青涩的自己，徐雅感慨万千，对青春的追忆，对往事的遗憾，更是对当年忽视蛤蟆熊痴情的追悔莫及，就如现在窗外热辣辣的夏天阳光。徐雅忘了今夕何夕，要是时光可以倒流，是否就可以抓住所有的美好？

　　而蛤蟆熊还火上浇油地把照片的背面也翻拍过来，背面是全班同学的名字，被蛤蟆熊用个带着红心的箭头把徐雅和蛤蟆熊的名字连在一起。徐雅被刺激得更加郁闷，忍不住丢过去一句："熊老总，你到底想说什么？现如今你也是使君有妇，再提这些没油没盐的往事，有意思吗？"

蛤蟆熊哈哈一笑："和阿雅说话就是其乐无穷，怎么都有意思！我们发现在的照片对比一下！"蛤蟆熊一张自拍照飞了过来，徐雅一看：肥了不少，那苦菜花虽然没有兑变成牡丹，但好歹长开，算是名正言顺挤进花的系列。心里却忍不住暗骂：原来是想看看我现在的样子，那干吗还黏黏糊糊的，身家那么丰厚，也舍不得匀杯羹给我，我还偏不让你看，要知道这个世界所有的得到都是要有付出的！

徐雅拨弄着键盘，食指轻轻一点，把刚写下暗藏深意而表面又显得漫不经心的话发了出去："要带儿子去游泳，改天有空再聊。这租的房子就是不方便，游个泳还要跑十里八里地，要是有个带泳池的房子多爽……"

蛤蟆熊的回复很快，似乎没看懂徐雅的意思："噢，好好玩，明天我们接着聊。"后面跟着一堆玫瑰花图案。

徐雅气得按了删除键，把这些画的玫瑰清扫得一干二净，还是不解气，再把电脑关得砰的作响才作罢，身边正在看动画片的图图惊得莫名其妙地看着她。小乖回国了，图图的暑假更显得寂寞。图图很想住爸爸那边去，可是陈肃强提了两次，都被徐雅恶声驳回。

徐雅知道儿子的孤单，可若是儿子都不在身边，自己岂非更加孤单，可以消除孤单的唯一办法就是要自己找事情做。拿了本黄页广告翻了半天，徐雅想起该给图图做常规体检，开学报到就要用的。同时她想到给自己约一个，保险公司每年的免费体检不做也浪费了，最好可以约到万大医生那里，这样一切顺理成章，都不需要王真再牵线搭桥。

这个意外的发现对徐雅来说简直等于发现新大陆，她立即开始着手安排新大陆的登陆事宜，还不错，进展得非常顺利。谷歌上一搜，就找到了万大医生的诊所地址电话，打过去预约，凭徐雅的直觉和声音判断，接电话的应该是那日一起去巴尔的摩海洋馆的护士。徐雅不是很喜欢她，觉得她很小家子气，老是不加掩饰地盯着徐雅的脸看，这让徐雅非常不舒服。可徐雅也知道，自己不可以掉以轻心任何一位老万身边的人，这些人有心无心的一句话或是一个举动分分钟就会毁灭自己和老万之间关于未来的辉煌畅想。

徐雅清清嗓子，尽量委婉不露痕迹地取得她的好感："你好，我是徐雅，想和万医生约个身体检查。不晓得你是否记得我，我们一起和万医生去的海洋馆，我倒是对你可爱的儿子印象深刻，拍了好些他们的照片，万医生给你了没有？"

徐雅一连串不带停顿的话，把护士彻底搞晕，半天才有反应，多余的话一个字也没有，语气平淡而且公事公办："你希望约在哪天？"

徐雅对这不知好歹的回复，满腔热情顿时熄灭，她狠狠地说："越快越好！"

"下周一早10点，如果想做血常规检查，请空腹……"

徐雅还没等护士说完就挂了电话，下周一，她的时间很紧迫，要安排图图的去处，要置办自己的服装，还要好好设想一下如何可以有效的利用这机会让自己和老万的关系来个质的飞跃……

第五十四章

现在是阿玲一生中最快乐的时光，和陈肃强正大光明恩恩爱爱地走在阳光下，那幸福，就是做饭的炉火，真实得可以触摸到。她想起外婆说她是会有大福分的，如今，这个应该算。原来命运让自己兜兜转转，不过是为了可以在这个点这个段和陈肃强相遇，相爱再相守。而自己困在其中时，还抱怨过苍天的无情，现在想来真是幼稚可笑。

和陈肃强之间因为不住一起，两个人因此联系还更加紧密，多一些距离，就多几些相思，更多好几些牵挂，外带浓情蜜意。看着手机上陈肃强发过来滚烫的话语，阿玲梦都是甜的，她就像爱河里遨游的鱼，快乐和幸福满棚满棚。

陈肃强把拟好的离婚协议给阿玲看，问阿玲的意见。同时，也小心翼翼地告诉阿玲，虽然这已是自己让步很大的设想，但是徐雅还是有可能得寸进尺的。阿玲笑笑并没有细读："强哥，你看着办好了。她一个人要带孩子也不容易。"

"是啊，我还想若是她愿意，让图图和我们一起生活倒是好的！"

"只要她愿意，我没有问题。"阿玲的话给陈肃强交了底，陈肃强顿时信心百倍，一切只不过是等时间，时间一到就会水到渠成。在筹划离婚的同时，陈肃强也在积极密谋再婚的事情，再怎么着，也不能委屈如此通情达理的阿玲。

夏天服装店里的生意总是清淡些，阿玲也正好可以为秋冬的购物高潮做准备，被爱情滋润着的女人干什么都是哼着小曲，那从天而降的前婆婆一通电话让阿玲吓得魂飞魄散。

"阿玲，你赶紧找律师去保释立山，立山给警察抓走了！"前婆婆声音微弱，口气却十分着急。

"立山犯什么事？怎么会给警察抓走？"阿玲是雾水一头也着实被吓到。

"他和珍妮打起来，珍妮报警，家门不幸啊！"前婆婆说着就哭开，"我这急得心脏病又复发了，刚吃了药，也不敢乱动，阿玲，拜托你！"

原来是家务事，阿玲的心终于回原处："你先休息吧！我把立山保释出来再说！有消息我再告诉你。"以前的夫家，不管什么事，阿玲总还是责无旁贷地担着，好歹家人一场。

阿玲没有类似的经验，便去拉陈博士。等阿玲和陈肃强找到律师，办了一系列手续总算把立山保释出来。在监狱呆了一晚的立山人都变了样，胡子拉碴目光呆滞，耷拉着头不吭一声，对谁都仿佛不认识。立山的家是肯定回不了，在针对珍妮的无条件保护令中立山之后一个月都不能回家，不能用电话或任何方式和珍妮联系，甚至通过第三者也不行。回立山老妈家也不好，老人家看他这样估计会更加焦虑。也只有阿玲那里是好一点的选择。

路上陈博士几次想问原委，看立山那神情只好憋回去，等到在阿玲家坐定，陈肃强有些按捺不住："我说老兄你怎么这么糊涂呢？两口子床头打架床尾和，再怎么样也不能动手，女人嘛有哪个讲理的，咱大老爷们能跟她们一般见识？看这几千块钱白白打水漂了吧！"

立山对陈博士的苦口婆心一点反应也没有，自顾自地掏出香烟，点燃抽着。阿玲使了个眼色给陈博士，走过去打开窗透气："强哥，你先回去上班吧，等下班回来再聊！"

陈博士心领神会赶紧离开。阿玲泡了一壶功夫茶，给立山斟上："你先别急，这保护令也就一个月，我想珍妮不过是一时气急乱了方寸才报警，你们就当花钱买个教训吧，下次再怎么吵也别动手别报警就行！"

立山连着喝下了几杯茶，掐灭了手头的烟，叹了一口气："阿玲，我这回死定了，无路可走！"

阿玲给立山的表情又吓了一跳，她瞪瞪地看着立山，"你们到底怎么了？"

立山埋下头："是珍妮她太过分，我不晓得她是不是故意，反正我是真的死定，我妈要是知道一定会杀了我！"

阿玲看立山的样子意识到了事情的严重性，但却不知如何安慰：
"你先说出来，大家想办法，你妈那边，瞒着再说！"

那日，立山等着珍妮回来问到底为什么装修还没开始？珍妮轻飘飘的答一句："装修师傅设计图还没弄好。"

立山差点给这句话气死："难道你不知道我们在付租金！换掉这个师傅！"

珍妮一听，有些不情愿："这边我付了一半定金，你不打算要了？"

立山顿时想死的心都有："你到底是谁的老婆呀？怎么胳膊拐到大门外去了？"

珍妮给说得脸色绯红，便三分撒娇，七分讨好的："老公，人家说慢工出细活，咱们要做就要做全城最好的。"

立山无可奈何："不做那个梦了，只求赶快完工，赶快开业呀，不然这每天烧钱怎么受得了？"

珍妮自知蒙混了这一关，还是得赶紧办事，真正得罪了立山，或是立山亏钱，自己还是没有好果子吃的。紧赶慢赶倒是让"小装修"把设计图弄出来了，但是到市政府去审批时却碰到重重困难，补充了很多次材料依然没有批下来。立山急得如热锅的蚂蚁一般，也顾不得珍妮是否生气，夺过图纸和材料，亲自跑到市政府去。

这一去，工作人员倒是要批给他了，只是一个随口的问题，让立山即刻撤回申请："这整栋房子，两年后会拆迁，将会做养老院，你现在花这么大力气去装修划算吗？"这个问题简直就是致命的闷棍，等立山回到家细细地阅读合同才发现工作人员所言非虚，再急急地召回珍妮问是怎么回事。从麻将台上输得一塌糊涂的珍妮好一番不爽："我怎么知道，又没有人告诉我？"

立山忍无可忍地吼着："你去签的合同，你找的律师，难道你不知道？"

珍妮漫不经心的，一副有什么大不了的样子："至于发那么大火吗？那我们简单装修一下，两年后换地方不就行了？"

立山给珍妮的不知轻重激得火冒三丈，一个耳光朝珍妮飞了过去，打得珍妮眼冒金星，抖了半天才看清电话号码，拨通了报警电话911。

第五十五章

　　万大医生的诊所坐落的地方还算热闹，徐雅居然查到有公共汽车可以从她哥哥家直接到达，她禁不住感叹，真是天意相助。在被窄脚高跟鞋挤得快不能走路时，徐雅终于看到诊所所在的建筑物，她擦擦额头的汗，又担心妆给流花，掏出小镜子左右端详，涂涂抹抹一番才信心十足地迈步走进诊所。

　　诊所的员工那日在万广明家聚会大都见过，徐雅眉飞色舞，好一番自来熟的热情招呼，不过反响都平平，大家职业操守极其专业，没有因此给她的笑容多一丝甜蜜或是问话更加热切。这让徐雅平添郁闷，填完表等待的工夫，她自我安慰：懒得和一帮没有见识的人计较，总有一天我要让你们对我大跌眼镜，刮目相看，争先恐后地跟我打招呼。

　　不过徐雅的美好设想还没有实现，她自己倒先来一回大跌眼镜，敲门进来给她检查身体的不是老万，是老万的诊所合伙人。徐雅顿时涌出万般滋味在心头，冒在最上面的是货不对版，深受其骗，可是骗子是谁还不容易确定。而此刻的徐雅退货也绝对不是好办法，若是叫嚣起来，货是否能退难讲，自己的行为和举止又会成为诊所茶余饭后的笑料谈资。徐雅只好勉为其难地保持风度配合那半秃的医生做完体检，怒气冲冲地走到接待室找骗子论理。

"我电话约的是万医生体检。"徐雅尽量让自己语气平缓，"怎么在我不知情的情况下换医生了？"

护士抬头看了徐雅一眼："你约的是万医生？那大约我听错了。"

徐雅听到这句，觉出护士是故意的，正想要为自己要回公道，护士继续："不过，都一样，万医生不接朋友做病人的。"护士说完专注而意味深长地看了徐雅一眼："你是万医生朋友，对吧？"

徐雅被这目光看得冷汗直冒，看来万太太人虽不在，形却深入各个角落。这场自己一厢情愿挑起的战争看来是孤军对战千军万马，罢，罢，罢，好汉不吃眼前亏，这招不好使，再换别的，先撤退！

"嗨，你好！"老万的由天而降仿佛是向徐雅伸过来救命稻草。

徐雅的眼睛即刻放出光芒，声音都柔美了千分："万大哥，我本来想约您做体检，可是你的护士说你不肯接收朋友做病人，我不信，病人认识了之后也就是朋友啊，是您不愿意接受我，对吗？"

万大医生显然是有备而来，平静而有礼貌："哪里话，你想太多了，我不太习惯给朋友看病，病人成为朋友那是另外一回事，我的太太都不做我病人！"

　　徐雅的心好一阵失望，大庭广众这种方式提到太太，把她和老万之间的未来不仅门连窗户都堵死。她意兴阑珊，无可奈何花落去，老万似有准备，欲告别要去招呼病人，她突然高声加了一句："对了，万大哥，你不知道吧！王真的婆婆来了又走了，还把小乖带回国了，她们家呀，应该发生了不同寻常的事，不过她们一贯神神秘秘的，啥事都跟中央情报局似的也不让人知道。"

　　老万听得一愣，若有所思点了点头："谁家没有家务事，又不是总统奥巴马，哪里有可能事事向公众交代，代我向王真问好！"

　　老万最后一句话就如对着徐雅这条因缺水而快死的鱼泼了一大盆水，虽然没有到马上活蹦乱跳的程度，但徐雅的尾巴又不由自主地摇摆起来。让她带问好，说明什么？说明至少她和老万之间的关系强过老万和王真之间。这一点点啥颜色和意思都不带的话楞是让徐雅看成了大红也体会出了其间的意味深长。

　　徐雅把图图接回家已是一身臭汗，赶忙去洗澡。"今天总的来说简直是得不偿失。"徐雅愤愤地总结。所有的计划都还没有来得及实施就泡汤，本来还想等老万问及肠胃问题自己可以借机生出一系列的疼痛和不舒服，还可能见机行事地把手拔高几公分。若是都有个按捺不住，就马到功成，可惜功亏一篑。

　　徐雅在想这些时自己的手实实在在地拔高了几公分，而这一不经意的动作，让她顿时从遐想翩翩撤出，吓得魂飞天外。徐雅摸到她右胸下有个很结实如指甲盖大小的肿块。她冲到镜子前面，好一番拨弄，终于证实那里的确有个青色的小肿块。徐雅裹上浴巾就出来打电话预约妇科医生和乳腺X光检查。也约到最快的日子——两天后。

那两天的日子如行尸走肉一般，而且是带着无限恐惧的尸肉。徐雅怎么也不会忘记她母亲英年早逝的病因——乳腺癌。而这种病有遗传性，自己身上肯定带癌症基因。难道自己也是一样的命数，这个念头就是晴天霹雳，让徐雅不寒而栗，所有的愿望还没有来得及实现就要灰飞烟灭？她的人生，她的灿烂美好的人生，难道没有开始就面临结束？这是她不敢想也万万不情愿接受的。

等做完检查再到医生那里拿到报告，徐雅觉得自己的心已经从鬼门关溜达了一趟，医生说X光显示的确有阴影在，但不能确定就是乳腺癌，需要再做乳房穿刺，给徐雅预约了医院门诊。

同时，医生也提到了如果有乳腺癌的家族史，的确是增加了患病的百分比的。徐雅觉得这是慢刀子杀人更过分，死刑都不一次宣判。医生看到她灰白的脸，好心地劝解："乳腺癌其实并不是很可怕，手术后存活率非常高，痊愈的案例都很多……"

徐雅一声不吭地带着图图回家，她好想找个地方藏起来就不用面对这些，或者找到时光倒流的按钮，一切回到没有发现这个肿块前。图图毕竟是孩子，哪里懂大人的心思，闷了一天的他跟着妈妈东奔西跑一点也不好玩，进门的时候他闹着到外面玩。徐雅只好同意，她想先去烧开水泡壶热茶喝，虽然是华氏一百度（大约38摄氏度）的高温，她依然觉得冷，冷到骨头里。

　　王真下班回来，看见图图一个人坐在大门口："图图，你怎么不进去？妈妈呢？"边开门让图图进去。

　　图图一脸委屈："我也不知道，我敲了很久的门，妈妈就是不开！"

　　"或者是妈妈没听见！赶紧回家吧！"王真笑着挥挥手，走下楼梯。

　　王真进屋放下包，鞋都还没脱，就听见图图的撕心裂肺恐惧万分的哭喊声："阿——姨，阿——姨，我妈妈——死了……"

第五十六章

王真给图图的叫喊声惊得打了几个冷战，不假思虑冲进徐雅家，一股浓烈的煤气味扑面而来，徐雅坐在餐桌边凳子上，身子扑倒在餐桌上，头歪拉着，脸色潮红。图图傻傻地在旁边不知所措地哭着。王真拉过图图，连着叫了几声徐雅，轻轻地推了一把，徐雅一点反应也没有，再摸摸身上倒是热的，王真心狂乱地跳着，应该是煤气中毒，急忙吩咐："图图把电话给阿姨，然后你自己去阳台上，不要进来。"这边赶忙找到煤气开关关了，打开所有的门窗透气。

急救车两分钟后到，训练有素的专业人员飞快地把徐雅抬出去，王真和他们跟车去最近的教会医院。那救护车尖锐的鸣迪声把王真的心绪搅得更加纷乱。

等王真再回转身找图图，可怜的孩子早已哭得上气不接下气，浑身发抖，王真心疼地一把搂过："没事了，图图，没事了！"

"我妈妈是不是不会回来了？"图图抽抽搭搭地问。

"妈妈会好起来的，只是意外，记住这是意外，煤气中毒，可能妈妈忘了关煤气了，图图不怕。"王真试着减免图图的心理阴影。

"那妈妈什么时候会回来？"图图依然泪眼婆娑。

"阿姨也不知道，一定会很快的。"王真给图图擦去眼泪，"图图，你知道爸爸和舅舅的电话号码吗？我们打电话给他们，再去看妈妈，好吗？"

"那时妈妈就醒了，可以回家是吗？"图图瞪着天真的眼睛。王真好一阵心酸，不知怎样回答合适。她不确定这到底是意外还是人为，依然还在餐桌上躺着的X光报告赫然写着徐雅胸部发现阴影，那报告让王真有触目惊心之感，徐雅有没有可能是担心自己患上了乳腺癌受到刺激，连同婚姻的不如意一起压过来，一时想不开，决定自行了断。而且徐雅的中毒情形和后果她也不知道究竟有多严重。王真想着得赶快和徐雅哥哥还有她老公联系上，这么大的事情邻居可不能担当，图图要带离这里比较好。自己要快点去医院才会放心些。

立山的烦恼说起来容易，解决起来确实困难重重，珍妮那边立山撂了一句话："不管了，她爱过不过！大不了离婚！"珍妮的反应也很配合，无声无息。可是店面这边，任是多少话都无法解决，开餐馆肯定是不行，瞬间转租出去更是幻想。立山感觉哪里都是钱钱钱在飘出去，钞票如瀑布一般飞速地直流而下。而他，就是那个站在瀑布下，端着个小面盆想接住覆水的傻二。

　　和周围朋友讨论请教也没有什么结果，立山急得每天上下三十次楼梯减压，脸上长出了一堆又一堆火疙瘩，个个热情洋溢地彰显着立山难予人言的苦恼。阿玲说要不把她店里的衣服先挂一些过去卖，想想也不太可行，还得请个人盯着，租金钱没回来，又贴上了人工。情急中阿玲记起有个客人曾经问过她半年的店面怎么租，说是有朋友拿商务签证弄了一批瓷器来卖，卖完即刻回国。和立山一商量，虽然不是什么上上策，但至少可以立杆见效止损，至于半年之后的事情，到时再说吧！立山忙着点头同意，旋即手忙脚乱地开始操办。虽然磕磕绊绊，好歹迈入正轨。

　　立山妈那边终究还是没有瞒住，老人长吁短叹，痛彻心扉，指着立山的鼻子多顿臭骂，到医生那里来回几次，仰仗救急药才算把心安定下来，但真的是不再过问立山的事情，由得他自生自灭。背后却又忍不住对阿玲千叮万嘱，要好好帮着立山渡过难关，危难时一定要稳住阵脚，也四处打听可以转租的渠道，对珍妮立山的最新消息和动向请阿玲第一时间告知。可怜天下父母心这句话被立山妈诠释和演绎得淋漓尽致，草木皆知。

　　看着立山乱分寸的惨状，阿玲心底还蛮有感触。好好的日子怎么就给糟蹋成这样，看来女人的贤惠是家和第一要事。这也提醒阿玲更要珍惜和经营自己的幸福。有朋友送阿玲一张杰西佩妮百货公司（美国有名的平价百货公司）的照相特价优惠券。阿玲如获至宝，决定好好地利用，即将拥有三个孩子的大家庭，钱上还是要精打细算省着花。这正好可以和陈博士去拍套照片，合适的婚礼上用。最近新进了一批裙子，用的料子叫烟笼纱，阿玲一听那名字就喜欢，挑了件红色，喜庆又热闹。她还悄悄地给陈博士配了件红黑相间的长衫。她选好了摄影师和一个摄像套餐，万事俱备，只等童话主角他们隆重登场。这样看似随意一拨弄，银子绝对是省下一大笔，情趣增添很多。

这些地下行动和想法阿玲并未告诉陈博士，只是约他下班来杰西佩妮百货，陈博士还以为阿玲要买东西，答应得义不容辞。阿玲一门心思想着陈博士收到这个惊喜的模样，自己也忍不住喜上心头，嘴角因为高兴翘得可以挂茶壶。可是她等到杰西佩妮关门休息，陈博士影子都没有出现，若干个电话短信追过去，手机关机，只有一个简短的留言在角落默默地陪着她：我有急事过不来！

阿玲抱着烟笼纱裙子，坐在购物中心外长椅上，天已经全黑，空荡荡的停车场，寥寥无几的行人脚步匆匆，家里都会有人在急切地等他们吧！阿玲想起她也有女儿们在等，该回家了，但是不祥的感觉就像烟一样笼罩住了她的心。她不明白有什么事情可以让陈博士止住脚步没来，连个详细的说明都没有，但是她可以敏感地察出她的生活又将有可能会掀起惊涛骇浪，她和陈肃强之间，爱情虽美也真，可能终究不过是昙花，只有一现的时光……

第五十七章

徐雅已经从急救室推出来，医生说再观察三个小时左右，若是没有异常情况出现，应该明早会醒来。徐雅的哥哥牵挂着家里的孕妻和小朋友，看徐雅没有危险，也着急慌慌地带图图离开。陈肃强对王真说了一堆感激不尽的话，让她也先回去，总是不能太去叨扰别人的正常生活。

观察室里，安静得可怕，陈肃强坐在徐雅身边，细细地看着曾经同床共枕多年的结发人，徐雅苍白的脸上，眼睛紧闭，几缕头发湿湿黏黏贴着，平添几分落寞，嘴巴也是闭上的。这让陈肃强感觉好陌生，似乎和徐雅在一起的时候，女人的嘴巴几乎没有停歇过，总是在絮絮叨叨地指责批评他，徐雅一直就彪悍，这样的软弱情形，陈肃强是第一次见到。

若是徐雅晚点才被发现中毒，是不是就这样永远地离开了？这个想法让男人觉得很恐怖，他曾经很真切地希望徐雅不要再出现在他的生活里，可是却从没有设想过徐雅要离开这个世界，毕竟他们共同拥有的东西太多，分开了，祝福还是一样会给的。他们只不过是年轻的时候不懂爱，错误地系上了月老的红头绳，他也只不过是想把错误纠正一下，为了彼此更幸福的未来而努力改变。

可突如其来的生死变故，男人发现自己大错特错，他们的错似乎早就过最佳纠错时机，他们错在当初就不应该开始，错在意识到不合适时还勉强修补，那修补代价大得让他现在无法承受，两个人的青春，回不去的岁月，徐雅，一个四十多女人，这个社会可供选择的空间还有多少？是他把徐雅和自己都耽误了。

陈肃强俯下身，把徐雅的头发理到额角边上去，女人整张脸凸现在眼前，陈肃强发现这张曾经也年轻过的脸不知何时沧桑满布，鬓角还隐约有白发。这个发现让陈肃强经不住一颤，他想起，彼此最美的岁月他们携手走过，不管中间包含夹杂多少争吵和不开心，都不能抹杀这一切，他们的过去里也真真实实地存在过激情和快乐，所有家庭的悲欢离合他们也上演过，他们只不过是寻常夫妻，寻常的柴米油盐，寻常的吵架赌气和好再吵架，寻常到他都忘却了曾经的白头到老的期盼和诺言，不记得他们还有过共同的梦想。

徐雅是很急功近利，好高骛远，又不肯脚踏实地，总是幻想财富可以在朝夕间来临，陈肃强身边的朋友几乎没几个喜欢她，还明里暗里地向陈肃强表示佩服。以前男人也思量过，他总觉得徐雅本质还不错，虽然抱怨不断，可还是在跟他扎扎实实地受苦过着日子，而且是一心一意。陈肃强记得他的每件衣服都是徐雅精心挑选的，偶尔下厨，也会费心做出他喜欢的饭菜。为了省钱，他们经常去逛那些二手店。徐雅不仅接管了儿子和男人的头发，她自己也是舍不得掏钱去理发店，至于她喜欢的奢侈品，只不过是在网上看看，或者抵着橱窗眼神购买，让她口若悬河地吹嘘时多点词汇和虚空的点缀实例。

炎炎夏日，男人上班时，徐雅为了省电费会关空调；那些雪花飘飞的冬夜，徐雅会留给男人一个暖暖的被窝。为了改变他们的生活，徐雅费尽心思，只不过走的不是常人的路，也不能因路途的不顺就否定当初出发点的美好。徐雅在男人的生活里，不仅是真实地存在过，而且是带着很多温馨地存在过。他们夫妻之间，徐雅也是很实际地努力过，虽然很多的时候适得其反。

陈肃强一直觉得徐雅拖着不离婚，是为了跟自己赌气才故意刁难，现在突然想，这里面有没有对他们婚姻的一丝留恋和珍惜，对他们过去的一点舍不得。刚才王真也说了徐雅X光报告的事情，徐雅的哥哥情绪激动地辩驳："阿雅是肯定不会自杀的，这一定是个意外。"仿佛只要是意外，就可以当作一切没有发生过。陈肃强也相信这是意外，应该是徐雅精神恍惚间没有打着煤气火，煤气泄漏了。可是讨论或是确认这些又有什么意义？徐雅的煤气中毒意外和故意与否都不重要，重要的是结果，徐雅病情的最终结果，因为拨开这些迷雾，这件事情的根本起因还是在徐雅是否患病上面。徐雅的母亲的死因，陈肃强一清二楚，这也让他觉得有些事情可能是躲不过，就要来临。

　　如果徐雅真的是乳腺癌，那么自己该怎么办？自己可以做到不闻不问事不关己继续和阿玲结婚？或者保持关心和照顾的情况下，照旧离婚，那么徐雅和阿玲可以兼容？再或者和阿玲一刀两断回到徐雅身边？想到一刀两段，陈肃强有些不寒而栗，可以一刀两段的似乎也只有阿玲，他清晰地记得自己老妈说的："你就是和阿雅离了婚，你也摆脱不掉阿雅，你儿子还有你将来的孙子血液里都会有她的存在。"

　　护士走进来说徐雅可以回普通病房，明早八点以后可以探望。陈肃强木然地站起身，目无表情地送女人离开，他多么希望自己的不确定也可以如此轻易离开。

　　陈肃强疲惫不堪地走出医院，打开手机，才发现阿玲已经多次打电话和发短信。男人看了一下时间，十二点，阿玲应该睡了，他颓然地反复看了好些遍信息，阿玲焦急的脸庞一直在他眼前晃来晃去，他想去看看她，这女人还在等他的回信！

　　陈肃强把车泊在阿玲的房子前面，他抬眼看了看阿玲卧室的窗，灯是熄的，一片漆黑。陈肃强叹了一口气。就在他准备掉头离开的时候，楼下的灯忽然亮了，一身睡衣光着脚的阿玲站在大门口，痴痴地望着车里的男人，陈肃强惊喜异常，激动地冲下车，一把搂过，紧紧地抱住。女人也伸出手环抱着他，脸贴在他怀里，委屈万分："强哥，你到底去了哪里？我以为你不会再来了！"

第五十八章

以徐雅那天透漏消息开始，老万的心就开始有些七七八八上上下下，又觉得冒然去找王真问不是很合适，或者再找王真姐姐探听一下情况。老万犹犹豫豫地想着怎样实施合适。王真姐姐的电话已经打过来。她先急切地问万太太和女儿回美国没有。得到确定没回的答案之后，长舒一口气："那她们可以帮忙带小乖回去吗？"

老万一愣："估计没问题吧，我和女儿联系一下，太太要晚些再回来！"

姐姐一听，赶紧称谢，再细细地和老万讲清楚王真他们事情的前因后果了："离了，终于离了，手续也办好了。赵力终于得偿心愿，可怜他妈回国后就病了，再可怜的就是我妹，这一来一去，大半生都过去，最好的年华……"

老万静静地听着，一时间也不知如何接话。姐姐倒也不拿老万当外人，自顾自继续："我妹也四十，别人这个时候都是家庭稳定，孩子大了，你看她倒好，给赵力耽误得，唉，我真的是恨死赵力，万大哥，麻烦你多关心一下她，我真是担心她想不开……"

老万很努力地堆砌着措辞："赵力的处境也是蛮让人同情，他心底肯定是不希望任何人受到伤害！"

"说得他那么无辜，他真的是不杀伯仁，伯仁因他而死？"姐姐愤愤不平地打断，"他拖到三十多岁才结婚，他根本就知道自己的问题，还把我妹拉下水！"

老万叹了一口气："有的事情，可能也是身不由己！不是有句话，子非鱼，焉知鱼之乐？同理，我们也不知鱼之苦！"

"那倒也是，不过，万大哥，你看看周围有合适的人选吗？帮真真留意一下。"姐姐话锋一转，"我家妹妹的性格，是绝对不会主动的，我担心，她这一生就这样过了！"

老万的心竟然也被姐姐的话刺得生疼，王真是个柔柔弱弱与世无争且善良大度的女子，为什么命运却是如此不公？他想了想："这个，我也不太擅长，而且，我觉得你要和王真先沟通好……"

"介绍有什么擅长不擅长，把他们凑一起吃个饭就可以，师傅领进门，修行看个人，你总会吧？至于我妹那里，我觉得她不知道更好，我还担心这期间的起起伏伏让她又要伤心！"

老万连连点头称是，可是要给王真找人，也绝非易事，条件相当不说，还得要接受小乖，再之还得王真看得上，对老万来说，绝对是新增了个超级疑难病症。他揣摩了好些天，终于想到有个打高尔夫的球友，四十多岁，一直未婚，老开玩笑要大家给他介绍老婆。这个应该还算合适，只是不知王真意下如何，老万决定先去探探她的口风，要得到她的首肯！

王真居然不在家，倒是让老万蛮奇怪的，都八点多了，这个时候王真会在哪里呢？在哪里其实并不重要，重要的是王真现在的心情，如果是兴高采烈地跑出去找朋友消遣倒是件好事，若是茫茫然不知如何打发时光反而令人担忧，老万倒一时拿不定主意是否要再等一会儿？

王真走出医院，风挺大的，即便是夏天，纽约的夜风吹到人身上还是很有凉意。她不禁缩了缩身子，抬头看了看天，几颗星星，寥落得很，更显凄清。王真想起好多年没有看过星星了，尤其是出国了加上有孩子，每天这个时候都在忙家务忙孩子，看星星都变成一种奢侈，遥远得像上个世纪发生的事，仿佛还是和赵力恋爱时，两个人逛马路，大都默默无言，怀里揣着小兔子的王真总会忍不住看看天，家乡的夏天晚上繁星满天，热闹得很。那些日子就如青春一样一去不复返。

刚看到从急诊室内推出来的徐雅，王真吓了一跳，没有声息的身子软绵绵地躺在那里，和平日张牙舞爪的形象大不相同，就那样毫无生机地躺着，让人不由自主地生出怜惜，还有感叹。其实，从自己的婚姻还有公公的离世中，王真已深深地体会了人生的无常和无奈，但一直以为这只是个概率问题，却从未想过概率会如此之大，原来每个人的生活都是如此，都或多或少难逃这无常加无奈。如果生命消失在眼前，人们会不会少些纠结？是不是会变得豁达和宽容起来？

　　在国内看得到繁星似海，王真从没有想过这再正常不过的自然现象也会变成无法得到的奢侈，就如和赵力结婚，从没有想到过他们会走成这样的结局，不过到现在，王真反倒庆幸自己的忍让，放手不仅是让对方得到幸福，重要的是自己也获得平静。虽然这平静之下的悲哀没有人可以体会。其实，王真还一直以为离婚对自己也是一种解脱和自由，或者也还可以收获感情，人生的美妙不就在于有太多未知数吗？

　　这次徐雅的所谓意外，让王真有被人狠狠地推落悬崖，死无葬身之地之感。所有的期盼希望也好，目标任务也罢，如果没有生命做基础，剩下的全是毫无意义的空白。她王真也一样，她也不知道可以拥有多少明天，可能一切还没有来得及发生，就早已香消玉殒，她的遗憾和怨恨，不过最终变成家人一声沉重的叹息或是几行心痛的泪水。人世对她来说，很多地方可能是白走了一遭或者说还没来得及去触及和感受。

　　想到这些，王真忍不住泪水横流，人说自古红颜多薄命，王真一直觉得自己长相平平，绝对够不上红颜，没想到过了如花似玉的年龄后会在这个时刻和薄命来个金风玉露一相逢。她频频地擦拭着不断涌出的眼泪，黑夜里对面车道汽车的低灯光刺得她眼睛更加难受，她甚至涌起最好一切结束在此刻的愿望。同时王真也被自己这个念头惊得冷汗淋漓，她努力让自己定下神来不胡思乱想，安心开车。终于到家，她长舒一口气。

当王真看见车道上老万的车，她有些反应不过来。坐在门口的台阶上的老万缓缓站起，仿佛漫不经心地："我过来看看你，没啥事，就是想知道，你还好吗？"

王真怔怔看了老万一分钟，泪水无声地冲泻着："万大哥，我不好，一点也不好……"

第五十九章

那晚，陈肃强唉声叹气地把事情的经过详细一说，阿玲马上花容失色，用惊恐无限的眼神看着男人。陈肃强反倒吓住，他没想到阿玲的反应这么激烈，上前抱住安慰道："医生说她没事，你不要担心，而且这事跟你也没有关系。"

阿玲仰脸迎了过来，哭得梨花带雨的怯怯地问："强哥，要是徐雅真的得病，你是不是就回去照顾她，不要我们母女了？"陈肃强给问得哑口无言，心痛不已，他怎么舍得怎么放得下阿玲？可是现在说什么都显得很苍白无力："还没确定的事情呢，你瞎想什么？"

阿玲的心一沉，这样的回答让她始料未及，她还以为男人至少会安慰和劝解一下，象征性地给个定心丸什么的。她有些不知所措，刚才本不是那么汹涌的泪顿时泄洪。男人慌了："你这是怎么了？跟孩子似的，我到现在还没吃晚饭呢！我们有什么等事情水落石出了再谈好吗？"

阿玲擦干眼泪，没有再接话，起身去给陈肃强准备吃的。陈肃强眼见着阿玲那小心翼翼的沉默，更觉压抑却又无言。爱得太深对谁都是压力。

徐雅在医院呆了两天，陈肃强请了假去照顾。阿玲也没消停，熬汤汤水水送到医院来，虽然没有直接送到徐雅床前，但也算强有力地显示了自己的存在，并且不会有丝毫的让步。徐雅呆呆的，不晓得是不在乎，还是没空在乎。她一直忙着想自己的心事，对陈肃强几乎视而不见。病房里两个人就那样一个躺着，一个坐着，没有一丝交谈，但行动非常一致，目光都是在游离中，心事的迷宫各自转的弯不同，但殊途同归，都在恐惧徐雅的病情，对徐雅病情确认的灾难度也几乎属于同一等级。

徐雅恢复得挺快，跟着出院。陈肃强偷偷拉着她哥商量："哥，徐雅先去你那里住好不好？"徐雅哥没有应声，他家里一个怀孕的大肚婆外加一个处于两岁麻烦期的女儿，徐雅能得到好的休息吗？可是陈肃强的提议，也是为徐雅好，这似是而非的意外事件，身边有人总是安全些。更何况徐雅那性子波动性极大，万一真的是有啥重病，弄得天翻地覆鱼死网破也不是没可能。

陈肃强小心翼翼地看着他大舅子脸色。阿玲这两天的所作所为立场鲜明且表明了态度，陈肃强可不想本就是很麻烦的事情还没开始就莫名其妙地被战火烧到眼前。他接着说："图图我带走，你们家里的一日三餐我全送过来！"

陈肃强一心想着不让阿玲多心，也别指着他去徐雅住处照顾就行，所以话都不经大脑一直往外蹦，就像那拍卖场里晕了头红了眼的举牌人。徐雅哥哥一听，陈肃强这要离婚的妹夫能做到这一步，赶紧见好就收，只是希望徐雅一切安好，过了几天可以回她自己家，各自生活重回轨道。

陈肃强开始还是满心欢喜地带着图图走，后来才发现自己的诺言真正实施起来，麻烦一堆，自己又要上班根本应付不了，好在立山得知后非常仗义："那上我们餐馆打包好了！"

陈肃强感动得大男子汉都要涕泪交零，也恨不得对立山的事情也摩拳擦掌横竖帮几下。可是立山的事情却有向更麻烦的地方发展的趋势，原来以为一个月过去，法官那里过下场子，双双回家好好过日子。立山还有打算要认真地教训一下珍妮，哪些事情是底线她以后不要去触及。

谁知人家珍妮压根都没有给他这机会，直接说要离婚。这一闷棍敲下来，立山有些找不着北。珍妮一贯比较咋呼，私底下他们夫妻称不上举案齐眉、相敬如宾，但大体上还是属于和谐和睦一类的。这次事情立山很窝火，可还不至于严重到休妻，强硬的口气不过是过过瘾，挽回点面子。

而且珍妮娘家虽一直不喜欢立山，可是用起立山的钱却绝不含糊。这或多或少地让立山感觉珍妮会死心塌地地跟他过日子。珍妮突然一倒戈，立山的直觉是，事情绝对不会那么简单。立山找了朋友帮忙，跟踪珍妮，收获非常大，珍妮和"小装修"的关系绝对匪浅，虽然没有搂搂抱抱的照片，可是"小装修"的车一直停自己家门前，在自己家进出自如。

再回头看珍妮的离婚条件，归结为一条就是立山净身出户。儿子的抚养权也归珍妮，当然立山以后收入的大部分当他们母子的抚养费。这简直和天方夜谭一般的离婚，把立山彻底搞糊涂，可是律师说立山有家暴案底，这些都有可能真实发生。

立山妈强忍着自己不昏过去："这个世界难道没有王法和天理？为什么挑事的媳妇还可以明目张胆要全部家产？"她还不知道"小装修"的事情。"不管怎么说，同意孙子跟我们家，其他条件再谈。"珍妮的回复非常快，再加十万现金，孩子归谁都没有问题。

立山终于明白，自己一步一步地踏进无边的陷阱，如今的他，一点主动权都没有，珍妮已经下定心思拿着他的钱和别的男人双宿双飞，他立山，当年的救生圈，后来的垫脚石，如今像块旧抹布一样，珍妮希望可以快速甩掉。

立山的失望和不愤堆积如山，可谁也找不到合适恰当的解决办法，陈肃强和阿玲的劝慰不过隔靴搔痒，没有实际作用。立山突然停了家里所有的信用卡和借记卡，他觉得缩头乌龟的日子过够了。阿玲听说后，倒吸一口冷气："珍妮一贯爱花钱，你现在不给她钱用，她逼急了，会不会干什么呀？"

"她爱干什么就干什么，反正都是这样，老子还怕什么？"立山回答得气壮山河。因为他并不知道等待他的会是什么！

第六十章

　　徐雅根本没有办法在哥哥家住下去，大着肚子的嫂子，外带没有一刻停息的侄女，耳边总是闹哄哄，让人更加心烦意乱。她跟哥哥提出要回自己家。哥哥有些犹豫和迟疑："等等再说吧！"徐雅白了哥哥一眼："如果你是真心想让我活下去，就赶快放行了！我都告诉你N次了，那是意外，我不小心的！没事我玩什么不好啊！"

　　哥哥笑笑也不再接话，他知道话说到这份上，顺从徐雅意思是最佳选择。回到自己的家徐雅觉得不仅人自在，连空气都清新，虽然因为窗户还是大开，弥漫着闷热。徐雅一一关上所有的窗户，开了冷气，寂静的屋里顿时响起空调的轰鸣声。才几天没有人进出的屋子居然生出几分冷清和落寞，家具上都有薄薄一层扬尘。徐雅用手指在上面轻轻地划，那清晰的痕迹、胡乱的图案仿佛就是她心情写照。她欲哭无泪。

　　徐雅抽抽鼻子，转身到厨房，想找点喝的，突然看到烧水的壶，想起出事那天她就是想烧水泡茶，她拎起水壶，沉沉的，里面的水依然还在，一股寒冷从脊背开始穿梭，透心的凉。

蛤蟆熊在网上对徐雅的呼叫都数以千计，这点发现让徐雅有些温暖。这个意外对徐雅的冲击也很大，鬼门关前绕一圈，却发现自己连个说知心话的人都没有，还得去安抚老父的心境和担忧。蛤蟆熊这来自太平洋彼岸的不懈关心，徐雅觉得其他的都可以忽略不计，这点关爱就足以。

徐雅夸大惊险程度地诉说，把蛤蟆熊给吓住，也把他内心深处对徐雅的情意熊熊地点燃，他急切地："阿雅，你不要着急，现在科学这么发达，什么病都有治愈的可能！千万别想不开！你要是有什么事，我这一生就不安乐了！"

徐雅给蛤蟆熊逗乐："你又没有对我做什么？怎么不安乐？这个世界其实只有你对我这么情深意长！"

蛤蟆熊被徐雅平添了根巨大的干木柴，火烧得更旺，他都有些晕乎："阿雅，我这就去办签证，我要去美国看你！"

徐雅给这话给彻底惊醒，这情形下相见，估计得前功尽弃，形象顿毁，还不如把那机票钱拿来买水果吃实际。但又不敢如此明言，只好拐弯抹角："有你的关心就足够，让你来回奔波我会不安心的，再说那得浪费多少钱！"

"钱是什么东西，不过是为了让人更开心。"蛤蟆熊为红颜两肋插刀都在所不惜，这个时候谈钱也太俗不可耐。

"可是在美国，没有钱是万万不能的，要是我真有病，这医疗保险之外也有很大的一笔开销！"徐雅幽幽地吐着，也的确是肺腑之言。

"真是万恶的资本主义社会，要说当年你们为什么不选那个会搞经济的克林顿的老婆当总统，硬把奥巴马推上了台，看吧！尝到了苦果子吧，想想我们社会主义有的时候倒是人情化很多……"蛤蟆熊对时事政治的雄才伟略一直没有表达和评述的地方，岂会错过如此好的机会，闸一开，滔滔不绝地开始胡说八道。

徐雅哑口无言，怎么往下接都不合适，反正蛤蟆熊也不需要她附和，不过要求她当听众。徐雅暗自叹息，原来任何事情都不会是绝对好，买一送一的赠品总有让人啼笑皆非之势，好在这一回生死轮转下来，让徐雅对人生和感情都有不少领悟，至少还会敷衍其事地听着。虽然心底各自的想法和盘算都大不相同，至少面上大家气氛和谐，形势一片大好。

那日，王真在老万面前失态，让老万对王真的怜惜翻了好几倍，赶紧加急帮王真寻找另一半的步伐。和他的高尔夫球友一探讨。球友说："可以见见，但是别对我期望太高，我不是很会和小孩子打交道。"

老万一听，心顿时凉半截，自此不再提此事的想法都有，奈何严峻的形势，只有委曲求全，想着干脆等小乖回来，大家一起见，投不投缘，一锤子定音，不要再浪费各自的时间和感情。跟王真提了一下，王真不置可否地笑笑，并没有确切表态和说想法。老万是把这态度归于同意的行列里。其实，王真是不好意思再说自己真实的想法。

对于未来，她有期盼，但也深知生活的残酷，就让命运去安排，反正也不由自己的个人愿望而有改变。

小乖回来那天，王真跟老万提议，她不去机场，在家里准备饭菜，到时请老万带女儿一道来。老万笑呵呵地答应。

徐雅要做穿刺检查，哥哥和陈肃强都请假陪同而去，但是拿结果的那天，却只有陈肃强一个人在。徐雅接到护士的电话说要面谈详情就知道大事不妙，她特意没叫上哥哥，不想事情一下子就满城风雨传到老父耳中，风烛残年的老父应该难以承受这一而再再而三的打击。徐雅也没有让陈肃强陪她进去见医生，既然是她一个人的病，就让她一个人去面对！

从医生办公室出来，徐雅脸色铁青，非常难看，陈肃强急切地上前追问。徐雅一声不发，陈肃强心里七上八下，可也只有无可奈何地跟着徐雅走向停车场。到了徐雅家门前，陈肃强想着到底是不是要把徐雅送上楼，再问一下病情。徐雅却突然飞快地跳下了车，男人也只有下车紧紧跟着。

大门前，王真出来迎接小乖、老万、老万女儿，大家脸上都是笑意盈盈，欢声笑语不断。徐雅站在那里死死地盯着，心仿佛被虫子咬了一般剧痛起来。王真看见徐雅和陈肃强，放开小乖，朝他们走了过来，打着招呼并关切地问："徐雅你的检查结果出来吗？"

徐雅冷冷地看了王真一眼，很大声一字一顿地："就是乳腺癌，你们满意开心了吗？"

第六十一章

　　徐雅这颗炸弹丢得，虽然没有尸横遍野的惨状，但一瞬间，顿时鸦雀无声，各人的心里都是五味翻腾，相同的是都笼罩了一片乌云。王真不计前嫌，还照样炖鸡熬汤送上来。也想尽办法地好言相劝，奈何徐雅却不再发一言一词，弄得好脾气的王真都有些着急上火，考虑到徐雅是病人，自然不能和她计较，依然积极出着主意："要不你换到我们诊所的医生这里来，再确诊一下，说不定前面是误诊呢！万一真是，语言是相通的讨论治疗方案也是好的。"

　　徐雅木木地盯着天花板看，仿佛王真在和别人说话，事不关己。王真只有自顾自地继续说："这个时候，心肯定乱的，换谁都一样。我觉得你可以去教堂，祷告至少可以得到一些平静，或者，上帝就应允了你的请求……"

　　徐雅慢慢地转过头，盯着王真："你这是糊弄三岁孩子！要是真的可以，要医生干什么？医院都关门大吉了！还有上帝既然要治我，那干脆不让我得病不是更好?"

王真无言以对,她不过是想把自己对待磨难的心得传授,独自带小乖在加拿大的日子里,他们母子几乎每周日都会去教堂。初初去,为了打发那些寂寞无聊的时光,让小乖有玩伴。慢慢地,王真热衷起来,她喜欢《圣经》里的一些教义,生活中有些困惑时,似乎都可以在圣经里找到答案。来了美国,反倒几乎没有去过,王真觉得赵力的事情让她无颜面对。她从未想过自己的肺腑之言换来的是这样的待遇。

王真讪讪地站起身告辞:"那你好好休息吧!如果有什么我可以做的尽管说!"

徐雅重新跌回半死不活的状态,她只不过是需要时间去考虑,这些周围的人不但没有提供任何实质帮助,还让她更加烦心,她好想可以有个封闭的笼子让自己钻进去。不用吃喝也不用思想,冷冻了一般,等到太阳出来,冰雪融化就云开雾散,一切都有了解决办法。就如蛤蟆熊在网上对她的深情表白:"不管你得什么病,不管你容颜苍老成啥样,你在我心中一如既往。不能说爱你千年万载,但是绝对爱你如初!你的病治好了,你也一定完好如初!"

陈肃强在徐雅那里的待遇和处境和王真的一模一样,只是陈肃强不知道而已,若是他知道,他也不会因此而好受多少,不过是羡慕王真可以潇洒地挥挥手道别。陈肃强无从得知徐雅对她自己病情的故弄玄虚成分有多大,但是凭他对徐雅的了解,再联系到徐雅母亲的病,他知道事情肯定不是那么简单。徐雅要是马上进行手术和化疗，他应该怎么办？他要怎样做才可以让大家都满意，同时他也显得有情有义或者说对得住自己的良心。

阿玲这些天似乎也不像以前那么善解人意、通情达理，史无前例地开始虎视眈眈地盯着男人的行踪和动向，唯恐他有丝毫风吹草动。话里话外都透着焦虑和不安，让陈肃强着实心痛不已，多添了几分不知所措。

陈肃强那日和他老妈讲电话，忍不住把这折磨人的心思透露一点，他妈一听，反应甚是激烈："怎么会这样？可怜阿雅年纪轻轻！不过，这个好像不是什么特别大的事情，我们周围好几个邻居做了手术，现在都是活蹦乱跳的，人家还比阿雅年龄大好多！但是肃强，我跟你说，做人第一件事是要讲良心，这个时候，以前的恩恩怨怨都不要讲了，先把阿雅照顾好，天大的事情等她病好了再说！"

陈肃强觉得母亲的三言两语简直就是刀子，而自己是那下面的小猎物。翻来覆去几下，他都快没有气息，事情哪有那么好办？阿玲是个大活人，总不能说让人家上前，人家就配合登台，让人家退后，人家就要隐身当作不存在。更何况，他和徐雅之间，如今生疏得连平常话都不知如何开口，在医院的几个小时都如同牢狱一般，后面的日子该是怎样的度日如年？还有徐雅本来性格就是阴晴不定的主，这种情况下，她还会接受自己的照顾吗？说不定还会借机新仇旧恨一起上，他陈肃强还有活路？

"妈，你说得轻飘飘的，做起来哪有那么容易？要不，你来试试照顾她？"陈肃强心中不爽，在母亲面前自然是不需要掩饰的。

"你问问阿雅的意思，她要是愿意，我没有问题，你们赶紧给我办签证！好歹我们都是一家人，我可不想你给别人背后戳脊梁骨。"老妈答应得异常爽快。

可这对陈肃强来说并没有问题得到解决般的痛快，老妈若是真来，会不会添乱目前很难确定，而且，他最先问的应该是阿玲的意思。

阿玲从来不觉得陈肃强是能干又有魄力的人，只是被生活一路追赶被逼无奈跌跌撞撞一路狂奔着。她总也是期待安定的港湾，可是风浪一次又一次把她这个没有目标和航线的小舟卷入漩涡中，让她不知何去何从？

陈肃强征求她的意见，该采取何种方式去照顾徐雅，这比不问还让她难受，左右她都是不好的感觉，陈肃强的老妈反对男人离婚是不争的事实，以前天高皇帝远，鞭长莫及所以老人也只有接受现实，可是若一到跟前来，老人家会不会借机重新撮合他们两个。这样让陈肃强亲自去照顾，不等于是送羊入虎口？自己估计连羊骨头都看不着。

阿玲左思右想也决定不出所以然，便对陈肃强说："你妈的签证先办着吧，来跟不来再说！只是徐雅这里，总得告诉大家她的具体病情和治疗方案吧！"陈肃强连连称是，也赶紧和徐雅再联系。徐雅冰冷地："谢谢关心，还没死呢！我到王真他们诊所先确诊再说！"

　　话虽冷冰冰，陈肃强和阿玲的心到是暂时安了不少，也让他们相信只要齐心面对，问题总是会找到解决办法。这边尘埃还未落地呢！立山那边风波又再起，而这风波之恐怖程度不仅让立山连阿玲都魂飞魄散。

第六十二章

已经是深夜，到处一片寂静，阿玲这段时间心事重重，因而睡眠越加不好，睡着的时候也是三分醒的。还经常做噩梦，梦中都是徐雅来宣战，每次都是盛气凌人地冷笑，笑得阿玲不知所措，想要向陈肃强呼救，却发现男人是站在徐雅身边的，一样冷眼相对，却并不出手。阿玲的心顿时如万刀宰割，在哭喊中醒来。除了脸上冰凉的泪，相随的就是窗外淡淡的月光。阿玲知道是因为自己太在乎陈肃强了，这一生，她觉得最大的幸福和恩赐都是这个男人，她不能接受没有男人的结局。可世事又岂会因她的想法而有改变。陈肃强这个时候似乎还有些故意拉开和自己的距离。阿玲想自己是不是应该考虑没有男人的日子如何继续。

突然响起的电话铃声把半梦半醒之间的她吓得一身冷汗，她急急地接起，立山那边惊慌失措的声音："阿玲，餐馆遭人抢劫了！"

"啊，那有没有人受伤？"阿玲觉得脑袋轰轰直响。

"没有，没有，就我一个人在，我的头给敲了一下！好像没破，只是好痛！"立山的声音里还带着颤抖。

"那怎么办？损失大吗？要报警吗？"阿玲也有些慌乱，以前在餐馆驻守时，偶尔也听说过类似事件，但是如果没有伤人并且金额不大，大家都宁愿息事宁人，不会去报警，免得麻烦事更多。

"这个时候还报警，不是要我的命吗？"立山的头真的有些大，声音也跟着大了起来，"你赶紧过来载我回去，我没办法开车！"

"可是孩子都睡了呀！你先等着！我让肃强去接你！"阿玲一听可能立山真被吓到，转头打电话给陈肃强，让他把惊魂未定的立山先接回来。

陈肃强接到命令就即刻执行，虽然心底有些抱怨：一大老爷们，抢匪不是走了吗？自己难道连车都开不了？等陈肃强赶到餐馆，一片漆黑，谁也看不到，立山的车倒是依然还在停车场上。陈肃强打了立山手机，一响就通，却听不见那边有回声，试了几次都是这样，气得陈肃强对着电话直嚷嚷："立山，你在哪儿呢？我来接你呀！"

依然是没有回复，陈肃强开着车转了几圈，立山不知打哪个角落钻了出来，迅速地跑向他的车。陈肃强看着立山那窝囊样，真是感慨万千：这人和人差别怎么这么大？遇上这事，大家不都是飞快逃离吗？这立山，居然还猫在这里，也不怕抢匪回头，真是智商和情商都让人着急。

阿玲早就泡好了茶等他们，立山进了屋，连着灌了几杯热茶下肚，好像镇定了很多。开始详细叙述事情的经过。因为最近延长了营业时间，立山又不愿在人工上加钱，所以到最后从以前有三个人在变成了立山孤家寡人。但是这种时间一般不超过十分钟，几乎是前后脚而已。立山也是走多了夜路胆子越发大，他们餐馆所属区域治安一直很好，关于被抢，仿佛就是遥远的传说。

当蒙面抢匪出现在立山面前，立山早就听见脚步声，还以为员工忘了东西，等看清是劫匪，真有些不知所措。劫匪看着吓呆了的立山，手里的枪乱舞着，立山才反应过来，马上毫不犹豫从收银机里掏钱塞给抢匪，抢匪手忙脚乱地接过钱，嘴巴还在说：NO POLICE（不报警）！立山机械地重复：NO POLICE！看着劫匪离去的背影，立山那要飞出胸口的心终于跳回嗓子眼。却不料，劫匪却突然回转身，把立山吓得眼珠子都不敢移动。劫匪抓起立山的两只手看了看，指着手上的扳指：THIS！（这个）立山愣了一下，脑袋就被劫匪重重地击了一下。等他再清醒过来，钱、扳指和抢匪都无影无踪，只有头痛还在。

"你们说，那鬼子要扳指干吗？他们也带扳指的吗？我还真没见过！"立山摸了摸头，依然疑惑不解。

"你怎么知道一定是鬼子？说不定也是中国人呢！对了，你们餐馆门口不是有摄像头吗？把录像调出来看下就可以了！"陈肃强问道。

"摄像头坏了，最近事情又多，因为没钱我也没有去修。"立山还是摸着头，"那么多年都是在那一点用也没有，这一坏，谁知就出这事！"

"怎么会这么巧，知道餐馆摄像头坏了，又把抢劫时间掐得那么准，会不会是餐馆员工干的？"陈肃强觉得这事蹊跷的地方太多。

"我的员工，我估摸着没谁有这个胆吧！我倒要去餐馆查查清楚再说。妈的，我都不知道到底拿走了多少钱，只是我那扳指就值两万块！"立山的心好疼，都有哭天抢地之势，"我真的是走霉运，自从那家对手餐馆开业，我就没过好日子，这一桩接一桩，你们看，会不会是那餐馆雇人干的？"

"我觉得报警最好。哪里要我们去想？让警察去查清楚！"陈肃强觉得立山的思维很怪，"你又没有做错什么？为什么怕报警，而且我们交税，不就是让警察维护我们的安全？"

"不行，不行，可不能报警，我当时就答应了不报警的，现在报了，万一他们是团伙，回来找我寻仇怎么办？不是团伙，几年后出来也肯定要来报仇的！"立山的头摇得似拨浪鼓，"还有我和珍妮那档事没了呢！这记录在案的，我又出事，那警察能向着我吗？"

"这完全是两回事，不能说有家暴倾向的人就不受警察保护，至于寻仇的事，如果大家都这样，那犯罪分子不是越加猖狂？"陈肃强企图说服立山。

"不报，坚决不能报，现在还是钱能解决的问题，闹大了，那就是命的问题！"立山依然固执己见，倔强得像个任性的孩子，"再说，这事就是我妈来评判，也会说不报警是对的。"

阿玲一直没说话，默默地在一旁听着。陈肃强的怀疑她很赞同，知道录像坏了，知道餐馆流程，还知道立山有扳指及其价值的人应该不多，这不多的人里敢干这事的人应该更少，有个很大胆的揣测突然冒了出来，不过，她不敢说，她需要细细地想清楚，小心地去证实。如果可以证实她的设想，那么立山的日子绝对不会是山重水复疑无路，她一定要帮立山柳暗花明又一村。

第六十三章

　　珍妮那日给立山甩了重耳光，当时又气又急，从小到大，也是在父母掌心里呵护长大，何曾受过如此待遇。更何况，珍妮眼里那也不是什么大不了的事情，不就是浪费点钱？钱来钱去还不是人赚的？下次注意点好了，至于为这种事情动手吗？也太不男人了，再说为钱动手，怎么不反思一下自己为什么不能多赚一些？同时，她也担心若是自己吞下这口窝囊气，以后的日子更加难过，自己娘家也不在这里，也没有人给她撑腰，怎么着都得给立山一个沉重的教训。所以报警电话珍妮打得毫不犹豫，看警察带走立山时，珍妮还有幸灾乐祸之感：看你还敢欺负本姑娘！跟警察哭诉事情原委时也添加了几个从不存在的肢体动作增加说服力！

　　珍妮后来和自己的母亲汇报事情的前因后果，她母亲也积极站在支持她那面："一定要给足教训，还敢打你，过些天真要上房揭瓦！"只是事情的后续发展和她们预想的大不相同，原来她们以为是和国内派出所差不多，警察跟居委会大妈一样，痛彻心扉地说服教育几句，让立山跟珍妮鞠躬赔礼道歉，然后小两口对着警察千恩万谢，手牵手一团和气地回家。

等珍妮发现事情根本不是照这个民众熟悉的剧本去演的时候，她已经无法控制整个局面，吓坏了的她再找她老妈商量，她妈先是骂了一通美国的警察和法官真是吃多了撑的，再让珍妮去找立山妈一同寻找事情的解决办法。

殊不料，珍妮婆婆也就是立山妈压根不接这个茬，都不屑于搭理珍妮忏悔的眼泪，直接找阿玲处理事情。这一下，让晾在半空的珍妮羞愤难当。本来事后她还是有些后悔自己的冲动，毕竟这样一闹劳民伤财，大家脸上都不好看。可是婆婆这个不讲事理的举动让她明白在婆家她根本没有地位，她甚至都不如阿玲这个弃妇的位置高和值得信任。这让她身心受到的伤害远胜过那记耳光。

珍妮再一摸到那痛得不能吃东西的半边脸就更觉得立山死有余辜。想着等立山回来，还不定会发怎样的脾气呢！立山那没事都经常蹦得三尺高的火爆脾气，如今这么大的把柄在手，会怎样地打击报复？还有婆婆那里是肯定没好果子吃，婆婆劳苦功高，有不可动摇的霸主地位。以前珍妮敢一而再地挑战，不过是因为自己有重兵——儿子在手，另有立山撑腰，外加自己也的确没有做什么原则性的错事。这逆转的形势，让珍妮的地位飞流直下，立山更是指望不上，让珍妮对今后的日子不由得生出好多恐惧。

　　珍妮觉得自己好冤枉，本来没想把事情闹大，自己怎么也算是受害方，如今到这田地，也只有硬着头皮厚着脸，谁叫自己仰人鼻息，指人生活！绿卡还没拿到，自己又无谋生的本领。可是后来听说她这种情况就是离婚一样可以拿绿卡，她的心不禁蠢蠢欲动。再加上"小装修"一旁煽风点火，让珍妮觉得离婚就是脱离虎穴。更何况立山家疼儿子，还可以据此敲一笔，再远走高飞，确实不错。这样看来，珍妮倒觉自己因祸得福，不然哪里敢真的和立山闹离婚，财产上更是沾不到任何便宜，阿玲不就是很好的前例！

　　珍妮和自己老妈经过仔细的研究探讨，选择性地隐瞒了她觉得也不是太重要的"小装修"的存在，让她老妈也觉得和立山离婚百利无一害。"小装修"的条件和立山根本就是一个档次的，不仅仅在于长得帅气、和珍妮年龄相仿且珍妮喜欢，和立山离婚后的珍妮还可以成功地拥有立山的一大半家产，真是可遇不可求。珍妮老妈都情不自禁地为女儿交的好运而喝彩。这喝彩声对珍妮而言，无疑是极大的鼓励，让她都不觉自己行为为人所不齿，反而觉得是形势所迫，是立山和他妈把她逼到这份上。自己是被迫去重新选择。

　　当听到传来的消息，婆婆说只要儿子归立山，一切好商量。珍妮心里乐开了花。简直就是美梦成真。真的是万事俱备，只欠东风，立山一签字，所有的美好就是现实。只是珍妮没料到立山居然把所有的卡停了。这让珍妮非常郁闷，可也没有办法，咨询了律师，律师也没有立竿见影的办法，毕竟立山还有给生活费。那就只有等离婚后才分得到钱，可是立山又死拖着，说条件没谈拢。珍妮觉得这样非给立山拖死不可，把她急得像热锅上的蚂蚁。

"小装修"看到珍妮的样子也很着急，也想尽办法替珍妮减压，不过他的建议与众不同，赌场来来去去之间，珍妮倒是间歇地忘了和立山的婚姻纠葛，但是钱上的麻烦却越来越大。珍妮决定把条件让一让，要立山痛快地把婚离了。不过这提议，她妈和"小装修"都反对。她妈说得更直白："那样还不如不离，去和立山赔不是估计还更实际！"

"小装修"说："你不是说以前他不给你钱，你就自己去店里拿的吗？"

珍妮第一次觉得"小装修"好没脑子："你也知道那是以前，现在人家都知道我要和老板离婚，怎么会给我？"

"那我去拿好了！""小装修"心生一计，"还可以吓吓你那蠢猪老公！"小装修眉飞色舞。

珍妮听了吓了一大跳："不行，那是犯法的，要坐牢！"

"坐牢不是要警察来抓吗？你觉得你那胆小如鼠的老公会去报警？""小装修"似乎把握十足。

珍妮认真地想想，那倒也是，而且最近好像摄像头坏了，他们又延长了营业时间，真的是千载难逢的机会。真正拿到手多少钱不说，要是立山被弄得困境重重的，快刀斩乱麻地和自己把离婚办了最好！

珍妮轻描淡写地把餐馆的具体情形和"小装修"说了，并建议他

可以装作吃饭去探探路。"小装修"很识趣，知道进退，后面在珍妮
面前几乎没有提及此事。珍妮七上八下的心倒有些放下，毕竟这总不
是件好事。可是这时，"小装修"却把他的成果拿来炫耀了，珍妮看
到那扳指就有魂飞天外的感觉，她的直觉告诉她事情一定会坏在这只
扳指上。

第六十四章

珍妮对着"小装修"千叮咛万嘱咐不可以对任何人泄漏出扳指之事，就当这个扳指根本不存在。"小装修"有些奇怪："不是说这东西值钱吗？我还特意回头去拿的，二手市场应该很多销路。"珍妮气结："你要钱不要命？真是不知死活！"珍妮最终还是不放心，把扳指自己拿过小心翼翼地收藏。"小装修"好不懊悔，不可以拿去换钱，费事抢这东西干吗？还落得珍妮一通埋怨。珍妮没心思和"小装修"解释，赶紧探听清楚形势，搞不好有牢狱之灾。

费劲心思，兜着圈子和餐馆的员工打探，珍妮确定立山没有报警，也没有什么进一步调查追踪的行动，只是加强了一些防范措施，心才稍稍安定，珍妮知道就凭立山的智商是绝对不会把自己和抢劫案联系到一起，为了不给立山制造联想的机会，她决定先按兵不动，远远地静观其变，等事情彻底过去之后再出现会安全很多。但这同时也让她很是郁闷，原本是想加速离婚却因此而搁置。自己还是得到处找钱用，珍妮悔不当初，早知如此，当初没和立山闹离婚就好了，至少现在还是清闲地在麻将桌上奋战着，何至于沦落到这步田地？

立山的好处也不由自主地在珍妮眼里一一再现并被夸大，毫无疑问，立山离珍妮的期望距离是非常大，可是好歹也算给了珍妮无忧无虑的生活。还有儿子，离了婚，是不是就再难相见？不会再和自己亲？"小装修"虽然和自己秉性相投，可是过日子终究是现实的，一旦落到柴米油盐的实际问题，"小装修"的一些劣处也就一一显现，更何况和"小装修"也没谈婚论嫁，更不是非卿不娶不嫁之势，后面的事情到底会怎样发展都不知道，搞不好自己鸡飞蛋打两头空，人财两失。

顾虑重重的珍妮开始觉得，或者日子回到从前很不错。至少儿子和钱是真实地握在手中，和"小装修"虚无缥缈的未来比起来，这些显得实在也很温暖。和自己老妈一商量，老妈也给说得晕晕乎乎，本着孩子在完整的家庭中总比在破碎的家庭中成长比较好的原则，珍妮老妈也同意她的回归。可是立山那里也不能招之即来，挥之即去，更何况那个不喜欢自己又厉害的婆婆还一直虎视眈眈！

珍妮重又陷入如何能挽回立山的套子里，想想更是心酸，几年前，自己也是如此，虽称不上惊心动魄，但自己也确实步步为营，小心翼翼才抢到人夫。走到今天，怎么会鬼迷心窍，又亲手葬送，自己把自己逼到了无比被动退路全无的位置，真是搬起石头砸自己的脚。至于要回立山身边，还是得从立山身上下手。珍妮尝试着打了几次电话，立山都没有接听。珍妮越加认识到形势有些严峻，不可以掉以轻心。思前想后，不打算采取太过于激进的办法，先打亲情牌，让儿子留言给立山：想爸爸了。果不其然，立山即刻回复，约好周末带儿子出去玩。珍妮一听不禁沾沾自喜，立山终究逃不过她的五指山，翻云覆雨都不过在自己的手掌中。

指头还没等扳到周末，阿玲的电话飘然而至，让珍妮震惊之余，又陷入无限恐惧中。她和阿玲，立山先来后到的两位妻子，在立山的生活中重叠过，但是她们两个私下从没有联系。她也早就不将阿玲列为对手，阿玲攀上好枝头，免不了还生些嫉妒的滋味，算算自己还属于阿玲的恩人之列，不然阿玲最多只有在餐馆里给博士端茶递水的份，哪有可能登堂入室还做博士太太？

听说这段时间立山是回阿玲那里住，难道他们二人旧情复燃，应该可能性不大，不是陈博士还在那里蹲着盯着嘛！那么阿玲找她干吗？一定是劝和，立山派她来做说客，这样一路想想珍妮都飞上了天，但马上又折翼，扑通着地，立山那个大老粗什么时候懂得如此拐弯抹角，也不会有这么好心思。阿玲是不是猜到事情的真相？这是珍妮最担心也是最最害怕的事。珍妮的心如同十五只吊桶打水七上八下，那桶之间的碰撞声就快把她折磨疯掉。

阿玲静静地坐在那里，不动声色的脸上一点也看不出内心的惊涛骇浪，她的手机械地搅动着杯中的咖啡，眼睛一直茫然地看着窗外，咖啡馆外清晰可见很好的太阳，好得有些刺眼。街道上斑驳和摇曳的树影仿佛在述说着川流不息的人潮身后的故事。阿玲想问这些树是否还记得当年她失魂落魄不知如何是好时的伤心往事，是否无声地在将自己的故事用另类方式告诫着世人？

一晃盛夏就快要过去，莫文蔚有首很好听的歌《盛夏的果实》，不过那首歌无论是词和曲都和阿玲现在的心境不符，但是歌名倒带着阿玲的期盼，女人希望通过这次的摊牌和谈判可以收获果实。在阿玲的记忆里，难得的咖啡馆经历都是催心泣血的。和徐雅的那次更不用提，当时又羞又愧，胆战心惊怕徐雅有什么过激的行为和语言让大家都无法下台；几年前和珍妮那次，自己虽然换个位置，却依然是被动方，最后退让出整个家。今天，女人专门挑的同一间星巴克咖啡馆，虽然不同的季节，景色不同，但是咖啡馆里的摆设几乎没变。只是喝着一样味道的咖啡的人心境变了。阿玲早已不是当年束手就擒、任人宰割的羔羊。她装作漫不经心地看时间，也翻了几次手机的照片，这个唯一可以借助的强力武器，千万不要有什么破绽才好。虽然也设想好了，万一行动失败，要如何应变，但是成功的可能性更大，如果成功，不仅给了立山一个灿烂的明天，也算报了当年的夺夫之仇，让珍妮得到应得的下场。这一次，阿玲无论如何也要把主动权紧紧地握在手中，她也要似旁观者一般冷冷地观赏着猎物死里求生绝望的眼神……

第六十五章

珍妮忐忑不安地走进星巴克，来到阿玲身边，并没有坐下，而是一言不发居高临下地盯着阿玲。阿玲早就看到，却故意视而不见，良久才慢慢地收回远望的目光，浅浅地笑着："来了，怎么不坐下？喝点什么？现在你也没怀孕，喝咖啡应该没问题，对吧？"

珍妮固执地站着，想从阿玲的表情看出什么，装作不屑一顾："你到底有什么事情？快点说！"

阿玲冷冷地转过头看着别处："三言两语还说不清楚，我觉得我们其实有很多共同点，应该有很多聊的，无论是回顾过去，还是展望未来！"

珍妮的心又开始狂跳，阿玲这摸不着头脑的话让她越发不安，也只有坐下随机应变："好，你开始说吧，不过我并不觉得我们存在任何共同点！"

阿玲满含笑意地看着珍妮："你怎么那么健忘？我们曾经都是立

山的老婆，现在又都是立山的前妻？要同时拥有这两个共同点的，估计世界上这样的人不太多。"

珍妮给阿玲瞬间变化的语气和脸色给弄得有些毛骨悚然，前妻二字又深深地刺激了她一下，她不服气地顺口接到："前妻是你，我和立山还没办手续！"

"是啊，你们的手续应该就是这两天办了！"阿玲依然笑得深藏不露，让人生畏。

珍妮有些发晕，原来阿玲是来告知离婚的，难道立山同意了所有的条件，这倒是让人喜出望外的消息："你怎么知道？立山告诉律师他同意签字了吗？"

"你先重新写好协议，立山自然会签字！"阿玲啜了一小口咖啡，"你不点咖啡吗？我帮你点杯清咖吧，那苦味你也尝尝！"阿玲举手招呼着店员。

"我为什么要重新写协议？"珍妮好生奇怪，声调不由自主都高了几分。

"那么激动干吗？当初未婚先孕都那么淡定！"阿玲依然慢条斯理，"你的新协议大致含这几条，孩子、房子、财产全归立山，你可以拿两万现金，你不要赡养费。怎么写怎么排列你和律师商量着办！混在一起都没有关系，只要表达清楚就可以！实话实说，你比我当年轻松多了，我是带着两个孩子才拿到两万现金……"

珍妮给这些话击得思路大乱，怒火攻心："我说，你什么意思？

我的离婚协议，还轮不到你来指手画脚！"

"当然，本来这一点都不关我事的，但是……"阿玲故弄玄虚地打住。

珍妮急了："你有话快说，有屁快放好不好！"

阿玲深深地看了珍妮一眼："你还先喝点咖啡吧，看你急得，人话都不会说了。我当然会告诉你整个故事，我们都曾经是故事里的主角！"

珍妮有些绝望，她开始明白阿玲是有备而来，今天这场谈话也好谈判也罢，主动权都在阿玲手里，自己再怎么挣扎都徒劳。意识到这点之后，她开始沉默。

阿玲继续饶有兴致地啜着咖啡："珍妮，你说这咖啡为什么味道会千差万别呢？有的时候跟材料没关系，心情不同喝起来也不一样。比如我今天怎么喝都觉得甜，你的味道一定很古怪吧？"

珍妮不再搭理阿玲，眼睛扫向窗外："我没空听你胡说八道，你要是再不谈正题，恕不奉陪！"

阿玲笑出了声："你呀，怎么这么沉不住气，我刚从我家博士那里学的，教教你，大意失荆州，就是说……"

珍妮豁然站起身，看着阿玲。

阿玲也不抬头，轻轻地吐了口气："我开始讲故事。你要坐下认真听好，机密的话只说一遍。话说，这几年，我的日子也算是苦尽甜来，所以前夫有难倒是可以出手相救。难得我男朋友学识高，心胸又广，不介意收留那被老婆赶出家门的汉子。那日，月黑风高，哈哈，这也是我新学的词，就是不太明白，风高是啥意思？风也会喝酒吗？还喝多了？"

重又坐下的珍妮听到月黑风高不禁一颤，看来自己最最担心的事情还是发生了，她紧张地偷偷看了阿玲一眼。

阿玲正等着她的这个表情，底气又足了几分，几乎是以兴奋的口气继续说着："反正不懂也没关系，会享受就行，那日，我与男友就拍拖到了立山的餐馆附近，想着也是关门的时间，去和立山喝上一杯一起回家，不料却看见一个黑影窜出来，吓到我们了，我们还以为是抢劫的呢……"

珍妮顿时手脚冰凉，连呼吸都几乎不会。

阿玲看在眼里，依然不紧不慢："那人影那么快，我们也追不及，我呀就拍下了一张车子的背影，要说，还要谢谢现在的科学发达，手机可以拍照，多方便！"

阿玲拿出手机，慢慢地拨弄着，珍妮一身冷汗淋漓，照片很模糊，但是那车牌，她怎么可能认不出来。她伸手想夺过手机，阿玲早有防范，敏捷地一缩手："怎么，你对这个感兴趣？我就知道我们有很多可以聊。"

其实是阿玲心底一块巨石落地，这翻拍的照片怎么经得起细看，还有那编出来破绽和漏洞百出的故事更不能细细推敲。这场心理战能打赢不过靠的是有人做贼心虚。

珍妮往后退了退身子，故作镇定："我怎么会对那个感兴趣？只要立山没事就好！"

"谁告诉你立山没事了？立山的事情大着呢，吓坏了，说要报警。"阿玲开始盯着珍妮的脸，"我觉得报警麻烦就闹大了，这有可能就是熟人闹着玩，到时牵扯起来一大片，搞不好你我都得在警局进进出出，你说对吧？"

珍妮一点防范之力都没了，颓然地瘫下，几乎是恳用求的口气："对，对，对，报警不是好办法。"

"既然我们意见这么统一，这件事就不要再讨论了。"阿玲声音轻快且笑容满面，"我们继续谈你的离婚协议呀。你觉得我的建议如何？觉得好就马上办了，时间不等人，机会也不等人的！这个道理你比我更懂，是吗？"

第六十六章

　　洗手间里，珍妮转着圈儿，她觉得自己绝对不可以就这么束手就擒，她要死里求生，逆转形势，可是一时间又想不出好主意，脸已经被冷水浇了几次，留下斑斓惨余的妆，看着瘆人。洗手间的镜子也砸了几回，还好没破也没人看到，不过是镜面上多了些水花。她在心底骂着：这个阿玲，简直就是恩将仇报，没有我，你哪里来的今天？名正言顺的服装店老板，还要嫁博士，多风光！放着自己的好日子不过，干吗要对我苦苦相逼？真恨不得把你当蚊子捏死！

　　阿玲再点了一杯咖啡缓解自己的心绪，她用纸巾擦拭着手心的汗。珍妮临阵脱逃，她心里明镜似的，明白珍妮不过是希望暂缓一下以便可以找到回击的对策！她给不到太长的时间，速战速决是唯一可以取胜的办法。她不能让自己功亏一篑，可也不能跳进洗手间去把珍妮拎出来。两样愁绪，一样挣扎，这对曾经的情敌又在过相同的难熬时光。

终于，珍妮从洗手间出来，那湿漉漉凌乱的头发让阿玲的求胜心切稳了好几分。珍妮默然地坐下，轻声地问："阿玲，你和陈博士还好吗？"

阿玲一惊，这话从何说起："这和你离婚有关系吗？"

"你这么热心我的离婚，让我觉得有关系，你是想和立山破镜重圆吧？"珍妮感觉终于找对了切入点。

阿玲脸一板："我的私事轮不到你操心！我也从没打算回头和立山在一起。"

"若是这样，你不要逼我们离婚，好不好？"珍妮终于哭了出来，"我错了，我错了，行吗？我一定和立山好好过日子……"

阿玲的阵脚有些乱了，这是她从未设想到的局面："好好过日子，你们本来好好的日子给你搅成什么样了？！"

"你去问立山，真的，我给他打过好多次电话，他没有听，我就是要告诉他我不想离婚了，就想着一家三口好好过日子，我们还约好了，周末带孩子一起出去玩……"

阿玲给珍妮突如其来的转变弄得有些不知所措，珍妮不离婚，那自己不是瞎折腾吗？自己费了这么多工夫干了一件无聊的事情，阿玲有些伤心，让她前功尽弃更有些不甘心，何况也无法打包票珍妮会恪守她的诺言。

阿玲犹豫的间隙，珍妮赶紧煽风点火加大这声势："我是想过离婚的，不过那是被迫的，立山的脾气，你也是知道的，因为我报警进了监狱，他和他妈怎么会轻易放过我？我怎么会愿意孩子缺爹少娘的，我真的是被逼无奈！"

阿玲的思路被珍妮牵着走了，一想还真是如此，她抬头同情地看了珍妮一眼，这同时也想起"小装修"这个人，这是立山调查到的隐情，还有自己翻拍的照片的出处。阿玲顿了顿，很诚挚地看着珍妮："你看这样好吗？你们先离，至于后面的事情怎么发展看你们的意愿，你若是真心悔改，我想立山也有可能会给机会，你们再复婚也是可以的！"

珍妮顿时如泄了气的皮球，她咬着嘴唇不出声，怨恨地盯着阿玲。阿玲给看得有些发毛，她要结束并撤退："我也不是太有耐心的人，立山住我这也不是长久之计，要是这两天他告诉我啥时候搬出去，我就可以再找租客，也有钱换新手机了……"

"我凭什么相信你？"珍妮无奈地抛出疑虑。

"相不相信随便你！你可以选择，如是你想看看不离婚的后果，咱们可以去警局一起见证。"阿玲说完站起身，"咖啡你买单吧，谢谢我这么宽宏大量，尽心尽意帮你！"

走出咖啡店的阿玲喜滋滋的，平生都似乎没有这么痛快过，想找人分享喜悦，当事人立山是肯定不合适，离婚之事要立山来告诉她才好，内情就像风中的秘密，随风而去最好。她拨通了陈博士的电话："强哥，你知道吗？我帮立山成功离婚了！"

正在上班的陈博士莫名其妙："你，帮别人，离婚？一大早就喝多了，胡言乱语？"

等阿玲把情形说了个大致，因为开心和得意，阿玲形容得绘声绘色，本来就称得上精彩的对话因此更加触目惊心，险象环生。

陈博士听得真切明白，他的语调即刻变了，十分严肃："阿玲，你知不知你刚才干了犯法的事情，威胁别人！还有，立山他们两口子离不离婚关你什么事情？"

如兜头一盆冷水，阿玲的心给浇得凉透了，原以为陈肃强会对她大加赞赏，什么有魄力、有胆识，还可以混入女中豪杰之列，男人的反应简直就让她心碎了一地，一肚子的委屈全部涌了上来："我帮人还帮错了？我怎么犯法了，我威胁别人，他们要是没干坏事，我威胁得上吗？"

"你威胁别人和别人干坏事是两回事，好不好？这个不能混为一谈！"

"什么和什么呀？他们干了坏事，还比我有理了？"

"不是这个意思，唉，跟你说不清楚，他们干了坏事，你们报警啊，法律自会惩罚他们。真是不明白你和立山，莫名其妙地想法一致！"

阿玲的自尊一下子被伤得好重，对，她和立山，就是一只锅里的饼，而陈博士，人家是红酒是香槟，反正跟他们不是一个档次。

陈肃强并没有发现阿玲的异常，顺着自己的思路："这档就不提了，人家夫妻离婚也好，不离也罢，要完全尊重当事人的意愿，你这一掺合，逼着人家离婚，算什么？"

阿玲的眼泪不由自主飙了出来："算什么，算我对前夫的一片心，怎么样我都希望他过得好！你不是一样吗？一天到晚咸吃萝卜淡操心你的前妻！"

阿玲说完就等着陈肃强的认输和哄劝，男人那边却急慌慌地甩过来一句："等会打给你，徐雅给我电话了！"还没等阿玲反应，电话已经挂断。

阿玲独自站在街头，看着疾驰来去的车，心忽然间空了，飘得好高，再也抓不到，她说不清楚自己的感受，也不知自己如何做才算正常和应当，她只是觉得她好想赌气地对陈肃强说："如果你在乎她，就不要来找我了。"只是还没有等她想好用何种方式去说，男人的短信已经飞过来：徐雅确诊为乳腺癌第二期……

第六十七章

很多人在蓦然回首之际，都会忍不住地感叹：光阴似箭，岁月如梭。可是对徐雅来说，这些天比一个世纪还要漫长，即便成了回忆，依然历历在目。她觉得自己就是行尸走肉，该如何去面对，人生该如何走下去，怎么做都仿佛是没有出路是难解的方程式。尤其想到年幼的图图，她的心就如刀剜一般，自己幼年的经历，难道要在图图身上一一重演？

徐雅的老父终究还是知道了实情，他们本来也打算要来美国一趟，表面上只不过是加速了行程，暗地里伤心感叹不知平添了多少，老父十分后悔当年怎么就让徐雅去了美国，如果没有去美国，没有那番颠簸劳碌和折腾，徐雅可能就不会得这样的病，自己也不会古稀之年再添如此的伤感和愁绪。

徐雅的哥哥只好耐心地劝解，徐雅得病应该和基因遗传的关系更大，要知道美国的尖端医疗技术是排在世界前列的，徐雅术后完全恢复的概率很大很大。真实的虚拟的例子罗列了一堆一堆。老父听得将信将疑，以防万一地在行李里塞了几大包报纸上知名的抗癌中草药。

其实这消息对徐雅哥哥来说，虽然已有一个过渡，却仍然有晴天霹雳之感。就仿佛天气预报说近期会有灾难性大风暴，但人们心底依然会存有预报失误的侥幸，而做的相应防范措施再完备也总是有不到位的地方。开始想瞒着老父他们，后来觉得给他们准备期也好，要是来了美国之后，再对这个消息整出个无法接受，节外生枝，手忙脚乱估计更难处理。有人说只要生命还在，世上就没有百分百的坏事。哥哥觉得这句话在他眼里拿来看徐雅的病就十分合适。徐雅和陈肃强的婚姻本来已经是大势已去，这样一来，似乎很有峰回路转之势。陈肃强这个妹夫，十分对哥哥的胃口，有时他更生气的是自己的妹妹，把好端端的婚姻葬送了。但是他的位置，是无论如何也做不了什么实质性的补救行动和措施。

徐雅这一病，不管陈肃强内心怎么想，他的良心促使他会有照顾徐雅的行动，那么事情的发展就会变得一切皆有可能，哥哥不失时机地劝诫着徐雅。收到消息的同学也是这样安慰着，徐雅的婆婆乘机添柴助火，费尽心思地劝合着。只是这些话语到徐雅这里一汇集，统统就变了味，多年的夫妻，定格的模式，徐雅的自尊好难接受陈肃强的怜悯，自己都看不起的人反过来怜悯自己，是讽刺和嘲笑吗？陈肃强心里没自己天下都知道，自己居然要感恩戴德地接受他心不甘情不愿的照顾，还要当作宝似的举着扬着，是不是太勉为其难？人很多时候去劝解别人，其实也做了很多换位思考，都以为自己说出的是至理名言，其实不同的个性对相同的事情的反应是千差万别的，这中间岂是"宽容"二字涵括得了的。

徐雅宁愿把那份心思和指望放到网上和蛤蟆熊倾吐。蛤蟆熊这段的表现可圈可点，实在是无可挑剔。不仅对徐雅倒过来的情绪垃圾全盘接受，还费尽心思地一一变废为宝，每天上班打考勤似的准时出现，不计报酬加班加点，说笑话逗开心发美图和鸡汤都不值得一提，人家还上网找了一堆关于乳腺癌资料，整理了其中积极的一部分发了过来，专门咨询这方面的名医，把建议一一告知，甚至跑到附近的感恩寺求了一大串佛珠，用快递给徐雅邮了过来。拿着那串佛珠的徐雅都有仿若隔世之感，一向觉得自己是命运的操纵者，只要自己愿意，一切都会在手中，到现在才发现，或者是命运觉得自己过于狂傲，就狠狠地给了教训，让自己在无力回天的年龄感叹命运的故意捉弄。

蛤蟆熊的那堆正面积极的材料给了徐雅很大的信心，让她有豁然开朗之感，不就是做个手术，加几次化疗，再观察服药一段就好了，而且根据自己的检测，那个疙瘩也不算太大。王真建议重做一个检查让徐雅又有死灰复燃的期盼，自己根本就不是癌，可能不过是小叶增生。那个只是有癌变的几率而已。

诊所人员对徐雅十分热情，让徐雅觉得自己肯定得了不治之症，人们在散发着同情心，等她把这个信息准确无误地传达给了王真之后，王真给她气得牙根都痒："你这人怎么就老是往坏处去想别人！"徐雅看着王真动怒的表情，自知理亏："别和病人计较！我不过是开玩笑！"王真笑笑带过去，心底却不免一通感伤：自己给徐雅的建议对吗？搞不好是再次打击，貌似坚强的徐雅，内心敏感又脆弱，真的禁得住这些？

王真例行公事地给徐雅解释着，这后面一系列的检查保险公司都有可能不付费，而且也存在检查结果相同的可能。徐雅苦笑着一把夺过文件签上了名字："这个时候谈钱，你们怎么那么幽默？所有的检查我都申请要做，两侧都做，B超X光，穿刺，如果还有新式武器，我也要一起试！"

所有的检查结果很快汇总到了医生的案头，王真听到了医生那沉重的口气："让你的朋友来一趟吧，越快越好！"明白事情没有例外，她尽量装作若无其事地把徐雅约了过来。医生只是平静地叙述徐雅的病情：左侧乳房完好，右侧有三个可疑点，其中一个确诊是癌，建议即刻手术。徐雅可以选择做全切还是部分。王真听到全切二字，手脚开始发凉，她不安心地看了徐雅一眼，手搭上了徐雅的肩，希望可以传递些温暖给徐雅。徐雅一动不动，没有任何反应。

医生还在续续叨叨地诉说着两样手术的不同和优劣，徐雅突然很大声蹦出一句："切，全切！"把医生和王真都吓了一跳，医生柔声地："你可以考虑一下的，不用那么着急。"王真也关切地："要不要喝点水？"徐雅一把推开王真："不用了，都不用了，医生给我定手术日子吧！"眼泪如泉水一般涌了出来："不管怎样我要活下去，我的图图，他才五岁……"

第六十八章

　　夏天的雨总是来去匆匆，树叶上还挂着水珠，艳阳又开始高照，虽然是傍晚的，却依然炽烈得很。王真倚着门框看着满院子湿漉漉的花草发呆，阳光折射下的水珠五彩斑斓，就和她的心事一样层层叠叠，每一层每一叠的味道都不同。她刚用鸡汤下了些面条，给徐雅端了一碗上去，图图和小乖一起吃和玩得不亦乐乎，孩子永远是没烦恼的。王真一点胃口也没有，只是觉得心里堵得难受。

　　雨正下的时候，陈肃强来过了，徐雅让王真赶他回去，男人一身湿透站在屋檐下，狼狈得不得了，王真看得于心好不忍，好言劝慰道："这个时间，谁都想自己一个人静一静，你先回去，有什么情况我再通知你！"

　　男人苦笑地点点头："谢谢你，那我把图图带走！"

　　"不要，我觉得这个时候，图图呆在徐雅身边更合适！"

　　陈肃强愣了一下，明白过来，感激地看了王真一眼："那真是麻烦你，有任何需要都要告诉我！"

王真看着男人佝偻的背影越来越远，忽然感慨万千，她清晰地记得，在见到陈肃强为数不多的机会里，几乎每次男人都被弄得很尴尬，很无奈。徐雅和陈肃强的往事，王真从未探究过，但是他们肯定也是从年轻美好走过来的。

王真想起自己在知道了赵力的隐情后，她曾经撕心裂肺地埋怨上天的不公，她从未期待过什么轰轰烈烈与众不同，不过是希望可以过个平常温馨的小夫妻日子。她也曾只要看到一对夫妻，哪怕他们面上带着不悦，她还是不由得心生羡慕，至少人家是真实地相爱过、生活过。可是现在赤裸裸地呈现在她面前的徐雅夫妻，是这般的错综复杂，一样地让人伤心断肠。

相对而言，王真觉得自己的问题解决起来还算容易，赵力，现在是名正言顺的前夫，除了签离婚协议的时候算是打了个照面，就再也没有看到过这个人，赡养费倒是还准时给着。其实，王真都不在乎这些，她从来不想取代赵力在儿子心中的位置，至于做到父爱不缺席那是要靠赵力本人的努力付出的。赵力的老妈回国后先后打了几次钱过来，甚至还不惜借用别人的名字以逃过外汇管制的限额，老人直言不讳道她所有财产的一半是王真母子的，她要在有生之年确保这些完完整整地到达王真手中，让王真感动得不知说啥好。

赵力妈回国后就一直病着，也坚持不再接赵力的电话。王真好心疼，她想说服赵力妈，其实也是说服自己："我们得为自己活着，别的都是空的，人们都说钱财是身外物，老公和孩子也是，我们不能因为这些影响自己的生活品质，对不对？"

赵力妈听后，每次都是半晌无语之后怅然若失地接道："你能够这样想自然是好的，你要有合适的，就抓住机会，只要对你和小乖好，别的都不要计较了……"

王真恨自己的笨嘴拙舌，词不达意还让赵力妈误解，情急之中："妈，我不是这个意思！"

"就冲你依然还叫我妈，你就听妈的话，好好地为自己打算一下下半辈子，妈老了，身外物身内物，对于我来说都没有什么实际意义，但是如果你和小乖过得不好，我就和你爸一样会死不瞑目！"王真可以感觉得到赵力妈说这话时一定又是泪流满面。

王真的心底也想为自己打算，只是不知该如何去打算，这红尘中穿梭和来去的人，都离自己好遥远。当万广明提到他的高尔夫球友时，王真一愣，仿佛回到了十几年前的时光，刚参加工作的她就被单位的大姐介绍来介绍去，当时自己还有些烦不胜烦，现在看来，却是一段美丽的不可多得的回忆，怎么也比现在的无人问津强。

虽然还是觉得这方式有些荒唐，王真却依然兴高采烈地应承了下来，不管和老万的朋友有无缘分，对于老万的这份关心，王真很感恩。王真跑去商场买了件颜色很鲜艳的裙子，和她平常的着装风格一点不符，她却接受得很坦然，就是要全新的不一样的开始。

老万看到焕然一新的王真感觉眼前一亮，忍不住夸奖到："怪不得人说世上没有丑女人，只有懒女人！"

王真听得啼笑皆非："大哥，你这是赞我还是损我？"

老万订的是家自助餐厅，虽然觉得场合有些不太对氛围，但也难为老万要面面俱到，小乖还只是个孩子，要大家一起正襟危坐，他和小乖又必须有短暂的消失得合情合理的机会。老万的朋友已经等在餐厅，看装束也是一番精心收拾过，老万不禁心头暗喜：看来很有后戏。把他们相互一介绍，就拉着小乖找吃的去了。

小乖高兴地跟着老万挑吃的，问这问那，突然蹦出一句："万伯伯，你是不是因为妈妈生日才带我们出来吃饭的呀？"

"今天是你妈妈生日？"这个问题让老万转而想到可以好好地帮朋友利用这机会，推波助澜。他拉着小乖出了餐厅，正好旁边有家精品店，对店员说，"越浪漫越好，从礼物到包装。"店员神秘地笑了笑："一定不负所望！"

老万同时嘱咐小乖："这是给你妈妈的惊喜，你不能说的，要到最后由那个叔叔给妈妈。"小乖很认真地点头答应保守秘密。

等老万和小乖忙完兴冲冲地回到餐厅，却只看见王真一个人。王真尽量笑得自然："你朋友有事先走了！"

老万还是捕捉到了王真尽力掩饰的那丝失落，真是万般后悔自己太没眼光，怎么找了这么不靠谱的一个人。老万和王真都想装作若无其事，却发现越想如此却越发不知如何打破僵僵的气氛，后面的饭，大家都吃得闷闷的。老万把王真他们送回家，临别前叹了口气："真是对不起，王真，我是好心办坏事！"

王真打断他："大哥别这样说，谢谢都来不及，你也别怪你朋友，大家成年人，干净利落更好！"老万尴尬地笑着挥手道别。

已经快走进屋的小乖突然回转身大叫道："伯伯，那个妈妈的惊喜？！"

老万一愣，赶紧下车，打开后车厢，几只氢气球缓缓冒了出来，下面挂着一份包装精美的礼物。王真看得又惊又喜，还没等老万解释是怎么回事，她伸手抱住礼物，眼里闪着泪光，声音里满是柔情对着男人："谢谢你！"

第六十九章

珍妮不想赌，因为她发现自己每次都是逢赌必输，两万块美金换取自己的自由，虽然离期望的甚远，可是满打满算下来，加以这几年对立山家的搜刮，自己倒真不算亏。只是这个交易不是划算合适与否的问题，硬塞过来的东西，怎么啃都觉得难以下咽。但是不啃的后果，她想象力再差，也不敢去冒险，粉身碎骨惨不忍睹死无葬身之地便是定局。和"小装修"会不会天长地久珍妮不是很在乎，若是要变成大牢里的苦命鸳鸯，珍妮可绝对不愿不想。她没得选择只有按照阿玲的计划去实施。

立山这些时日就是波涛汹涌的江上小舟，随着风浪上下摇摆，全然不由他自控。珍妮突然修改离婚协议，内容让立山有中了六合彩头奖之感，他激动地反反复复确认真实性，唯恐一个错漏这一切就消失得无影无踪，他不明白促使珍妮改变的幕后原因，但是他从珍妮的神情里知道并不是女人心甘情愿的选择。不过这些都不重要，难道彩票

中了奖还要去问为什么人家把彩票卖给自己吗？应该干的首要事情是
兑现，没有变现的彩票不过是废纸一张。可是兑现的过程总也让人难
免感伤，在围城进出频繁的他虽然不属于多愁善感之流，但也绝对不
是麻木不仁的。

　　上次薄薄几张纸上划了几下就让他和阿玲天涯陌路，当时觉得这
是给儿子唯一的出路，后面却有让他错失了生命里最珍贵的东西的心
痛和感受。如今和珍妮的局面是有些一地鸡毛，难以收拾，可是结束
真的会是最好的选择吗？会不会将来一不小心也后悔今天太过轻率的
放弃。立山的迟疑让他更加被动地随波逐流，由着珍妮掀风起浪。

　　珍妮配合的脚步不仅积极，简直急不可待，这让患得患失顾虑重
重的立山的挫败感顿增，应该是"小装修"等不及！这样一想，他也
开始挥刀斩乱麻。立山妈一直头痛儿子恨铁不成钢，黏黏糊糊的没有
男人样，这天空掉馅饼的事千载难逢，赶紧把馅饼捡起来再说，还考
虑什么馅饼好不好吃，让她老人家恨不得亲自披挂上阵厮杀。

　　珍妮离开的那天，立山妈来接孩子，这曾经的婆媳也有好一阵不
见。珍妮带着一肚子的怨气嘱咐着照顾孩子的事项，立山妈倒也不恼，
还听得挺仔细，只是加了句："这些我比你知道得多，我看孩子时间比
你多。你要是早这么上心孩子，你们也走不到今天。"立山妈尽量及时
刹车，让自己喜闻乐见的心情在今天的场合表现得不要太出格。

　　"我们有今天你也有不可磨灭的功劳，你现在如愿以偿，是不是
要谢谢我的配合？"珍妮借题发挥着。

本来淡定的立山妈听了这话，不由得浑头火气："谢谢你？！你真是想事都不用脑袋！没有你瞎掺和捣乱，我们好好的一家会这样？还有阿玲，多好的女人！"

珍妮听到阿玲二字，像给马蜂蜇了似的，怒气冲冲地把手上东西扔下："是啊，多好的女人，你们依然可以成一家呀！"

"谢谢你的提醒，是可以考虑考虑……"立山妈醍醐灌顶，笑意盈盈马上接道。

那故意拖长的音调让珍妮怒火攻心，她真恨不得撕碎这张嘴，撕碎阿玲这个人，可也在转念之间，她觉得是她报仇的好时机来了。来而不往非礼也，她应该回赠阿玲，阿玲也应享受着回赠，至于苦辣酸甜是啥味由当事人事后来评价。

珍妮定了定神，小心地往下说着，试图让事情板上钉钉："不是考虑，你们需要立即行动，阿玲现在身后是有很好的靠山和选择的，人家还不想回头呢！立山得好好努力才有可能。立山若是再娶，难道你希望再来个陌生的，习性还不知怎样？家里那得乱成啥样，生个孙子还是不同的妈。你都口口声声赞阿玲是个好女人！更何况立山一直是喜欢阿玲的，当年不是为了儿子，也不至于离婚。再说到我儿子，要是放阿玲手上，我是放心的……"

珍妮还在搜肠刮肚地想词，立山妈却早已被这金玉良言的建议折服，还蛮感激珍妮临别时良心发现，老人家马上进入角色，想着如何顺利实施帮立山追回阿玲计划，一定要马到功成。珍妮看着前婆婆，第一次发现老太太居然还很亲切，她们两个双剑合璧才应该是真正的天下无敌呢，可惜浪费那么多可以成功合作的机会。

不过珍妮依然为自己最后扳回的一局暗暗喝彩，这让她失衡的心顷刻间恢复常态，她决定一定要亲口为阿玲送上诚挚的祝福，电话里她向阿玲汇报着自己近期的行动，提醒阿玲信守佶言。阿玲有些奇怪珍妮的兴高采烈和那日谈判判若两人，不过看立山的反应自己应该不是做了不该做的事，如果珍妮也跟着受益，那更是善举一枚。

"我会的，你多保重！"阿玲也是真心。

珍妮急切地阻止了阿玲欲挂的电话："姐姐别急，还要说几句私己话！你呀，现在就收拾心情准备再做新娘吧！到时，我儿子可以做你的花童，姐姐这么善良，一定会待我儿子视若亲生的，还有请柬也别忘我一份，好歹我算是媒人……"

阿玲的心随着珍妮的字眼一个一个地往下坠，立山前几天就告知离婚的事情了，却似乎没有任何搬走的打算。阿玲好奇问起时，立山据实答，他老妈说他们的旧房子风水不好，住在那里不聚财也不聚人，所以打算卖了，让立山先到阿玲这里住着，阿玲初初还奇怪老太太的决定，儿子孙子在身边不一直是老太太的愿望吗？

阿玲突然有些不寒而栗，她在细细推算别人的时候，自己也不偏不倚地落入了别人的算计里，大约这就是螳螂捕蝉黄雀在后吧。说文雅一点就是卞之琳在那诗里的描述：你站在桥上看风景，看风景的人在楼上看你，明月装饰了你的窗子，你装饰了别人的梦……

第七十章

　　徐雅努力地睁开眼睛，刚才自己是睡着了？那些人都是梦中相见，对的，是梦中见的，还有自己的妈妈，她已经走了太多年了，即便有照片，徐雅都不能清晰地想起她的面容，也让徐雅所有关于母亲的回忆都演变成一种对母爱的期盼和渴望。徐雅甚至都嫉妒过婆婆对陈肃强的爱，在和婆婆错综复杂的关系里，人们想当然地认为她们婆媳不合的理由首当其冲因为婆媳是天敌，徐雅的刁蛮是其次。又有谁看到了徐雅内心真正的挣扎？徐雅不能面对那种亲密无间的母子关系，自己缺失的情感，而拥有的人却天天在晒，坦然面对并熟视无睹需要怎样的情怀，徐雅的个性想象不出，也绝对做不到。

　　不过，如今大家都开始怜惜自己，不管喜不喜欢自己的，或是自己喜不喜欢的，每个人的问候和关心仿佛走马灯似的一一穿梭而过，唯恐错漏，他们似乎都是小心翼翼地劝慰着，对于徐雅冷漠地回应纷纷表示理解。这所谓的理解被徐雅在心里以粗言粗语狂烈地回骂着：

理解，你们理解个屁呀，你们有老娘的经历、老娘的病吗？你们知不知道你们冠冕堂皇地所谓关心是一次又一次去撕我的伤口，让我的伤口永远长不合？

只是徐雅还不敢明目张胆地表露出来，她真的怕没有人再搭理她，她就这样静静地死去了也没有人知晓。她唯一敢肆无忌惮的就是对陈肃强，男人已经给她骂了好多次，每次她都骂得精疲力竭，骂得男人狗血淋头，不敢反驳半句。因为她确信男人还会再来，不来也没有关系，男人顶着的不过是虚情假意。

徐雅挣扎着坐了起来，周围怎么这么安静，刚才还听见图图的吵闹声，她想起迷迷糊糊间听到王真说带孩子们去一下图书馆。床头还有王真留下给她的早餐，鲜虾馄饨。徐雅用手摸了摸，居然还有些温度，她觉得有些饿了，端起碗三下五除二吃了下去，味道很不错。"如果说自己婚姻失败有自己很大一部分原因，那王真真是好人，她为什么也会离婚？这上天什么时候公正过？"徐雅胡思乱想着起身去客厅倒水喝。

家里什么都没变，让徐雅物是人非的感觉更甚，一切在从医生那里回来就已经悄然巨变，不管她是多么地不愿意接受。徐雅去见医生前还和蛤蟆熊约定，若是没事，即刻飞欧洲，要和蛤蟆熊来个悠长假期，见识一下电视剧《一帘幽梦》中的法式庄园，虽然没方中信大帅哥的陪伴有些遗憾，可女主角自己也不过是半老徐娘，还可以怎样奢求？蛤蟆熊很豪气地夸口："你说去哪就去哪，机票酒店刷我卡。"让徐雅在幻想中真切地圆了一回公主梦。

徐雅打开电脑，果然蛤蟆熊发过来的信息堆满了，都是焦急的等待和安慰之词，这些如今在徐雅眼里变得毫无意义，她看都没看，就选择了删除。空洞的语言，贫乏的安慰，这个世界最最困难的时候，需要的都是独自的坚强，再美好的情意，也无法取代去生活，那些不过是美丽的气球，色彩斑斓，可以去点缀苦难，苦难却不会因此减免，而气球一松手就会消失得无影无踪和没有来过是一个结局。

徐雅发了个信息给蛤蟆熊：我还好，谢谢牵挂！

蛤蟆熊的回复马上飘了过来：小姐呀，你可吓死我了，快告诉我，医生怎么说？电话打了N次你也不听，我现在只要手机一有响动，就蹦了起来！

徐雅想了一下，打下了几个字：没事，就是我可能要做独乳侠了！

"——怎么会，真的？那实在是太可惜了，当年你那傲人的双峰，亮瞎了多少人的眼啊……"蛤蟆熊被徐雅冷静带调侃的口气误导了，还顺着开起了玩笑。

徐雅看到那行字的时候，她觉得眼里都烧起了火，自己怎么都忘了，男人都是畜生，还以为自己在蛤蟆熊眼里是纯洁无瑕的小白兔，却原来一样不过是肉欲的诱惑。这些日子和蛤蟆熊之间累积的点点滴滴就像砸进水里的冰块，刹那间消逝，就如同永远不会再现的往日芳华……

蛤蟆熊还在继续不停地发着信息，徐雅一概没看，她把蛤蟆熊拉黑之后，重重地合上电脑，心痛得几乎没有办法呼吸。她不知怎样排解自己的情绪，她可以恨吗？她可以怨吗？恨苍天如此不公？让她一出生就带着不好的基因，那诱发因素呢，对，她可以怨，应该怨的是陈肃强和阿玲，如果不是他们闹婚外情，逼她离婚，可能那基因会默默地呆在角落一辈子。她做不到袖手旁观拱手相让一切，即使鱼死网破她也要在所不惜。

徐雅气势汹汹地出现在阿玲店里，把阿玲和店员都吓了一跳。阿玲震惊于徐雅短期老去的程度，店员则震惊的是徐雅凶神恶煞的形象。阿玲扔下顾客，赶紧迎了过去，看着对她怒目而视的徐雅却不知说啥合适，半天怯怯地蹦出一句："你怎么不在家里好好休息，不是马上要动手术吗？"

"你知道得挺多呀！还有什么我们夫妻之间的秘事，你一一道来呀！"徐雅咬牙切齿。

阿玲低下头："我们出去说吧，这里人多！"

"人多，好，我帮你赶。"徐雅说着就大叫，"都给我滚出去，这里不做生意了！"徐雅喊的是中文，顾客也听不懂，但看到她那副样子，担心碰到了神经病，纷纷疾步走出店门。店员有些不知所措，回头看着阿玲。阿玲愣着，不知徐雅意欲何为？

徐雅却并没有停歇，顺手就推倒身边挂着的一排衣服，再去撕扯模特身上的，顷刻之间，店里是一片狼藉，衣服被扯烂了无数，店员急了："你干吗呀？疯子，我报警了！"

阿玲茫然不知所措地站在那里，等看到店员真在拨打电话，急忙冲了过去，一把按住，回头冲着徐雅大喊："你走，你走，你真的想去坐牢？"

徐雅一愣，停了下来，走到阿玲身边："我马上会走的，不过，我告诉你，老娘离开是因为老娘的气撒够了，如果你再告诉我，这一下你不见多少钱，我会更高兴！"

阿玲满脸是泪："你走，你快点走，你不走我真报警！我也让强哥来看看你到底干了些什么？"

徐雅拍了拍手，心满意足的："威胁我，你以为我怕？等你强哥哥过来收拾时别忘了告诉他，我今晚想吃姜葱龙虾！"

第七十一章

陈肃强过来的时候，王真在徐雅家熬白粥，徐雅正眉飞色舞，绘声绘色地描述她今天的壮举，王真听得目瞪口呆，粥根本不需要搅，她却拿着木勺一直机械不停地搅着锅底，她不过是不想回转身去面对徐雅，整个行动在她眼里都匪夷所思，难以理解更别谈接受，可是徐雅现在的状态，又何尝听得进不同意见，责备更是于事无补。

陈肃强的到来让王真长舒了一口气，男人把打包的饭盒放在餐桌上，口气都是讨好的："龙虾还是热的，你要不要先吃点？"

坐在沙发的徐雅冷冷地看了男人一眼："我现在又不想吃了，倒了吧！"

男人无奈地接道："那留着吧，想吃时再热，我还买了你喜欢的……"

"陈肃强，你耳聋吗？我说倒掉，倒掉，倒掉！你听见了吗？"徐雅打断男人，起身有亲自动手去倒的趋势。

　　王真看这情形，只好上前打圆场："我家小乖爱吃龙虾的，平常我都舍不得买，要不让给小乖吃好了？"

　　徐雅到底还是要卖王真几分面子，就没有坚持。陈肃强无言地朝王真投去感激的目光，乘势走进厨房，边问王真："我可以帮忙做什么？"

　　徐雅没等王真开口，声音再高了八度："你——可以滚了！"把在阳台玩的孩子们都吓了一跳。

　　陈肃强的脸一阵红一阵白，无可奈何艰难地吐出："徐雅，我还想和你商量点事！"

　　王真听到，直奔阳台："我先带孩子们下去，等会再……"

　　"不用，我和他之间没有什么你听不得的！"徐雅高声制止着。

　　陈肃强安慰着进退不是、左右为难的王真："没事，都是些日常小事，还有可能麻烦到你。"

　　男人自己找凳子坐下，看着徐雅："你下周动手术，我妈过来照顾你，好不好？"

　　"你妈？你妈过来干什么？"徐雅一愣。

　　"照顾你呀！签证都办好了，如果你愿意，我就订机票！"男人的口吻很诚挚。

　　徐雅手中的抱枕朝男人飞了过去，却扑空在男人脚边："反正你怎么都是不愿面对我，是吧？甚至不惜花大价钱运你妈过来！"

　　"我哪里是这个意思，我总要上班赚钱的，图图也是要人看的。"男人的委屈无法倾倒。

王真走过去捡起枕头，在徐雅身边坐下，轻轻安抚着："人多好办事一些，请假也不容易，你看我这两天就是医生给的人情假。"

徐雅背过脸对着陈肃强，依然气鼓鼓地："那也不用她，我爸和阿姨会过来！"陈肃强一听，心安了不少，有些后悔没和徐雅哥哥先通气，不然也不用自讨今天这个没趣。男人顿了顿："那就好，只是徐雅，还有件事，你不要再去找阿玲的麻烦，可以吗？她的生意也是小本经营……"

已经快平息的徐雅又跳了起来，出其不意地夺过王真手中的枕头，朝男人狠狠地砸了过去，这次动作快而准，男人的眼镜给砸飞了："是她找我麻烦，还是我找她麻烦？这个世界还有没有公理了，是她抢我老公啊！"

陈肃强狼狈不堪地在地上摸索着眼镜，也实在是忍无可忍："徐雅，我们之间的感情和你的病没有一点关系，和阿玲更没关系！不要扯为一谈，行不行？"

"推得一干二净，说得跟没事的人一样，那你干吗过来？你知道什么叫郁闷成疾吧，你们不这样气我，打击我，我会犯病？"徐雅越说越恼，冲上去要打男人。王真一把拉住徐雅，冲着陈肃强："你先回去吧，这个时候说这个不是火上浇油吗？"

男人离开后的屋子顿时安静了下来，孩子们朝屋里张望了一下还是继续玩他们的，徐雅坐回沙发上，茫然地看着窗外不吱声。王真开始摆碗筷，一边想如何可以做些有效的事情劝解徐雅。

"徐雅，我们这个周日去教堂吧！"

"去那里有用吗？"徐雅答得有气无力。

"我听说过一个故事，有两个人一个信上帝，一个不信，不信的那个问信的那个'要是你死后发现，没有上帝，你会不会后悔？'信的那个回答'我后悔什么，我也没有损失什么呀？可是如果我们死后见到了上帝，你因为没有信而下了地狱，你后悔吗？'"

"我现在信，上帝会医治我吗？"徐雅听得有些反应不过来，坚持不懈地揪着自己关心的事情问着。

王真很慎重地回答："我也不知道，可我觉得试试也好啊！而且你现在的情况，多些朋友也是好的，有很多教会还会提供很实际的帮助，比如送饭菜、搭车去医院什么的！"

"对我这样的陌生人吗？"徐雅将信将疑。

"我以前在多伦多的教会是这样的，这边的，我还没试过，我等会网上找找看！应该这里华人教会很多的。"

王真找到了离她们家二十分钟车程有家挺大的华人教会，不由得有些欣喜若狂，她觉得不管徐雅去不去，她自己一定是要去，这期间有太多的事情太多的变故，她就像久违父母的孩子要找父亲倾吐一般。教堂对于异国他乡的游子，似乎有一种别样的吸引力，天父的关爱会让他们的心得到异样的安宁。出乎意料,徐雅答应得也没有迟疑,甚至还流露出殷切盼望,只不过依然是刻薄的言语:"我现在对自己就是死马当作活马医,绝对不能错漏任何的机会。"

周日早上,王真来接徐雅时,发现徐雅穿了一件白底大红牡丹图案的连衣裙,那牡丹的颜色浓烈得让人有些惊心,徐雅还化了很精致的妆,王真很有些意外。

徐雅看到她,笑得很凄然:"你可以帮我拍些照片吗?可能这是……"

王真的心一凛,马上反应过来:"当然,当然!我们还可以做成年历,你也帮我拍几张,我也好久没有拍照了。"

王真和徐雅精心又耐心地相互拍了一堆照片,等她们匆匆赶到教堂,礼拜应该刚开始,教堂大门外只见车。她们犹疑地推开了门,思量着往哪边走合适,却见不远处老万迎面走过来。老万见到她们也是欣喜异常:"欢迎你们来,开始唱赞歌了,先进去吧!"

随着老万推开的门,悠扬深情的赞美歌声传了出来:

在无数的黑夜里

我用星星画出你

你的恩典如晨星

让我真实地见到你

我用音符赞美你

你的美好是我今生颂扬的

这一生最美的祝福

就是能认识主耶稣

这一生最美的祝福

就是能信靠主耶稣

走在高山深谷

他会伴我同行

我知道这是最美的祝福……

第七十二章

　　阿玲觉得很有必要和立山严肃地谈一次，因为这段日子以来，立山对她的态度越来越黏黏糊糊，大有得寸进尺之势。甚至还跑去接她下班，原因只是想和她一起吃个饭。阿玲受宠若惊，当然更多的是怕，这并非她期待的局面。立山应该是受珍妮和他老妈的鼓动，以前立山是很赞成她和陈肃强交往的。还曾经三令五申地对着陈博士一番恐吓，要是不好好珍惜阿玲，他绝对要对陈博士以武相待的。这些事情仿佛就发生在昨天，怎么一瞬间全盘颠覆？

　　只是因为立山的离婚造成的吗？当时那么卖力地帮立山一把，虽然带点报复的私心，可也是真的不想立山太吃亏，因为珍妮太张狂，但是怎么也没有想到却把自己推入了进退两难的谷底，愈加被动。和陈肃强的关系，并没有因为时间的推移而走向明朗化，反而因为徐雅的病情，扑朔迷离起来。

　　那日，徐雅在店里一番打砸，陈肃强知道之后，对她也没有很多的安慰，反而真的打包龙虾去看徐雅，让阿玲一口闷气差点憋成内伤。同时，让阿玲明白了自己的位置，她和病中的徐雅根本不是同一水平线的，所有人的天平因为徐雅的病都不自觉地倾斜了，尤其是陈肃强，多年的夫妻之情在生死关头让陈肃强可以不计前嫌。会不会他把和阿玲的感情也摆上祭台，阿玲预感这是早晚的问题。

阿玲也尝试立足于陈肃强的位置去考虑问题，得出的结论是她也会两边兼顾，就像她现在处理她和立山的关系。这让她对陈博士生出了许多的不满，也意识到了要离婚的夫妻和已离婚的夫妻是有本质区别的。她和陈肃强的感情再真，在这复杂特殊的氛围里不可避免地划归为不道德之列。阿玲纵然万般不甘，所做的不过是顺着陈肃强，不给男人再增加任何压力。像和立山摊牌，带上陈肃强就不言而喻，比阿玲一个人单打独斗强上一百倍，可阿玲依然对陈肃强选择了沉默。她明白这个时候给男人任何压力，都是百上加斤，男人的脊梁随时会断，而断的结果一定是自己的感情首先变成炮灰。

立山听了阿玲义正辞严的一番理论，笑笑没吱声。阿玲无可奈何，只好使出最后一招："你还是赶快搬出去！你以前的房子要卖，可是你妈的房子还没卖呀！你还住我这里，实在是太不方便，外人看来也不是回事。"

立山依然故我地笑："好，好，好。"却并不提具体的日子。过了两天，瞅女儿们都在的时候，他忽然开口问道："宝贝们，妈妈要爸爸搬出去，你们愿意吗？"

女儿们连哭带喊情绪激动地朝着阿玲一番吵闹，阿玲无语地看着孩子和立山，盘算着立山到底背后下了多少功夫才让女儿们对他的态度不仅急速转变还有突飞猛进的增长趋势。这一切应该都来自立山妈的主意吧，阿玲也醒悟擒贼得先擒王，她得追本溯源解决问题。

阿玲找了个清早，直接奔向立山妈的餐厅，这时离开门还早，立山妈一定在厨房忙碌。看到阿玲，立山妈并不惊讶，似乎还有惊喜："阿玲来得正好！我还想去看你！"一手拉着阿玲在餐厅找了个隐蔽的位置坐下，关切地问道："你要吃点喝点什么吗？"

阿玲叹了一口气："不用了，你知道我为什么而来！"

"当然，我觉得还是我这一阵的香烧得好，神明终于保佑我家了！"立山妈丝毫不掩饰自己的开心。

"我和立山没可能在一起的了，我希望你们都明白！"阿玲觉得开门见山表明立场是必须的。

"就因为那个陈博士吗？"立山妈很有把握地接话，心里说还就怕打哑谜，摊开了来说多好。

阿玲低头不语，立山妈看了她一眼："我来和你分析分析吧，你是个聪明人，怎样选择你自然比我更清楚。读书人有句话叫'两权相害取其轻'。立山和陈博士，我们就把他们当两害吧，反正都是离了婚带孩子的男人。可立山是你女儿的亲爹，就算陈博士待孩子也不错，你左右都是要做后妈的，陈博士的孩子大几岁，这个难度就得增加好几倍。再看婆媳关系，你和我这么多年，又是孩子们的亲奶奶，我是巴不得你回我们家的。陈博士的老娘会不会这么开明，你心底更是明镜似的。就不用我多说了！"

"可是，可是……"阿玲哑口无言，却又很不甘心。

"可是什么，你是要说你和陈博士有感情，立山负你在先，对吧？"立山妈依然有条不紊，"这的确是事实，只是你和立山是结发夫妻，立山因为有愧，将来会对你更好。陈博士对你是不错，但是他自己一身泥都没抖落干净，他和老婆婚都没离，他老婆现在有病，离不离都是未知数，就算离了，恐怕都是牵扯不断的，你不会蠢到鸡飞蛋打时才明白吧？"

阿玲的泪不由自主地流下："一定要说得这么残酷吗？感情又不是做数学题？"

"正因为不是做题，做题简单多了，像我们那时候，父母说谁好就嫁谁，哪有什么离来离去的，还不是安安乐乐一辈子，现在的你们，动不动说感情，多少钱一斤？不是一样柴米油盐过日子……"

阿玲抹去眼泪："我明白了，你让我再考虑考虑！"

"那是自然，你有大把时间考虑，也可以趁机考验考验立山的心！"立山妈喜上眉梢。

"要是将来我还是让你们失望，请原谅！"阿玲自己不确定未来会在哪里？就把丑话说到前面！

"你左右都不会让我们失望的，如果你不回来，那把我孙女还给我们吧！"立山妈信心满满地。

阿玲觉得耳朵出错，有些难以置信地看着立山妈，脊背一阵一阵发凉。立山妈不理她，一个劲地说自己的："我和立山商量过了，万一你要另嫁，反正都不是完整的家，我们希望孩子们跟我们生活，女孩子跟后爹终究是不方便，我们为了这个倾家荡产请律师也要去争取……"

第七十三章

　　那日，在教堂的经历可以用十分愉快来形容，不止是老万，似乎是全教堂的人都注意到了徐雅，并对她表示了热烈欢迎。徐雅觉得自己能引起如此的关注，似是回到当年还待字闺中。那时的自己是一阵旋风，走哪哪都是一片轰动，那时的风光，是抹不去的记忆，夜深人静，被她一遍又一遍取出来回味，还凭空增添了不少设想的细节描绘。虽然徐雅曾经很热切地期盼有朝一日可以赶超当年的辉煌，可随着岁月的流逝，她也清晰地意识到这不过是无法实现的幻想。今天重做漩涡的中心，虽然和她期待的那种不尽相同，但她依然有难以言语的幸福，生活的出其不意又算是生动地给她上了一课。她不经意的举动却带来了异常满满收获。

　　吃饭的时候，老万问徐雅："你希望牧师帮你祷告，希望教会给你一些实际的生活帮助吗？"

　　"当然。"徐雅答得不经思量，教堂简单的饭菜她吃起来却是异常美味。

"那样，就需要告诉他们一些你的私人情况，你介意吗？"老万问得小心翼翼，他着实也不希望误导。

这个不和谐的杂音拨得正在畅想曲中漫游的徐雅一怔，她征求意见似的看了看王真。

王真想起了自己一连串无法述说从而她选择了掩埋的往事，很认真地答："你觉得怎样心里舒服就怎样做，这个也没有什么一定要或是必须，个人选择而已。"

徐雅一幅豁了出去的表情："那就说好了，反正我也没干什么见不得人的事，得的也不是见不得人的病。"

在回去的车上，徐雅情绪越发激动："王真，你知道吗？明天会有和我得一样病的姐妹来我家讲她的亲身经历呢。他们不仅安排好了我手术期间的送饭菜工作，还说了可以帮忙照顾图图，真是贴心！这样我的心宽多了，也可以少见陈肃强那一副施舍的死样。"

王真一直默不作声地听着，直到听到陈肃强的名字，她回头扫了一眼后座上的孩子们，图图和小乖都累了，七倒八歪地睡着："徐雅，你以后当图图的面，还是不要用这个口气说他爸爸吧！更何况，陈肃强近段的表现还是很不错的，还有他的女朋友……"

"那是他们问心有愧！"徐雅毫不客气地打断。

王真不咸不淡地补充了一句："感情的世界，哪有那么容易分得清是非对错，不是每个人都会去问心，也不是每个人都有担当……"

徐雅勉强地笑了笑："你还可以把话说得如此轻描淡写，那是因为你没有真正被伤过，没有经历背叛的滋味。"

王真叹了一口气，决定放弃争辩："随你怎么想，只要那样想你开心就好！感情上没有谁欠谁之说，只有珍惜和放弃。"

徐雅突然放声大笑："我就知道我对了，你呀就是离婚了，也都没有尝过我的苦头。"

王真看着徐雅那孩子样，突然冒出很重的同情心，其实徐雅还是很简单，她都不知道这个世界最深重的苦和痛是无法用言语描述出来的。

蛤蟆熊这些天疯了似的找徐雅，什么手段都试过，依然未果。徐雅是铁了心不给他回复，也不想听他解释。蛤蟆熊终于醒悟到那日无心的玩笑给徐雅造成的伤害，他不过是想说清楚他真的并无恶意，而且是一心想帮徐雅渡过难关。找不到徐雅，蛤蟆熊就不停地骚扰他们的同学，期待获取徐雅病情的详细情况。他拿着这些资料咨询遍了认识和不认识的专家，也得到了各式专家不同的意见和治疗方案。他尝试把这些发给徐雅，但是无门。心急中他没办法，带着资料真的漂洋过海来美国负荆请罪。

先被吓着了的是他们的同学："你真的去了纽约？"

"要酒店名还是房间号确认？"蛤蟆熊此刻倒显英雄本色。

"我确认什么？又不是来看我。我转达给徐雅好了，至于她出不出现，我可操纵不了，她从来不是按章出牌的人，你好自为之吧！"
同学瞬间觉得她偶遇了一堆外星人。

"我不去，要去你去。"徐雅决绝得没有一点情面，"我又没请
他来！"

"我还巴不得我是故事女主角呢，事实是我这个观众位置都
是捡来的，你心肠是铁石，不感动吗？多年未见的同学为你千山万
水……"

"你懂什么！越是这样，越不能见，你知道汉武帝和李夫人的故
事吗？"

"我说你是宫廷剧看多了？一下子变得这么高深莫测，简简单单
的一个同学见面还被你博古论今地瞎掰……"

"什么叫瞎掰，你懂不懂？我就是为了他好，才不去见他，他心
中可以永留我年轻美好的模样！"

"这个无须跟我解释，又不是我想见你，反正信息我已送到，去
不去是你的自由，个人浅见，世界上无缘无故的爱因为稀少，所以应
该倍加珍惜。"深知徐雅性情的同学说完就撂了电话。

徐雅独自思前想后了很久，最终决定去见蛤蟆熊，与其说被真情
打动，不如说她想去做个证明题给同学看，证明无缘无故的爱是不存
在的。

收到消息的蛤蟆熊紧张地在酒店大堂等着，他本来想换个地方，
可是徐雅压根没给他这个机会。比约定的时间足足迟了一个小时，蛤

蟆熊几乎等得心灰意冷，徐雅终于出现了。一点犹疑也没有，蛤蟆熊一眼就认出徐雅，几个健步连着就奔到徐雅面前，反倒是把徐雅吓了一跳，这个体型翻倍头发灰白的人和当年瘦弱到像是还没来得及发育的蛤蟆熊是同一个家伙吗？

蛤蟆熊激动地搓着手，把平日好不容易训练出来的沉稳抛之脑后："徐雅，你一点没变，哦，不是，是更漂亮，成熟了！"

徐雅冷冷地看着蛤蟆熊，不得不承认，蛤蟆熊不能说飞跃成了天鹅，但也的确有了相应位置的派头和风度。徐雅将了下额前的头发，眼神都柔和起来："老了，老得不成样子了！"

"没有，没有，真的没有！"蛤蟆熊就像个答不出问题的孩子，只是机械地重复着。

徐雅生出几分开心，反倒更加淡定，以撒娇的责怪口气："我们买的是站票？要这样一直站下去？"

蛤蟆熊赶紧让路："沙发在那边，我们过去坐，哦，我带了资料给你，忘在房间了，你等着，我去拿……"

徐雅坦然而又坚定的口气："我和你一道去拿！"

第七十四章

　　徐雅和蛤蟆熊一同踏进电梯，狭小的空间让气氛顿时变得暧昧。电梯的镜子里清晰地映着二人的身影，岁月带走了青春，沧桑在他们身上都留下了抹不去的痕迹，但感情也因此更加微妙。蛤蟆熊的身躯因为发胖显得高大了很多，而徐雅刻意穿上的平跟鞋更是有形无形中拉近了二人各个方面的距离。徐雅突然想，要是这次重逢不是建立在她生病的基础上该多么美好，或是当年她珍惜了蛤蟆熊的感情，那现在的自己该过得怎样的春风得意？

　　电梯到楼层的提示音击碎了徐雅的遐想，她看了一眼按住电梯控制开关的蛤蟆熊走了出去。蛤蟆熊尾随其后，开始喋喋不休地介绍他为徐雅所做的种种工作。徐雅拿着一叠厚厚的资料，心底涌起无言的感触，在这生死关卡，打动她的最深切的温暖居然是来自多年未见的同学，不管徐雅曾如何质疑这种感情的真实性。

　　徐雅粗略地扫了一遍每一位专家的建议和分析，她偏头看着依然没有消除紧张情绪的蛤蟆熊："那你觉得是保守切除法好，还是全切好？"

蛤蟆熊给徐雅问得一愣，虽然这个问题让他有受宠若惊之感，徐雅没有把他当外人，可是鉴于上次的教训，他可不想噩梦重来，他小心翼翼地答："这个决定还是你自己做合适，只要能快速恢复健康，怎么都好！"

徐雅白了他一眼："你这个回答跟没回答一样！我也的确需要再想想，或者赌一把，保守切除，万一复发，那就是命了！"

蛤蟆熊飞快地接到："没有万一的，你会好起来的！"

"我当然是会好起来的，只是选择不同的手术方法而已。"徐雅满怀信心的，"我昨天跟上帝祷告了，我也不相信公正的上帝会那么不公平！"

蛤蟆熊蛮奇怪徐雅的信心，但不管怎样好的精神状态是必需的，他顿时轻松一大截："晚上一起吃饭吧，介绍个有特色点的餐馆！"

徐雅把资料放进包里，信步走到窗前，看了好一会儿窗外的景色，突然回转身直直地盯着蛤蟆熊："你不远万里飞过来，难道真的只是为了给我这些资料和吃顿饭？"

蛤蟆熊很诚挚地看着徐雅："那你觉得还有什么目的？徐雅，跟你说真心话，这些年什么样的女人我都见识过了，比你年轻的漂亮的投怀送抱的多了去，但你在我心中和别人不同，对我来说，你是个信念，我就希望看到你安好！我如今不缺什么了，反倒觉得没有什么值得珍惜的，一切不过是过眼云烟。但是你，却是在我生命里真实地存在过，依然可以扣动我心弦的那首曲子……"

徐雅听得泪眼婆娑："我可以相信你吗？"

蛤蟆熊体贴地递过纸巾："当然，我这么千辛万苦地跑过来，难道还不值得你相信？虽然生活很残酷，我觉得世界上还是有很多的美好值得去珍惜……"

阿玲干什么都是心神不宁的，立山再迟钝也看了出来，更何况这些日子他一直是很警惕地关注着阿玲。他尝试追问，可是阿玲根本不搭理他，他灰头土脸地讨了好几回没趣。本着他老娘教导的要锲而不舍认错到底的精神，立山终于又逮了个机会，再次旧问重提。

阿玲看这次也是躲不过，心里也着实有怨气，便抖数出来："我见过你妈了！"

立山心头一喜，他妈的功力他从来都是佩服得无话可说，当年不是他妈出手，阿玲也不可能和他有段夫妻的缘分，今日老妈早已秘密地教了他不少招，若是再出手相救，那此事定成无疑，看来自己的担心是多余的，阿玲的忧伤可能不过是有些难以选择。他憨笑着："那就好，那就好！"

"好什么？你们真的要那样对付我？这么多年来，不管你怎么对不起我，我从来都没有怨恨过，看在你是孩子爸爸的份上，还一直尽力相帮，为什么你的心那么狠？还要这样苦苦相逼？我自从嫁到你们家到离婚到现在，我究竟做错了什么？生女儿又不是我想的？珍妮那样对付你们家，搜刮着你家的钱财，你们也不做什么不说什么？可怜我孤儿寡母的，你们倒是来欺负……"阿玲越说越气，泪水也喷了出来。

立山给阿玲哭懵了："我妈又欺负你了？我妈怎么欺负你了？"

阿玲止住了哭，看着立山那张看似毫不知情又很无辜的脸："你妈说你们商量好了，若是我不跟你复婚，你们就要拿回女儿的抚养权，就是打官司都不在乎！"

立山听完哈哈大笑："我妈说这个，你还当真？我妈连新衣服都舍不得给我们女儿买，还会大把钱送律师要她们的抚养权，你相信太阳会从西边出来？"

阿玲一愣，想想也是："那你妈没跟你商量这事？"

立山停了笑，伸手想去抹阿玲脸上的泪，却被阿玲一把躲开："我妈是和我说了，要是你能回来最好不过，也教了我怎样好好表现。"立山缩回了手，有些尴尬，"我知道你现在喜欢陈博士，陈博士也挺好的，可是谁知道他会不会离婚呢？他要是不离婚你难道就这样跟他耗着吗？"

"那我也不回去跟你。"阿玲有些赌气的，"他照顾生病的老婆，说明他有情有义！"

立山低下头，沉默了一会儿："陈博士有情有义，看他对我们女儿比我还要好，我就知道他是个顶天立地的男子汉。你们俩要真的在一起，我也不会拦着。可他老婆脾气那么坏，得的又是癌症，就算他们离婚，那女人会让你们过安生好日子？"

立山这几句推心置腹的话确实让阿玲无言以对，她的泪流得更欢。立山接着说："我知道我对不起你，我们家对不起你！你不想回来也正常，可要是陈博士那边没戏了，你就回来好不好？我们还是团团圆圆的一家！"

第七十五章

　　王真洗了个澡出来，发现小乖已经睡着。熄了几盏灯之后，屋子显得更加静谧，寂寞像潮水一样向她涌过来。虽然几乎每天都要被这潮水拥抱一番，但是每一次的感受似乎都不同。王真甩了甩湿漉漉的头发，因为寂寞，她都闻得到空气里洗发露的清香，因为寂寞，她都听得清自己的心跳。她梳妆台上的灯也是寂寞地亮着，仿佛夜空中那颗孤独的星。

　　王真顺手拿起台上的音乐盒拧了几下，叮叮当当的声音划破了寂寞，带来了几丝令人遐想的生气。那是老万买给她的生日礼物，不过是个阴错阳差的意外，可是对王真来说，却并不因此减少了美丽。这是她生命里唯一一份来自异性的可爱礼物，想不珍惜都很难。

　　每次看到电视电影里那些浪漫的镜头，王真觉得自己就是那个错过了花期的无名小花，不曾被期待更不曾被呵护过。爱情的海洋里，她只不过是个岸边孤独的观望者，不管是在水里惬意遨游的还是呛水淹到的，她都羡慕得无以复加。如果可以，她也期待自己有这样一次机会，哪怕烧成灰烬，也比从来没有被点燃好！

那周日，在教会厨房，王真看到了下个月过生日的教友名单，赫然发现老万也在其中，不由得心里一阵欣喜，或者自己也可以给别人制造一些惊喜。可是一想到，对方可能并不期待或是缺少这种惊喜，女人又不由得有些黯然神伤，别人的日子都是幸福满满的，她的幸福总是缺失的，就好比她是经常断流的小溪，而其他人都是大江大海。那刚燃起的火苗又被掐熄，无声无息。只是心底的惊涛骇浪掀起不知多少回。浪起浪落之间，只有她在煎熬伤心。

王真再见老万时，总有一些些的不自然和急于掩饰。老万似乎也捕捉到了这点异常，还关切地询问。

王真悄悄埋藏了心底的叹息："挺好的，挺好的。"转身离去的时候，却又不经意地忍不住加了一句："万大哥是下个月生日？有什么特别想要的生日礼物？"

老万的笑容如秋日的阳光，高远而又灿烂："都好，都好！有礼物就好。"声音和笑容瞬间淹没在教堂的人声鼎沸里，却也刻进王真的心里。

王真跑了好多家店，最后在著名的梅西百货公司挑了根真丝领带，金黄色和黑色的斜条纹相间，张扬中不失稳重，王真看到领带的那一刻，眼睛就没有离开过，直到售货员帮她精心地包装好。抱着领带回家时，王真突然想起，这居然是她生命里第一次真正意义上给异性送礼物，不可言喻的悲哀压得她喘不过气来。

　　徐雅一直坚称在病魔前自己是个战士，是个坚强脱俗的战士。可残酷的事实赤裸裸地呈现时，她知道了自己连懦夫都不配。选择部分切除是对了，无论是对医生后面的检查结果还是对徐雅的自信而言。可这并不会减少化疗的痛苦。化疗之后的头痛，呕吐，吃药的副作用如便秘掉发等等夹杂在一起，生不如死足以概括。原来以为手术之后就是满天光明，谁知手术之后，才是痛苦的正式开始。所有的苦痛一点一滴、不依不饶地开始堆积，也不管徐雅的承载度，她仿佛变成了一个待爆炸的炸药包，随时可以把身边的人和自己炸得粉身碎骨。

　　徐雅每天就是觉得很累，很累，累得不想动弹一下，可是她又迫切地希望别人都在不停地动弹着，不停地传递爱和勇气给她。伴随这不切实际的期盼而来的是深深的失望。这里面首当其冲的是蛤蟆熊，从美国回去之后，对徐雅就不再保持沸点了。在蛤蟆熊来说，极其正常，他有他的生活，他也做不到一天二十四小时围着徐雅转，谁也不可能对谁都一直保持沸点状态，不然不久的将来，就是水干壶破。但是徐雅认识不到，应该说她认识得很辛苦，等她终于明白她真的是蛤蟆熊的信念，是精神上的，可有可无那种，而不是他可以实践的理念，对徐雅来说，是个非常严重的打击。

　　徐雅其次的失望来自家人，老父和继母的来到并没有让她觉得很温暖，反倒是约束了很多。她失眠，他们强迫她睡觉；她没有胃口，他们期待她吃掉所有的食物。再到生活上很多细节，这些都是打着爱她、为她好的幌子强迫她做着事情。徐雅老父千辛万苦瞒着海关从国内带了一堆中草药，徐雅根本都没有看一眼，就要扔进垃圾桶。老父急得："那是我花了好几万块钱买的，你……"

徐雅头也不抬："你觉得好，自己吃就是了。"

老父和继母面面相觑，半晌无语，这孩子真是越发不通人情事理。在类似事件的反复发酵下，老人们提出他们也应该回国了，反正徐雅手术已经结束挺久了。而即将出世的孙子也需要他们的照顾。这让徐雅更加心凉，原来久病床前的不仅是没有孝子。

陈肃强一直在旁观鸡飞狗跳的一幕幕，坚定了他一切自己来扛，绝对不让他母亲来蹚浑水的决心，免得伤及的无辜越来越多。虽然他老母亲一再表示不介意，也劝解着男人："人在病中，难免坏脾气，不要和病人计较，要体谅病人……"

这话说出来本就不易，操作起来更加艰难。徐雅本来就是反复无常的性子，因为病痛的理由，变得更加肆无忌惮。尤其是对陈肃强，在别人面前还会稍加收敛和退让，在他面前是成千上万地翻倍而来。陈肃强觉得自己就是一个垃圾桶，无条件地接收着徐雅扔过来的种种。只是他不管接收多少都没有可以倾倒的地方。

那日，徐雅因为假发问题，说陈肃强拿错了，把男人骂了个狗血淋头。骂声中，男人不管不顾地奔了出去，只是他也不知道他有何处可以去？溜达和徘徊间不禁又来到阿玲的家门前，阿玲看到失魂落魄的男人，心疼得要命，赶紧让他进来。陈肃强一把抱住阿玲，刚要说什么，立山的大嗓门在不远处响起："陈大哥来了，我们坐下喝一杯……"

第七十六章

看着陈肃强夺路而逃，徐雅心底涌起的是畅快，可是这畅快没有维持多久，取而代之的是难以人言的失落。这个失落不知该从何时算起。徐雅老父早就直言不讳："你这样的脾气，真是难为肃强忍你这么多年！"继母闪烁其词的言语里似乎也站在陈肃强那边的，一再强调，男人有外遇，女人先要反省自己。气得徐雅真想直戳事实，继母是否应该先自我检讨一番再出此言。

"他爱忍不忍，没谁求他！"徐雅嘴依然犟，亲人面前她无须掩饰自己的坏脾气，要掩饰的不过是内心的慌乱。她真的很难相处吗？她一直觉得自己是属于通情达理、善解人意的，为什么在别人眼里的形象是颠倒的。她也知道自己算不上好老婆。过于霸道、任性和刁蛮，可那根本的原因在于陈肃强没用，男人要是出息点，自己至于这么窝囊？哪个女人不希望过锦衣玉食公主般日子？

圣经上说人要认罪悔改，这个世界是没有义人。徐雅觉得这话有道理，可是一叫自己认罪，却又有说不出的别扭。从她生病开始，陈肃强和她之间就变成了有来无往的单行线。平心而论，徐雅也觉得男人做得不错，若是情形反之，她都不会去搭理男人。可是若要把这些和他出轨的过失相互抵消。徐雅又觉得功不足过。

在反复折腾男人的过程中，徐雅对自己都没有了耐心，有的时候，她对陈肃强高喊："你滚，我不要再见到你！"这是真心话，发自肺腑的真心话。可是男人却依然还来，这个世界可以这样待她的，恐怕也只有陈肃强。蛤蟆熊似乎也挺真心，跑来美国看徐雅感动了一大片人，可若是落回琐碎真实的生活里，这种真心又可以维持多久？更何况，她从来不清楚蛤蟆熊的个人感情状况。他们之间是搭载在特殊的氛围下特殊材料的阁楼，外界稍稍一变化或干扰，就会灰飞烟灭，永不存在，要让楼阁继续存在下去，需要她和蛤蟆熊都小心翼翼地维护。

而陈肃强对她，真实得触手可及，也可以招之即来，挥之即去，可也因为太过接近、太过容易，而显得千疮百孔，犹如那美丽的月亮，走近了就不再有童话故事，更没有嫦娥和玉兔，不过是坑坑洼洼的地表和没有生命的一堆矿物质。他们早就过了夫妻间至亲的时刻，已经走到了至疏，一切都回不去了，就如陈肃强对阿玲的感情，也是覆水难收吧！虽然这段时间以来，阿玲就像隐形人，从未在徐雅的生活里出现。可徐雅也知道，不出现并不代表不存在，陈肃强终究还是要去找阿玲的，他们还是会在一起，那么现在让男人受些折磨就理所应当。她不过是在替自己行道。

徐雅打了陈肃强的电话让他马上过来。男人迅速地赶了回来，反倒让徐雅吃了一惊，她不过是不接受这个时候陈肃强跑去找阿玲，他们两个人一起卿卿我我也罢，还要再把自己痛恨一番。可男人若是没有去阿玲那里倒又让她有失算的感觉。她忍不住旁敲侧击："怎么，没地方可去？"

陈肃强懒得搭理她。刚才在阿玲那里，听见立山的声音后，他明显地感觉怀中的女人身子一僵。他的心也随之一沉。或者阿玲的天平已经不再向他倾斜了，可是他目前的状态，哪里还有能力为自己去扳回本？他不过是得过且过，明天的事情明天再说吧！所以徐雅的电话还解了大家的尴尬，他勉强地笑笑告辞了，这样可以留点退路和颜面给自己，也给阿玲。

看男人爱理不理的样子，徐雅提高了声音："我想喝粥，鱼片粥。"

陈肃强一声不吭，走向厨房，开始淘米。徐雅突然有一种莫名的感触，她有些可怜眼前的男人，口气里却又是忍不住幸灾乐祸地表达："你那个阿玲不要你了？我还以为你投奔她去了？"

男人手中的锅重重地砸在水池里，把徐雅吓得一激灵，陈肃强几乎是咆哮："徐雅，你不要一而再，再而三地挑战我的底线，好不好？我也是人，你有病，并不代表你就可以为所欲为！可以任意践踏别人的感情。我就是欠你的，现在也该还得差不多了！"

徐雅心底的那丝柔情瞬间飘散，无影无踪，她冷笑："是的，还清了，你早就不欠我的了，那你为什么不走？"

"等你化疗完了，我自然会走！"

"不用，你随时可以走，你不用装成那么苦大仇深样，到时和女朋友鸡飞蛋打还来怪我！"徐雅依然冷嘲热讽。

男人从这语气里感觉到自己的失态，他没有再接话，默默地继续淘米熬粥，给徐雅盛好粥之后，就一言不发地离开了。徐雅独自喝着粥，粥很烫，烫出了她的眼泪，她忽然觉得自己很过份，很多的画面应该不算美丽，至少也是平静吧，为什么每次都给自己搅和得乱七八糟。生平第一次，她觉得自己需要上帝，不是为了向上帝乞求什么，而是诉说，毫无保留地述说。她需要上帝宽大的怀抱接受长长短短、满是缺点的自己。

一周一次的教堂敬拜是徐雅喜欢的必修课。只是亲近上帝的路也和徐雅的性格一样，没有一个常性，忽远忽近，忽然感受很深，忽然又觉得被上帝遗忘和抛弃。徐雅也很想学王真，可以一如既往地对任何事都波澜不惊。可是徐雅做不到，她觉得自己就是一个怪圈，绕进去了就出不来。她的想法总是比常人要多拐几个弯，弯的出口更是出乎人的意料。

就如此刻，徐雅坐在教堂的后院亭子里，看着孩子们在边上奔跑追逐着，温暖的阳光洒在每个人的身上，生命是那么美好。"真是感谢造物主"，徐雅心里默念着，可当她眼睛扫到了在一旁推小乖荡秋千的王真，她的心又开始跳得不那么和谐。王真正和老万聊着天，虽然听不清他们说什么，可是看见他们那专注陶醉的表情，徐雅无名的嫉恨之火烧得老高老高，她想起王真还曾警告过自己老万是有太太的，要离老万远点，难道这些话王真就不用记住和执行吗？

徐雅深深地吸了一口气，又慢慢地吐了出来，她把目光收了回来，突然异想天开："万太太应该回来了吧！要是她看到这些场景会有什么想法呢？"

第七十七章

    王真用冷水洗了一把脸，努力地回想刚才究竟是不是幻象？桌上两包包装精美的冠生园点心仿佛嘲笑似的看着她，也仿佛在说："不愿意接受就想当没有发生过，可能吗？"是的，不可能，喜不喜欢，愿不愿意都好，万太太都来过，那些轻描淡写绵里藏针的话王真听得很清楚，回音也一直缭绕着。自始至终，万太太的笑容一直很温婉，语气也平和。要不是王真自己有心事，那只不过是一次平常得不能再平常的来访。

    万太太说，自己回来有段日子了，因为倒时差和生病，所以都没有出门。早就应该来看看王真的，他们母子真是不容易！不过大家活着都不容易。比如她也一样，想做好女儿、好妻子、好母亲，但是时空上就会相互牵扯，不可能面面俱到，总是要有取舍。有的时候，居然把老万放在了第二位，这有些本末倒置，都不符合圣经的教义，夫妻关系什么时候都应该第一位，她以后要多多注意，不再犯类似的错误！

　　王真对万太太的来访措手不及，震惊得难以招架，更不知如何去接万太太的话。万太太似乎也不指望收获什么回应。她慢步踱到通向院子的玻璃门："秋天来了，花儿都谢了！人说花无百日红，人无千日好，就是指这个吧！再轰轰烈烈的感情都有回归平静的日子……"

　　王真的目光也飘向院子，万太太是在暗示什么？或者直接明示？让人捉摸不定。

　　"王真，你知道吗？这个世界有种花是开不败的，而且随着时间的推移，会越开越鲜艳！"万太太突然转头盯着女人。

　　王真又是一愣，嗫嚅地吐出一句："是的，也有人的爱情是天长地久的……"

　　万太太笑了："你曲解了我的意思，爱情没有天长地久的，婚姻的存在让人们以为爱情可以维系一生。爱情就是花，可能有的品种花期会长一些，但终究还是逃脱不了凋谢的命运。我说的开不败的花是指亲情，就如你对小乖的感情，老万和我对我们女儿的感情……"

　　王真还在体会其间深意的时候，万太太已经告辞离开，临别前添句嘱咐："你有事找我也一样的，老万和我都是乐意去帮助别人的虔诚的基督徒。"基督徒几个字仿佛锤子锤在王真心上，在神圣的上帝面前许下一生一世的承诺，谁会去违背？谁又敢去欺骗？

　　这出期待的舞台剧还没开演就已经落幕，那些精心设想场景和准备的道具还没来得及用上，一切就烟消云散。如果这也算是花的话，那就是还没来得及开的一朵，或者说是不该开放的一朵。这应该是最好的结局，没有惨烈的挣扎和厮杀。来去都不过是阵微风，或者对方的心里都不曾掀起过任何涟漪。王真突然有给老万写封信的冲动，把那细细密密的心事倾诉一番，她想证明这一切发生过，虽然是在无人知晓的角落，可是马上又否认了这个必要性。有些美好会因为现实而粉身碎骨，就像天使绝对不会驻留人间一样。虽然她相信，那些偶尔的碰撞的闪烁的火花应该不只是她的一厢情愿、自作多情。就如平静的湖面偶尔被石子激起转瞬即逝的浪花，即便事后没有一丝迹象，可谁也否认不了浪花曾经壮烈地存在过。

王真记起很多种植物只有花开却没有果实，而无花果虽是不见花开，果实却异常甘甜。如果有可能，那就让自己做无花果了，虽然没有花期的诉说，可却留下抹不去的证明。美丽的花是享受，但果实却含有更多的意义，回味起来，不止有芬芳。她只愿同样的情景飘过时，有那么一刻某个人会想起她，她的温柔，她的无奈，她的情意……

徐雅正在阳台上透气，听到王真家叮叮咚咚，嘈杂声很大。她有些怒气："王真你是向我力证你身体强壮，讽刺我不健康吗？"跑窗户那里一看，一辆搬家的大卡车正停在门前，工人陆陆续续地在搬运家私。她脑袋一轰：王真要搬家，怎么回事？

王真看着匆忙赶下来的徐雅，拿下窗台的兰花："我正要上去找你，家里的这几盆花也带不过边境的，送给你！"

"你搬家吗？怎么事先也没个招呼？你要搬去哪里？"徐雅一肚子的疑问，她哪里有心思去关注花。

"也是临时决定的，回多伦多！"王真有些躲闪徐雅的眼神。

"为什么，为什么？那你房子怎么办？我还可以租吗？"徐雅有些慌乱，六神无主起来。

"那里我们更熟悉些，我觉得对我和小乖都好！房子小乖爸会打理，你们住多久都行！"王真边指挥着搬家工人干活。

"是因为——万大哥吗？"徐雅有些迟疑还是开口问道。

"不因为谁，为一个人择城而居，那么浪漫的事我可做不来，加拿大对单身母亲的福利也好些，多伦多华人生活起来很方便……"王真的口气是淡的，仿佛在说别人的事情。

"对不起，王真，是我，是我的错，是我多嘴，我告诉万太太……"徐雅恍然大悟，也的确是万般懊悔涌上心头，想起王真这一路帮自己的点点滴滴，而自己却恩将仇报，徐雅都有扇自己耳光的想法。

王真打断徐雅："你什么都没有做错，也不用说对不起，多保重自己的身体！"

徐雅一阵黯然，她扫了一眼空荡荡的屋子："到了加拿大，记得跟我联系，告诉我地址，或者我到时去看你……"

"那——不用了，大家各自珍重！"王真看了一眼徐雅，她不过是希望了断得一清二楚，不要再有什么节外生枝。

　　徐雅懂了王真的意思，好一番怅然若失："那好，随你！我还可以做些什么吗？"

　　王真想了一会儿，拿出给老万的生日礼物："麻烦你转交给万大哥，祝他生日快乐！永远快乐！"

　　"我一定会的，也会跟万大哥讲清楚是你送的……"徐雅很珍惜这个可以将功赎过的机会。

　　王真转过身去，笑得很凄然："谢谢你！不过已经没有这个必要！谁送的都不重要了……"

第七十八章

　　阿玲觉得是该做了断的时候了，这些日子她就是个压力罐，来自各方的压力蜂拥而至，也不管不顾她的承受力。自己娘家就不用提，以前就恨铁不成钢，把大好的江山拱手让给珍妮，如今这么好的收复失地的机会怎可错过？加上立山家里这段时间的刻意讨好，阿玲的父母都恨不得可以替女儿再嫁回去。立山妈也意识到怀柔政策可能更有效，把孙子一刻不离地留在身边。一而再对阿玲言明："只要你回来，我们老的小的都不去打扰你们的生活，你们四个开心在一起就好！"立山更是鞍前马后夹着尾巴做人，唯恐拂了阿玲的心意，满盘皆输。女儿们也已经完全适应了爸爸就在眼前的生活，至于很久不见的强叔叔早不知扔到了哪个角落，只有女儿们的妈妈还在午夜梦回时念念不忘。

　　不忘又能怎样，他们早就过了爱情至上的年龄，拖儿带女还尾随着一堆剪不断理还乱的家庭琐事和前尘旧怨，怎么可以做到轻装上阵，随心而行？怎样的爱情可以经受如此的不堪重负？阿玲很想知道，她真实的感觉是她和陈肃强正越来越远，他们是旷野上孤独的行者，偶然的相逢，让他们狂喜，以为可以结伴而行，却不料前面的路不仅崎岖，而且还是单行道，他们不得不分开走着，渐行渐远里彼此的身影都模糊了，却依然舍不得说再见。

阿玲还是感激的，那曾经美丽的相遇，点燃了她整个生命，感情里她就是因此华丽转身，从平淡无奇变成了经世传奇，所以她觉得自己应该知足，即便这传奇不能再延续。天下没有不散的筵席，谁可以永远留住生命里的美好？或者把美好取出，风干，过塑是最好的保留办法。

收到阿玲说想见见的电话，陈肃强就一直发懵。到了该宣判的时刻吗？是他一直努力地往后推，往后推，期待时间可以给大家一个完美的结局。什么叫以一己之力的无可奈何，男人有太多的不情愿，好多次他想放弃，良心和情感之间他也挣扎得好辛苦，他无非是希望将来不会有后悔的一天，不希望图图长大有了分辨是非能力的时候把他拉入黑名单，只是他低估了这一路的艰辛和代价。他知道这样对阿玲不公平，他也想顺着感情，可是要背着良心，他又做不到。

阿玲约的地方是街角那家香港饼屋，那里的老婆饼是他们的最爱，也给他们增添了很多的情趣玩笑和快乐时光。节俭的阿玲总是舍不得花钱，看场电影都觉得奢侈，小小饼屋就是他们光顾最多的去处，想起来都是心酸无限。他们的感情是实实在在的柴米油盐，没有一丝浪漫，就是添加很多佐料也拼凑不出惊天动地。

陈肃强记得自己的心愿，要买个价值不菲的钻戒给阿玲。徐雅的医疗费、那雪片飞来的账单，还有这进进退退间无奈的感情，他的心愿，如阳光下仅存的残雪，消失就是唯一的命运。但男人还是没有拦住自己的脚步，首饰店里他怀着视死如归的决心买下了一根心形钻石项链，如果不可以出现在心爱的女人的手指上向世界宣称主权，就挂在女人的脖子上吧，那可是心尖上的地方……

阿玲化了淡妆，清减了一些的女人更增添了我见犹怜的风韵。陈肃强的心除了痛就是疼。阿玲看着黑瘦不少的男人，都忘了自己想说什么和相见的目的。默默无言相对坐了半天，阿玲起身道："强哥，我先走了，你多保重！"

"好，好，你也多保重！"男人木然地应着，看着阿玲的身影消失在店门口，他本能地站起身，却又没有发出一点声音，颓然地重新坐下，口袋里的首饰盒硌得他生疼。

阿玲快步走着，忍着泪水对自己说：不回头，坚决不能回头。她怕一回头就丧失了离开的勇气。身后的汽车喇叭尖锐地乱响着，吓得女人止住了脚步，陈肃强闯了人行道红灯奔向她，女人有如在梦中，这是拍电影吗？

陈肃强气喘吁吁地举着首饰盒子："忘了，忘了把这个给你！"

阿玲意外？惊喜？接过打开，不过还是感伤和失望："为什么不是戒指？"

男人无力地垂下头："我没用，我怕最终还是会辜负你……"

他感觉不到阿玲的任何反应，许久他抬起头："你骂我吧，我对不起你……"

熙熙攘攘，人来人往，只是早已不见了阿玲的影踪，男人的心似乎被掏空，他绝望地喊："阿玲，阿玲，我们现在就去换戒指，现在就去……"

转眼冬天过去，春天就在眼前。徐雅的身体恢复得还算不错，虽然化疗之后的副作用非常大。还有最后一次化疗，至少现在可以暂时休整一段。重新生长出来的头发，细细的，软软的，还带点卷曲，徐雅修得短短的，时尚很多。这些她都不在乎，都是用残疾人车位的人了，健康是对生活最奢侈的期盼。老父和后妈早就回国，急急地卖了一套房子把钱汇了过来，徐雅拿着钱却不知该怎么处理，曾经的美梦现在看来都无所谓。对过往的自己，她觉得同样很不可思议，将来的日子，她想好好地珍惜，不留遗憾。

徐雅正在做一幅十字绣，是耶稣受难的图案，绣的期间，她仿佛自己也洗礼一遍。快绣完了，复活节正好可以用上。徐雅停下手中活，扫了一眼窗外开得热烈的迎春花和玉兰花，突然想起去年的此刻，她才刚搬进来，一切都是纷乱的，而现在，尘埃都落地了。相似的花依然开着，岁岁年年人却大不同。早就没有了音讯的王真安好吗？还记得她吗？还记得这些纷扰的前尘往事吗？她和陈肃强分居马上就有一年了，还男人自由吧，男人也受了太多的责罚。他应该还有幸福的权利。虽然男人好像和阿玲断了，不过，那又怎样？只要男未婚女未嫁一切皆有可能。上帝一定会有最好的安排，徐雅坚信造物主的奇异恩典。就像对她一样，主带领着她一路走来，让她领悟，让她重生。明天会发生什么，徐雅已经不再做无谓的揣测，人生最奇妙和美好都在于有太多的未知数……